读者精品文丛
Selected Reader's Digest

春·希望

陈 南 编

台海出版社

图书在版编目（CIP）数据

读者精品文摘. 春：希望 / 陈南编. -- 北京：台
海出版社, 2024. 10. -- ISBN 978-7-5168-4014-6

Ⅰ. I267

中国国家版本馆CIP数据核字第20247HH838号

读者精品文摘 春·希望

编　　者：陈　南

责任编辑：王慧敏　　　　　　　　封面设计：肖国旺

出版发行：台海出版社
地　　址：北京市东城区景山东街 20 号　邮政编码：100009
电　　话：010-64041652（发行，邮购）
传　　真：010-84045799（总编室）
网　　址：www.taimeng.org.cn/thcbs/default.htm
E - mail：thcbs@126.com

经　　销：全国各地新华书店
印　　刷：大厂回族自治县德诚印务有限公司
本书如有破损、缺页、装订错误，请与本社联系调换

开　　本：710 毫米 ×1000 毫米	1/16
字　　数：268 千字	印　　张：15
版　　次：2024 年 10 月第 1 版	印　　次：2024 年 12 月第 1 次印刷
书　　号：ISBN 978-7-5168-4014-6	

定　　价：156.00 元（全 4 册）

在文字中
追寻春日的希望

当春风轻轻拂过大地，万物开始复苏，我们的心灵也随之被唤醒。我们邀请你一同漫步在文字的春光里，感受生命的新生与希望的绽放。

春天，是自然之母的馈赠，是岁月的序曲，是生命的启程。在这个多彩的季节里，冰雪消融，草木萌发，每一寸土地都弥漫着生机与活力。正如我们的心灵，在经历了一冬的沉寂之后，也渴望着在春天的阳光下重新焕发活力。

希望，是春天的使者，它悄然无声地植根于我们心底，给予我们前行的力量。在这本散文集中，有的作者描绘出了春天的美景；有的作者抒发着对未来的憧憬。这些文字，如同春天的种子，播撒在读者的心田，让我们相信，无论生活给予我们多少挑战，希望之花总会在心中绽放。

愿你在阅读这本散文集时，能感受到春天的气息，体会到希望的力量。愿你在这个春天里，找到属于自己的那份希望，让它指引着你，走向更加美好的未来。

目 录

CONTENT

把春的希望播种在人生的沃土里

美好瞬间都在生活的细微处

感悟生活的真谛

爱生活更爱自己

书籍是心灵的快乐之源

爱与幸福是生命的归宿

把春的希望播种在

人生的沃土里

春　风

老　舍

　　济南与青岛是多么不相同的地方呢！一个设若比作穿肥袖马褂的老先生，那一个便应当是摩登的少女。可是这两处不无相似之点。拿气候说吧，济南的夏天可以热死人，而青岛是有名的避暑所在；冬天，济南也比青岛冷。但是，两地的春秋颇有点相同。济南到春天多风，青岛也是这样；济南的秋天是长而晴美，青岛亦然。

　　对于秋天，我不知应爱哪里的：济南的秋是在山上，青岛的是海边。济南是抱在小山里的；到了秋天，小山上的草色在黄绿之间，松是绿的，别的树叶差不多都是红与黄的。就是那没树木的山上，也增多了颜色——日影、草色、石层，三者能配合出种种的条纹，种种的影色。配上那光暖的蓝空，我觉到一种舒适安全，只想在山坡上似睡非睡地躺着，躺到永远。青岛的山——虽然怪秀美——不能与海相抗，秋海的波还是春样的绿，可是被清凉的蓝空给开拓出老远，平日看不见的小岛清楚地点在帆外。这远到天边的绿水使我不愿思想而不得不思想；一种无目的的思虑，要思虑而心中反倒空虚了些。济南的秋给我安全之感，青岛的秋引起我甜美的悲哀。我不知应当爱哪个。

　　两地的春可都被风给吹毁了。所谓春风，似乎应当温柔，轻吻着柳枝，微微吹皱了水面，偷偷地传送花香，同情地轻轻掀起禽鸟的羽毛。济南与青岛的春风都太粗猛。济南的风每每在丁香海棠开花的时候把天刮黄，什么也看不见，连花都埋在黄暗中，青岛的风少一些沙土，可是狡猾，在已很暖的时节忽然来一阵或一天的冷风，把一切都送回冬天去，棉衣不敢脱，花儿不敢开，海边翻着愁浪。

　　两地的风都有时候整天整夜地刮。春夜的微风送来雁叫，使人似乎多些希望。整夜的大风，门响窗户动，使人不英雄地把头埋在被子里；即使无害，也似乎不应该如此。对于我，特别觉得难堪。我生在北方，听惯了风，可也最怕风。听是听惯了，因为听惯才知道那个难受劲儿。它老使我坐卧不安，心中游游摸摸的，干什么不好，不干什么也不好。它常常打断我的希望：听见风响，我懒得出门，觉得寒冷，心中渺茫。春天仿佛应当有生气，应当有花草，这样的野风几乎是不可原谅的！我倒不是个弱不禁风的人，虽然身体不很足壮。我能受苦，只是受不住风。别种的苦处，多少是在一个地方，多少有个原因，多少可以设法减除；对风是干没办法。总不在一个地方，到处随时使我的脑子晃动，像怒海上的船。它使我说不出为什么苦痛，而且没法子避免。它自由地刮，我死受着苦。我不能和风去讲理或吵架。单单在春天刮这样的风！可是跟谁讲理去呢？苏杭的春天应当没有这不得人心的风吧？我不准知道，而希望如此。好有个地方去"避风"呀！

大明湖之春

老 舍

北方的春本来就不长，还往往被狂风给七手八脚的刮了走。济南的桃李丁香与海棠什么的，差不多年年被黄风吹得一干二净，地暗天昏，落花与黄沙卷在一处，再睁眼时，春已过去了！记得有一回，正是丁香乍开的时候，也就是下午两三点钟吧，屋中就非点灯不可了；风是一阵比一阵大，天色由灰而黄，而深黄，而黑黄，而漆黑，黑得可怕。第二天去看院中的两株紫丁香，花已像煮过一回，嫩叶几乎全破了！济南的秋冬，风倒很少，大概都留在春天刮呢。

有这样的风在这儿等着，济南简直可以说没有春天；那么，大明湖之春更无从说起。

济南的三大名胜，名字都起得好：千佛山，趵突泉，大明湖，都多么响亮好听！一听到"大明湖"这三个字，便联想到春光明媚和湖光山色等等，而心中浮现出一幅美景来。事实上，可是，它既不大，又不明，也不湖。

湖中现在已不是一片清水，而是用坝划开的多少块"地"。"地"外留着几条沟，游艇沿沟而行，即是逛湖。水田不需要多么深的水，所以水黑而不清；也不要急流，所以水定而无波。东一块莲，西一块蒲，土坝挡住了水，蒲苇又遮住了莲，一望无景，只见高高低低的"庄稼"。艇行沟内，如穿高粱地然，热气腾腾，碰巧了还臭气烘烘。夏天总算还好，假若水不太臭，多少总能闻到一些荷香，而且必能看到些绿叶儿。春天，则下有黑汤，旁有破烂的土坝；风又那么野，绿柳新蒲东倒西歪，恰似挣命。所以，它既不大，又不明，也不湖。

话虽如此，这个湖到底得算个名胜。湖之不大与不明，都因为湖已不湖。假若能把"地"都收回，拆开土坝，挖深了湖身，它当然可以马上既大且明起来：湖面原本不小，而济南又有的是清凉的泉水呀。这个，也许一时作不到。不过，即使作不到这一步，就现状而言，它还应当算作名胜。北方的城市，要找有这么一片水的，真是好不容易了。千佛山满可以不算数儿，配作个名胜与否简直没多大关系。因为山在北方不是什么难找的东西呀。水，可太难找了。济南城内据说有七十二泉，城外有河，可是还非有个湖不可。泉，池，河，湖，四者俱备，这才显出济南的特色与可贵。它是北方唯一的"水城"，这个湖是少不得的。设若我们游湖时，只见沟而不见湖，请到高处去看看吧，比如在千佛山上往北眺望，则见城北灰绿的一片——大明湖；城外，华鹊二山夹着弯弯的一道灰亮光儿——黄河。这才明白了济南的不凡，不但有水，而且是这样多呀。

况且，湖景若无可观，湖中的出产可是很名贵呀。懂得什么叫作美的人或者不如懂得什么好吃的人多吧，游过苏州的往往只记得此地的点心，逛过西湖的提起来便念道那里的龙井茶，藕粉与莼菜什么的，吃到肚子里的也许比一过眼的美景更容易记住，那么大明湖的蒲菜，茭白，白花藕，还真许是它驰名天下的重要原因呢。不论怎么说吧，这些东西既都是水产，多少总带着些南国风味；在夏天，青菜挑子上带着一束束的大白莲花菁葵出卖，在北方大概只有济南能这么"阔气"。

我写过一本小说——《大明湖》——在一·二八与商务印书馆一同被火烧掉了。记得我描写过一段大明湖的秋景，词句全想不起来了，只记得是什么什么秋。桑子中先生给我画过一张油画，也画的是大明湖之秋，现在还在我的屋中挂着。我写的，他画的，都是大明湖，而且都是大明湖之秋，这里大概有点意思。对了，只是在秋天，大明湖才有些美呀。济南的四季，唯有秋天最好，晴暖无风，处处明朗。这时候，请到城墙上走走，俯视秋湖，败柳残荷，水平如镜；唯其是秋色，所以连那些残破的土坝也似乎正与一切景物配合：土坝上偶尔有一两截断藕，或一些黄叶的野蔓，配着三五枝芦花，确是有些画意。"庄稼"已都收了，湖显着大了许多，大了当然也就显着明。不仅是湖宽水净，显着明美，抬头向南看，半黄的千佛山就在

面前，开元寺那边的"橛子"——大概是个塔吧——静静的立在山头上。往北看，城外的河水很清，菜畦中还生着短短的绿叶。往南往北，往东往西，看吧，处处空阔明朗，有山有湖，有城有河，到这时候，我们真得到个"明"字了。桑先生那张画便是在北城墙上画的，湖边只有几株秋柳，湖中只有一只游艇，水作灰蓝色，柳叶儿半黄。湖外，他画上了千佛山；湖光山色，联成一幅秋图，明朗，素净，柳梢上似乎吹着点不大能觉出来的微风。

对不起，题目是大明湖之春，我却说了大明湖之秋，可谁教亢德先生出错了题呢！

春 雨

梁遇春

　　整天的春雨，接着是整天的春阴，这真是世上最愉快的事情了。我向来厌恶晴朗的日子，尤其是骄阳的春天；在这个悲惨的地球上忽然来了这么一个欣欢的气象，简直像无聊赖的主人宴饮生客时拿出来的那副古怪笑脸，完全显出宇宙里的白痴成分。在所谓大好的春光之下，人们都到公园大街或者名胜地方去招摇过市，像猩猩那样嘻嘻笑着，真是得意忘形，弄到变成为四不像了。可是阴霾四布或者急雨滂沱的时候，就是最沾沾自喜的财主也会感到苦闷，因此也略带了一些人的气味，不像好天气时候那样望着阳光，盛气凌人地大踏步走着，颇有"上帝在上，我得其所"的意思。至于懂得人世哀怨的人们，黯淡的日子可说是他们唯一光荣的时光。苍穹替他们流泪，乌云替他们皱眉，他们觉到四围都是同情的空气，仿佛一个堕落的女子躺在母亲怀中，看见慈母一滴滴的热泪溅到自己的泪痕，真是润遍了枯萎的心田。斗室中默坐着，忆念十载相违的密友，已经走去的情人，想起生平种种的坎坷，一身经历的苦楚，倾听窗外檐前凄清的滴沥，仰观波涛浪涌，似无止期的雨云，这时一切的荆棘都化作洁净的白莲花了，好比中古时代那班圣者被残杀后所显的神迹。

　　"最难风雨故人来"，阴森森的天气使我们更感到人世温情的可爱，替从苦雨凄风中来的朋友倒上一杯热茶时候，我们很有放下屠刀，立地成佛子的心境。"风雨如晦，鸡鸣不已。"人类真是只有从悲哀里滚出来才能得到解脱，千锤百炼，腰间才有这一把明晃晃的钢刀，"今日把似君，谁为不平事"。"山雨欲来风满楼"，这很可以象征我们孑立人间，尝尽辛酸，远望来日大难的气概，真好像思乡的客子拍着栏杆，看到郭外的牛羊，想起故里的田园，怀念着宿草新坟里当年的竹马之交，泪眼里仿佛模糊辨出龙钟的父老蹒跚走着，或者只瞧见几根靠在破壁上的拐杖的影子。

　　所谓生活术恐怕就在于怎样当这么一个临风的征人吧。无论是风雨横来，无论是澄江一练，始终好像惦记着一个花一般的家乡，那可说就是生平理想的结晶，蕴在心头的诗情，也就是明哲保身的最后壁垒；可是同时还能够认清眼底的江山，把住自己的步骤，不管这个异地的人们是多么残酷，不管这个他乡的水土是多么不惯，却能够清瘦地站着，戛戛然好似狂风中的老树。能够忍受，却没有麻木，能够多情，却不流于感伤，仿佛楼前的春雨，悄悄下着，遮着耀目的阳光，却滋润了百草同千花。檐前的燕子躲在巢中，对着如丝如梦的细雨呢喃，真有点像也向我道出此中的消息。

可是春雨有时也凶猛得可以，风驰电掣，从高山倾泻下来也似的，万紫千红，都付诸流水，看起来好像是煞风景的，也许是别有怀抱吧。生平性急，一二知交常常焦急万分地苦口劝我，可是暗室扪心，自信绝不是追逐事功的人，不过对于纷纷扰扰的劳生却常感到厌倦，所谓性急无非是疲累的反响吧。有时我却极有耐心，好像废殿上的玻璃瓦，一任他风吹雨打，霜蚀日晒，总是那样子痴痴地望着空旷的青天。我又好像能够在没字碑面前坐下，慢慢地去冥想这块石板的深意，简直是个蒲团已碎，呆然趺坐着的老僧，想赶快将世事了结，可以抽身到紫竹林中去逍遥，跟把世事撇在一边，大隐隐于市，就站在热闹场中来仰观天上的白云，这两种心境原来是不相矛盾的。我虽然还没有，而且绝不会跳出人海的波澜，但是拳拳之意自己也略知一二，大概摆动于焦躁与倦怠之间，总以无可奈何天为中心吧。所以我虽然爱蒙蒙茸茸的细雨，我也爱大刀阔斧的急雨，纷至沓来，洗去阳光，同时也洗去云雾，使我们想起也许此后永无风恬日美的光阴了，也许老是一阵一阵的暴雨，将人世哀乐的踪迹都漂到大海里去，白浪一翻，什么渣滓也看不出了。焦躁同倦怠的心境在此都得到涅槃的妙悟，整个世界就像客走后，撇下筵席，洗得顶干净，排在厨房架子上的杯盘。当个主妇的创造主看着大概也会微笑吧，觉得一天的工作总算告终了。最少我常常臆想这个还了本来面目的大地。

可是最妙的境界恐怕是尺牍里面那句滥调，所谓"春雨缠绵"吧。一连下了十几天的霉雨，好像再也不会晴了，可是时时刻刻都有晴朗的可能。有时天上现出一大片的澄蓝，雨脚也慢慢收束了，忽然间又重新点滴凄清起来，那种捉摸不到，万分别扭的神情真可以做这个哑谜一般的人生的象征。记得十几年前每当连朝春雨的时候，常常剪纸作和尚形状，把他倒贴在水缸旁边，意思是叫老天不要再下雨了，虽然看到院子里雨脚下一粒一粒新生的水泡我总觉到无限的欣欢，尤其当急急走过檐前，脖子上溅几滴雨水的时候。可是那时我对于春雨的情趣是不知不觉之间领略到的，并没有凝神去寻找，等到知道怎么样去欣赏恬适的雨声时候，我却老在干燥的此地做客，单是夏天回去，看看无聊的骤雨，过一过雨瘾罢了。因此"小楼一夜听春雨"的快乐当面错过，从我指尖上滑走了。盛年时候好梦无多，到现在彩云已散，一片白茫茫，生活不着边际，如堕五里雾中，对于春雨的怅惘只好算作内中的一小节吧，可是仿佛这一点很可以代表我整个的悲哀情绪。但是我始终喜欢冥想春雨，也许因为我对于自己的愁绪很有顾惜爱抚的意思；我常常把陶诗改过来，向自己说道："衣沾不足惜，但愿恨无违。"我会爱凝恨也似的缠绵春雨，大概也因为自己有这种的心境吧。

小春天气（节选）

郁达夫

一

现在我们这里所享有的，是一年中间最好不过的十月。江北江南，正是小春的时候。况且世界又是大同，东洋车，牛车，马车上，一闪一闪的在微风里飘荡的，都是些除五色旗外的世界各国的旗子，天色苍苍，又高又远，不但我们大家酣歌笑舞的声音，达不到天听，就是我们的哀号狂泣，也和耶和华的耳朵，隔着蓬山几千万叠。生逢这样的太平盛世，依理我也应该向长安的落日，遥进一杯祝颂南山的寿酒，但不晓怎么的，我自昨天以来，明镜似的心里，又忽而起了一层翳障。

仰起头来看看青天，空气澄清得怖人；各处散射在那里的阳光，又好像要对我说一句什么可怕的话，但是因为爱我怜我的缘故，不敢马上说出来的样子。脚底下铺着扫不尽的落叶，忽而索落索落的响了一声，待我低下头来，向发出声音来的地方望去，又看不出什么动静来了，这大约是我们庭后的那一棵槐树，又摆脱了一叶负担了吧。正是午前十点钟的光景，家里的人都出去了，我因为孤零丁一个人在屋里坐不住，所以才踱到院子里来的，然而在院子里站了一忽，也觉得没有什么意思，昨晚来的那一点小小的忧郁仍复笼罩在我的心上。

当半年前，每天只是忧郁的连续的时候，倒反而有一种余裕来享乐这一种忧郁，现在连快乐也享受不了的我的脆弱的身心，忽而沾染了这一层虽则是很淡很淡，但也好像是很深的隐忧，只觉得坐立都是不安。没有方法，我就把香烟连续地吸了好几支。

是神明的摄理呢，还是我的星命的佳会？正在这无可奈何的时候，门铃儿响了。小朋友G君，背了水彩书具架进来说：

"达夫，我想去郊外写生，你也同我去郊外走走吧！"

G君年纪不满二十，是一位很活泼的青年画家，因为我也很喜欢看画，所以他老上我这里来和我讲些关于作画的事情。据他说："今天天气太好，坐在家里，

太对大自然不起，还是出去走走的好。"我换了衣服，一边和他走出门来，一边告诉门房"中饭不来吃，叫大家不要等我"的时候，心里所感得的喜悦，怎么形容不出来。

二

本来是没有一定目的地的我们，到了路上，自然而然地走向西去，出了平则门。阳光不问城里城外，一例的很丰富的洒在那里。城门附近的小摊儿上，在那里摊开花生米的小贩，大约是因为他穿着的那件宽大的夹袄的原因吧，觉得也反映着一味秋气。茶馆里的茶客，和路上来往的行人，在这样如煦的太阳光里，面上总脱不了一副贫陋的颜色；我看看这些人的样子，心里又有点不舒服起来，所以就叫G君避开城外的大街沿城折往北去。夏天常来的这城下长堤上，今天来往的大车特别的少。道旁的杨柳，彩色也变了，影子也疏了。城河里的浅水，依旧映着晴空，返射着日光，实际上和夏天并没有什么区别，但我觉得总有一种寂寥的感觉，浮在水面。抬头看看对岸，远近一排半凋的林木，纵横交错的列在空中。大地的颜色，也不似夏日的茏葱，地上的浅草都已枯尽，带起浅黄色来了。法国教堂的屋顶，也好像失了势力似的，在半凋的树林中孤立在那里。与夏天一样的，只有一排西山连瓦的峰峦。大约是今天空气格外澄鲜的缘故吧，这排明褐色的屏障，觉得是近得多了，的确比平时近得多了。此外弥漫在空际的，只有明蓝澄洁的空气，悠久广大的天空和饱满的阳光，和暖的阳光。隔岸堤上，忽而走出了两个着灰色制服的兵来。他们拖了两个斜短的影子，默默地在向南的行走。我见了他们，想起了前几天平则门外的抢劫的事情，所以就对G君说：

"我看这里太辽阔，取不下景来，我们还是进城去吧！上小馆子去吃了午饭再说。"

北平的春天

周作人

北平的春天似乎已经开始了，虽然我还不大觉得。立春已过了十天，现在是七九六十三的起头了，布衲摊在两肩，穷人该有欣欣向荣之意。光绪甲辰即一九〇四年小除那时我在江南水师学堂曾作一诗云：

"一年倏就除，风物何凄紧。百岁良悠悠，白日催人尽。既不为大椿，便应如朝菌。一死息群生，何处问灵蠢。"但是第二天除夕我又作了这样一首云：

"东风三月烟花好，凉意千山云树幽，冬最无情今归去，明朝又得及春游。"这诗是一样的不成东西，不过可以表示我总是很爱春天的。春天有什么好呢，要讲他的力量及其道德的意义，最好去查盲诗人爱罗先珂的抒情诗的演说，那篇世界语原稿是由我笔录，译本也是我写的，所以约略都还记得，但是誊录自然也更可不必。春天的是官能的美，是要去直接领略的，关门歌颂一无是处，所以这里抽象的话暂且割爱。

且说我自己的关于春的经验，都是与游有相关的。古人虽说以鸟鸣春，但我觉得还是在别方面更感到春的印象，即是水与花木。迂阔的说一句，或者这正是活物的根本的缘故罢。小时候，在春天总有些出游的机会，扫墓与香市是主要的两件事，而通行只有水路，所在又多是山上野外，那么这水与花木自然就不会缺少。香市是公众的行事，禹庙南镇香炉峰为其代表，扫墓是私家的，会稽的乌石头调马场等地方至今在我的记忆中还是一种代表的春景。庚子年三月十六日的日记云：

"晨坐船出东郭门，挽纤行十里，至绕门山，今称东湖，为陶心云先生所创修，堤计长二百丈，皆植千叶桃垂柳及女贞子各树，游人颇多。又三十里至富盛埠，乘兜轿过市行三里许，越岭，约千余级。山上映山红牛郎花甚多，又有蕉藤

数株，着花蔚蓝色，状如豆花，结实即刀豆也，可入药。路旁皆竹林，竹萌之出土者粗于碗口而长仅二三寸，颇为可观。忽闻有声如鸡鸣，阁阁然，山谷皆响，问之轿夫，云系雉鸡叫也。又二里许过一溪，阔数丈，水没及骭，舁者乱流而渡，水中圆石颗颗，大如鹅卵，整洁可喜。行一二里至墓所，松柏夹道，颇称闳壮。方祭时，小雨簌簌落衣袂间，幸即晴霁。下山午餐，下午开船。将进城门，忽天色如墨，雷电并作，大雨倾注，至家不息。"

旧事重提，本来没有多大意思，这里只是举个例子，说明我春游的观念而已。我们本是水乡的居民，平常对于水不觉得怎么新奇，要去临流赏玩一番，可是生平与水太相习了，自有一种情分，仿佛觉得生活的美与悦乐之背景里都有水在，由水而生的草木次之，禽虫又次之。我非不喜欢禽虫，但他总离不了草木，不但是吃食，也实是必要的寄托，盖即使以鸟鸣春，这鸣也得在枝头或草原上才好，若是雕笼金锁，无论怎样的鸣得起劲，总使人听了索然兴尽也。

话休烦絮。到底北平的春天怎么样了呢。老实说，我住在北京和北平已将二十年，不可谓不久矣，对于春游却并无什么经验。妙峰山虽热闹，尚无暇瞻仰，清明郊游只有野哭可听耳。北平缺少水气，使春天减了成色，而气候变化稍剧，春天似不曾独立存在，如不算他是夏的头，亦不妨称为冬的尾，总之风和日暖让我们着了单袷可以随意徜徉的时候真是极少，刚觉得不冷就要热了起来了。不过这春的季候自然还是有的。第一，冬之后明明是春，且不说节气上的立春也已过了。第二，生物的发生当然是春的证据，牛山和尚诗云，春叫猫儿猫叫春，是也。人在春天却只是懒散，雅人称曰春困，这似乎是别一种表示。所以北平到底还是有他的春天，不过太慌张一点了，又欠腴润一点，叫人有时来不及尝他的味儿，有时尝了觉得稍枯燥了，虽然名字还叫作春天，但是实在就把他当作冬的尾，要不然便是夏的头，反正这两者在表面上虽差得远，实际上对于不大承认他是春天原是一样的。

我倒还是爱北平的冬天。春天总是故乡的有意思。虽然这是三四十年前的事，现在怎么样我不知道。至于冬天，就是三四十年前的故乡的冬天我也不喜欢：那些手脚生冻瘃，半夜里醒过来像是悬空挂着似的上下四旁都是冷气的感觉，很不好受，在北平的纸糊过的屋子里就不会有的。在屋里不苦寒，冬天便有一种好处，可以让人家作事：手不僵冻，不必炙砚呵笔，于我们写文章的人大有利益。北平虽几乎没有春天，我并无什么不满意，盖吾以冬读代春游之乐久矣。

春风辗转

王继颖

春风像曲曲折折又线条流畅的柏油公路，蜿蜒行进在群山间。我和爱人驾车入山，被春风引至一个山坳里的村子。依山而建的房屋在公路一侧，公路另一侧是一片田园。我们把车停在公路边，沿小路走进田园。春风裹挟着泥土和粪肥的气息自由弥散。正是午后，村民大概多在家中小憩，时空静谧，视野里，几只喜鹊上下翻飞。

这片山间田园，地势高低起伏。走上一个高坡，看见一小块矮灌木枝圈起的长方形园子。一对老夫妻，在园子一角忙碌。一堆湿润的泥土旁，躺着几十棵白菜。白菜刚从挖开的坑里取出来，老两口弯腰低头，慢慢剥着压伤的白菜叶子。园子中间，鼓着一小堆儿新鲜的粪肥。

"你们从哪来，到谁家的呀？"老妇人看到我们，停下手里的活儿，直起腰身，像迎接远客般热情招呼。

"我们离这不远，不去谁家，随便转转。"我嘴上回答着，紧挨园子停下脚步。

老妇人走到园子边，隔着灌木枝和我聊起来。她身材微胖，蓝底红花的旧棉袄沾着泥土，黑里透红的脸挂着饱满的笑容。清瘦结实的老汉也放下手里的白菜，直起腰身听我们闲话。他微笑的脸上波纹起伏，颜色也是黑里透红。

一番闲话得知，老夫妻都已七十五六岁，三儿六孙，分出去三个小家。老两口单独过日子，坚持种庄稼地和菜园子，衣食不愁，身体还凑合，只是老妇人血压高，腰疼腿疼，吃药不少花钱。两位老人觉少，吃过午饭，在家躺不住，就出来忙。白菜运回家，把坑填好，园子里施上肥，就要种春菜了。

"阿姨，您和大叔接着忙，我们再走走。"我们继续移步前行。

老两口挥手目送。

我们返回时，老夫妻还在忙碌，剥好的白菜整齐地码在一起。

"你们等会儿，带两颗白菜回去！"老妇人一边招呼，一边挑出两颗白菜抱在怀里。

"阿姨，我兜里没带钱。您有手机微信吗？我转账给您。"

"白菜是送你们的，不要钱。这么多白菜，我们吃不完。再说，我们不会用手机。"阿姨和我说着话，走到园子边。

择得干干净净的白菜递出来，我一手接住一颗，沉甸甸的白菜冰凉冰凉的。微寒的春风轻拂，把一股暖意送进我心里。

此时，大叔也走到园子边，一手一颗干净的白菜，执意递到我爱人手里。

四棵白菜放进后备箱，我翻遍车里的储物箱和手提包儿，才翻出三张纸币，一张五十的，一张十块的，一张一块的。我再次返回园子边。三张纸币，阿姨和大叔再三推辞，我执意把钱放到灌木枝里面，又快步走向公路边。

依山而建的几处旧房屋，灰暗，低矮，然而若干年前砌起的每一石每一瓦，仍可见证山村百姓吃苦耐劳修炼出的心灵手巧。我站在两扇紧闭的旧门外，凝视门楼上悬挂的旧灯笼。灯笼的鲜红已褪尽，染透岁月叠加的沧桑。送我们白菜的老人，就住在这样的门里吗？春风带着寒气，吹皱我的心。

一个中年汉子推着独轮车从斜斜的坡路上下来，车上荆条捆得整整齐齐。

我问他："这房子还有人住吗？"

"谁还住这房子？我们早都搬到新房子啦！"汉子的语调掩饰不住自豪。

我们上车前行到开阔处，敞亮、整洁的新房子，贴满漂亮的白瓷砖。心中豁然舒展，轻舞晴暖的春风。

返程时，后备箱的白菜气息，带着山野春风的料峭和温煦，萦绕在汽车内室。我想到自己的父母，他们也都七十多岁，血压高，吃药不少花钱。这样的午后，他们或许在午休，或许也睡不着，一个在电脑上下棋，一个对着手机玩成语游戏。孝顺的儿女孙辈成群，常见的老年病，不影响他们安享幸福晚年。园子里的两位老人，儿孙们也该是孝顺的吧！

一路辗转，黄昏返回平原的城里。街边一位清洁工大爷，仍在坚守岗位。我们靠路边停车，从后备箱取出四棵白菜，把山野老人的善意，送给小城的老人。

夜坐书房，我默念"辗转"一词。除了解释为"翻来覆去"，"辗转"还有一个意思：经过许多人的手或许多地方。这个意思，让我心生春风般柔软的亲切感。只要善意长住心田，就有春风辗转人间，经由你的手，拂过我的心，再伴随他的微笑，吹过谁的暖语，由城市到乡村，由山川到平原……

自带春风

崔修建

喜欢那些自带春风的人，随便走到哪里，周身上下都散发着惹人喜爱的明媚。

二月凛然的风，仍闪着透骨的凉，残雪尚未消融，衰草匍匐于地，落光叶子的树，萧瑟地立在旷野中，没有一丝绿意萌动，远山温暖的憧憬似乎也被冻住了。

心头刚有一丝落寞滋生，天空忽然飞过一只雨燕风筝，一个年过六旬的农民正抖动手里的细丝线，目光追着悠悠地升起的风筝，一颗不肯老去的春心，被牵扯着跑过仍沉睡的麦田，欢欢然，带着孩童般的纯真。骤然，我的眼角有丝丝的暖，炊烟一样扑面而来。那个普通的老农，只用一个寻常的风筝，便牵来一缕春风。

在北方一个不起眼的寺庙，门柱上是一副耐人咀嚼的对联："律己宜带秋气，处世须带春风。"简单的联语，传递着至今仍须牢记的为人处世之道：待己不妨严格一些，待人则需多些春风般的温暖。

自带春风的人，必定是一个内心装满阳光的人，定然是一个富有生活情趣的人，懂得敲碎日常的单调，打破周遭的乏味，在那些普通的日子里，拎出些许的新奇，掂出些许的好玩，自己欣然一笑，也博别人会心一笑。如是，自剪一抹春风，慨然与君共享。

那日，前去拜访一位患了肝癌的诗人，在那间临街的小屋内，床头床脚、书柜案头，皆杂乱地摆着各种书籍，其间毫无章法地散落着一些药盒和药瓶。一见面，诗人便笑着跟我说："医生都不知道哪一种药能治好我的病，我就索性给自己开了一个药方，请这些书一起出场，没准儿还能诞生奇迹呢。"他一脸的阳光，让我立刻有了"如沐春风"的舒畅。

他自然地跟我谈起被查出疾病的突然，谈最初也有些想不开的苦闷，谈不久后越来越释然的轻松，谈他已启动的长诗创作，谈他想给父母多留一些骄傲的期望……窗台

上的两个花盆里，没有栽任何的花，只植着葱绿的韭菜。见到我一脸的好奇，他呵呵地笑着："种一些韭菜，既可以当花赏，又可以不时地当美食享用，岂不是赚大了？"

我啧啧赞叹，敬佩他的洒脱，原本准备了一些安慰他的话语，瞬间全都轻飘飘地溜走了，他哪里是需要安慰的人啊？反倒是我被他安慰了一番——前一段日子，工作中的一些不如意，我心里一直疙疙瘩瘩着呢，与他一席快乐的交谈，我那些根本摆不到台面上的小烦恼，立刻被轻轻地掸落了。

深秋时节，一棵朝着苍老走去的柳树，站在干涸的河道边，裸露嶙峋的胸骨、脱落的树皮、死掉的大半个身子……怀里有一个闲置了许久的鸟窝，还在张望着远方，倾听清脆的鸟鸣，怀想枝繁叶茂的日子，想着曾经那一树耀眼的繁花。真是一棵自带春风的老树，分明已清晰地听到了谢幕的声音，仍那样端然地站立着，仿佛有徐徐的暖风，在柔情似水般地吹拂着自己，好好守着一抹夕阳，守成一道励志的风景。

自带春风，有时带的正是命运在握的从容，带的是潇洒人生的自信。当选过全国"十大改革风云人物"的"中国烟草大王"褚时健，曾一度被判无期徒刑，后因严重的糖尿病获批保外就医，七十四岁时在哀牢山承包荒山，开始种植橙树。八十四岁刑满被释放，他种植的橙子一上市，便因品质优良而大受欢迎，他又成为家喻户晓的"中国橙王"。一位央视著名主持人在采访褚时健时，连连感叹："与他对话，真是如坐春风。"似乎多舛的命运，更像不可或缺的磨砺，他只微微一笑，就让梦想飞起，让汗水滴落，许给自己一段"春风自在的好时光"。

一位新结识的著名书法家，要赠我一幅字，我便请他挥毫写下"自带春风"，以勉励自己：无论生活中有怎样的风霜雪雨，都要仰起头来，给自己，也给别人，送上一缕喜人的春风。

雨夜的灯光

陈志宏

八岁那年，我跟着父亲赶集卖黄豆。黄豆并不好卖，直到下午，父亲才卖出去十几斤。

开始散集了，集市上的人少了许多。天边的云越来越多，间或还会响起一记惊雷。我扯着父亲的衣角，催促道："爸，快要下雨了，我们赶紧回家吧！"

雨落下来，父亲把蛇皮袋扎好，架上自行车，带我到一个屋檐下避雨。我们俩眼巴巴地看着大雨倾盆而下，不知何时才能回家。

夜幕降临，风停雨歇，空气里都是湿透的烂泥味。一脚踩在地上，泥水直往裤脚里倒灌。父亲坚定地喊了一声："回家！"他把我放在自行车横梁上，骑着自行车，摸黑往家赶。走出去大约十里地，路两旁已很难见到灯光，耳朵里除了夜鸟的叫声就只剩风声了。

山道经雨一淋，红土变成黏泥。父亲累得气喘吁吁，再怎么用力，行进起来也是慢如蜗牛。父亲把我从车上抱了下来，让我帮着推车。

一路跌跌撞撞，我们来到了一个让人胆战心惊的三岔路口。这附近遍地坟场，林间的猫头鹰像孩子哭似的鸣叫着，吓得我几乎丢了魂。我赶紧抓牢父亲的衣襟，带着哭腔说："爸，我怕……"

"别怕，跟着我走！只是鸟叫，有什么可怕的！"父亲抓住我的手，安慰着。

不知什么时候，我们前方亮起一盏马灯，暖暖的，亮亮的，像是升在林间空中的一轮明月。

"你们去哪儿呀？"光亮后面的人影问。

"陈坊。"父亲应声答道。

"你儿子多大了？"那人又问。

"八岁。"

"我送送你们吧！"

两人一问一答，把寂静的夜衬得更加寂静。

一路上，那人和我们讲起他儿子的故事。

那年，他儿子也是八岁，一次突然高烧不退，他和孩子的妈妈连夜送儿子去山下的医疗站。因为走得急，忘了带马灯。那天夜里也下了一场大雨，道路泥泞难行。一家人摸黑赶路的时候，不小心跌倒在沟边的岩石上，儿子竟被摔坏了头，至今反应还很迟钝。

"我不希望再有人在这条山道上摔倒。一到雨夜，没什么事，我就打着马灯出来看看，好让路过的人能看清前面的路。这条路上满是泥巴，路边沟沟坎坎全是硬硬的岩石，要是摔倒了，可真危险啊！"他边走边说。

走了大约五里山路，我的双脚实在酸痛得不行了，就向父亲直嚷嚷："爸，我脚疼，走不动了！"

父亲一边吃力地推车，一边安慰我说："就快到了！"

那人二话没说，竟半蹲着让我趴到他背上。他直起腰的时候，对我说："我儿子，当时也是你这么大！"然后，一路背着我走。

黑夜里，我定定地看着马灯前面那一缕温暖的灯光，把淡红的软泥照得亮亮堂堂，而他一脚踩下去，温暖的灯光里便飞溅起一串红泥来。夜风吹起，让人顿感一阵凉意，我紧紧地贴在他的背上，感受到他后背的温热，心里也热乎乎的。

走出山林，父亲向打马灯的男人道谢。这时，我才看清了他的脸：黑黑的眉毛，浓浓的胡须，一双深邃的眼睛，仿佛流尽了泪……

多少年过去了，那一路的灯光总让我感到那样的温暖，那样的难以忘怀。

把春的希望播种在人生的沃土里 ┃ *019*

心是一棵会开花的树

顾晓蕊

故乡的家是一个四合小院，院里有棵粗壮挺拔的洋槐树。阳春四月，巨大的树冠华荫如盖，素淡的花苞次第开放，满院流溢着醉人的清香。

槐花盛开的时节，团团簇簇洁白的花朵，像迎风舞动的风铃，摇出阵阵欢快的笑声。最开心的，要数采摘槐花。弟弟爬上高高的树杈，用带钩的竹竿把槐枝扭断，我拾起落到地上的枝条，沿着细茎轻轻一捋，一嘟噜花朵落进筐里。

在那贫寒的年代，槐花无疑是一道美食，或蒸或炒，皆唇齿留香。然而，苍翠遒劲的老槐树，在一个电闪雷鸣的夜晚，如巨人般轰然倒塌。翌日清晨，发现槐树被拦腰截断，细碎的花瓣飘落一地，生命的华美与脆弱瞬间交替，让人久久地怅然无语。

此后不久，我们便搬家了。十余年时光缓缓淌过，日子过得平淡而适意。三年前的一天，宁静的生活被突如其来的电话打破。妈妈放下电话，脸色煞白，双手颤抖，对爸爸说："儿子在工地上出事了。"

那是怎样惊心的一幕，现场发生爆管事故，弟弟身上多处烫伤，从八米平台纵身跃下。他在重症病房里，度过生命里最难挨的两个月。出院后，他不愿照镜子，也不愿出门见人，每天把自己锁在房间里，用舒缓的音乐安抚心底的伤痛。

妈妈说："这样会闷出病来，出去走一走吧。"我想了又想，决定陪弟弟回故乡。踏上梦萦魂牵的热土，我的心里充满期待与忐忑，不知这一趟旧地重游，将给弟弟带来怎样的影响。

走进童年的小院，一阵阵清香扑面而来，浓烈而又执着。抬头望去，记忆里被风雨摧毁的洋槐树，竟奇迹般出现在眼前，变得更加枝繁叶茂。弟弟径直向前，缓缓地走到槐树下，把身体贴近树干，紧紧地拥抱那棵树。

那一刻，安静极了。忽一阵清风拂过，雪白柔软的槐花，落在他的

衣襟上。他捏起几朵放进嘴里，细细地嚼，两行清泪落了下来。自从弟弟受伤以来，这是我第一次，也是唯一的一次，看到他流泪。

泪痕很快被风吻干。他侧过身来，说："姐姐，给我照张相吧。"我掏出数码相机，紧张得按了三次快门，才拍下这美好的瞬间。弟弟倚着老槐树，感叹地说："槐花虽小，却有阳光的味道。"他笑了，目光变得坚强，从灵魂深处射出来。

半个月后，我们回到家。照片洗了出来，弟弟把它摆在床头，背面写一行蓝色小楷：树是大自然的智者与强者，人应该像树一样活着。至此，我那颗悬着的心，终于放了下来。很快，弟弟又回到工作岗位，开始了全新的生活。

心是一棵会开花的树，那枝叶是信念，那树干是平和，那深入地底下的根须，就是默默地承受。人这一生，有这么一棵树，不管经历怎样的风雨，依然能凭借一缕心香，从容抵达幸福的彼岸。

春天的十二种颜色

朱成玉

米粒儿一大早忽然来了兴致，对她妈妈说："妈妈，我想画你，春天的十二种颜色，你随便选！"

春天的十二种颜色——或许她也说不出来具体都是哪些颜色，她只是用了一个模糊的数字，我却喜欢上了这样的表达。

这是属于孩子的诗。

而春天，到处都排列着诗。有诗路过的地方，香气冲天。

春天，又何止于十二种颜色？

河面上还有浮冰尚未完全融化。冰是水的修行，春风一度，便可羽化成仙。

赤橙黄绿，皆为风景，这风景，是用思念拍下来的，从远方寄来，也将寄往远方。

我看到的，并非风的吹拂，而是狗尾巴草拼命地拽着风，非要把它拉到自己的脚边，陪它玩耍。

春天在我的身后掉了一些花瓣。修剪草坪的人被草没过了双脚。

阳台上那盆蟹爪兰终于开花了。打从它进家门，就一直没个笑脸，好像我们欠了它几两春风。老婆精心伺候，终于等到它冰冷的心回暖。我想，一朵花的坚持，是为了等候那个爱它的人出现，把它捧在手心，热泪盈盈，这是一朵花的胜利。

一只蚂蚁步履缓慢地爬上一朵花的花蕊。稍作停留，便匆匆爬下去了。它并不采蜜，似乎只是好奇，为何蜜蜂和蝴蝶要那么执着地亲近一朵花？到底有什么好呢？蚂蚁想不明白，但它回到同伴中去，还是很骄傲地炫耀了一番："我爬到那朵花的头上了，看到了它最美的一面。不信？你们闻闻我触须上的花香。"

爆米花师傅跑到杏树上，爆了一整夜的米花。我知道，他还会马不停蹄地跑到梨树上，桃树上……这个季节，他是最忙碌的爆米花师傅。

带着老人院里的老人们去看开得正旺的杏花，然后看看他们的眼神。经历了一生，淡然的他们是否还会被杏花点燃？

再领着孩子去看杏花，看看小孩子的眼睛里会荡漾出什么样的波涛。

不论老人和孩子，对着燃烧的杏花，无一不露出欣喜之情，那是天降的慰藉，把老人心间的皱纹熨平，把孩子头脑里的混沌拨开。

春天的十二种颜色里，肯定少不了樱桃色。

樱桃，多美好的名字，听着、看着都亲切。

它们小小的，圆圆的，红彤彤的，是这春天里的火苗，一颗一颗，稍不留意，便已"星火燎原"，把整棵树都烧红了。它更像这春天里的小小心脏，在微风里生生不息地跳动。我爱樱桃，以及樱桃一样的女子。

春天的十二种颜色里，应该也不会少了乡村的快递员。

诗人王二冬的诗歌《乡村使者》，写出了这样一种温馨的场景：

小小的包裹填补了城乡的裂痕

她把瓜果交给快递员，父母尝到女儿的甜蜜

她把围巾交给快递员，丈夫在异乡不再寒冷

她偶尔也把无名的悲伤交给快递员

没有地址的收件人像一棵与时间对抗的树

不知道送给这一棵还是那一棵

他有时觉得自己也是收件人，自己

也被这个村庄里的人和万物爱着

阳光照进来，暖暖的，温度适宜，我就像一颗上好的豆子，把自己剥个干净，终于可以放心地发芽了——那是长在梦里的诗句。

我要善待自己的躯体，尤其是每天保持写作的手指，以及可以站稳的脚跟。

我要努力地爱我爱的人，尤其是我那小小的女儿，她一个小小的趔趄，就会引发我慌乱的雪崩。

女儿，你且只管豆蔻初开，亭亭玉立，楚楚动人，娉婷婀娜……美好的词语，我都帮你抢过来，给你占着，注册到你的名下。

人间有情，万物安详。春天的十二种颜色，其实只有一种颜色，那就是爱的颜色。

时光总是流逝得如此迅疾，我总觉得春天才刚刚上路，就被夏天半路劫走。

画眉鸟突然叫了几声，是惊？是喜？没人能听得清。

鸟没有周末。每一天又都是周末。阴天和晴天，它都鸣叫，从不厚此薄彼。

窗帘能隔开白天，但隔不开春天的鸟鸣。

这是一个将功补过的春天，用真诚和苏醒的爱，制成一粒粒药丸，缓解着人间的疼痛。

给每一棵草以开花的机会

李雪峰

朋友去远方做事，把他在山中的庭院交给我留守，那是一座幽静而美丽的院落，在一片苍苍郁郁林子的中间，红砖青瓦，院子内外鸟语花香，就像是一幅幽美的风景画。

我尤其喜欢这个庭院的院子，有半个篮球场大小，除了临墙的地方扎了一道篱笆种些时令青菜外，其余的地方都空着，清晨或黄昏时，搬一把小椅子坐在院子里品茗读书，天空里云舒云卷，或朝阳或夕照，耳边是鸟语和缕缕山野清风，这时读一卷旧书，挺有古典的诗意。

朋友是个辛勤人，院子里常常打扫得干干净净寸草不生。而我却很懒，除了偶尔扫一扫院子里被风飘进来的一些落叶，那些破土而出的草芽我却从不去拔它，任它们潜滋暗长地疯长去。初春时，在院子左侧的石凳旁，冒出了几簇绿绿的芽尖，叶子嫩嫩的、薄薄的，我以为是汪汪狗或者茂茂草呢，也没有去理会它，直到二十多天后，它们的叶子蓬蓬勃勃伸展开了，我才发觉它们不是汪汪狗或茂茂草，叶子又薄又长，像是院外林间里幽幽的野兰。如果真的是野兰，家有幽兰徐徐绽香，那将多么富有诗意啊。

暮夏时，那草果然开花了，五瓣的小花氤氲着一缕缕的幽香，花形如林地里那些兰花一样，只可惜它是蜡黄的，不像林地里的那些野兰，花朵是紫色或褐红的。我采撷了它的一朵花和几条叶子，下山去找我的一位研究植物的朋友，朋友一看，顿时欣喜若狂，忙问我这花是在哪儿采到的。我同他讲了，朋友欣喜地恭贺我说："你发财了！"我不解地望着朋友，朋友兴奋地解释说："这是兰花的一个稀有品种，许多人穷尽了一生都很难找到它，如果在城市的花市上，这种腊兰一棵价值万余元。”

"腊兰?"我也愣了。

夜里，我就挂电话把这喜讯告诉了远在南方的朋友。"腊兰? 一棵就价值万余元? 就长在我院子的石凳旁?"朋友一听也愣了。过了一会儿，他告诉我说，其实那株腊兰每年都要破土而出的，只是他以为它不过是一株普通的野草而已，每年春天它的芽尖刚出土就被他拔掉了。朋友叹息说："我几乎毁掉了一种奇花啊，如果我能耐心地等它开花，那么几年前我就能发现它的。"

是的，我们谁又没有错过自己人生中的几株腊兰呢? 我们总是盲目地拔掉那些还没有来得及开花的野草，没有给予它们开花结果证明它们自己价值的时间，使许多原本珍奇的"腊兰"总是同我们失之交臂了。

给每一棵草以开花的时间，给每一个人以证明自己价值的机会，不要盲目地去拔掉一棵草，不要草率地去否定一个人，那么，我们将会得到多少的人生"腊兰"啊!

行走的雨滴

刘可臣

没人能看得见雨滴的脚，但它一直在行走，如同时间。

雨滴不茫然，每一滴雨都在认真地行走。从屋顶青瓦上走过，落在房檐下美人蕉的叶子上，流入花心里，变成了一颗晶莹剔透的心。

雨滴从城市里走过，沿着城市楼房的排水管滴下来，落到水泥地上，分身无数，水花四溅。雨滴像音乐会上抑扬顿挫的旋律，又像平静的湖面上燕子掠过发出轻轻的点水声，给城市繁华背后每一颗浮躁的心注入安宁的乐音。

雨滴是音乐的制造者，落在不同的物品上会发出不同的声音，有激昂，有低沉，有奔腾，有舒缓。雨滴的快慢、大小、高低，决定了它的韵律。不论是牛毛细雨还是瓢泼大雨，雨滴都会带来一场音乐盛宴，只不过是管弦乐与打击乐的区别。雨滴是天上的信使，用不同的水滴传递信息。

雨滴落在电线上，被穿成白项链，听到风的号令，排队集体整齐地跳向地面，像花样游泳整齐划一入水的姑娘们。

雨滴忙碌着，它要照料万物。行走的雨滴最有耐心，尽管没上发条，步履却比时钟更温柔，更洒脱，更坚韧。雨滴在屋檐下，在植物的叶子上，在窗台上，在青石板上，在柏油路面上，在一切可以到达的地方留下或急促或平缓的脚步声。如果水量充足，雨滴最有耐心，这种脚步声会长久地留下来，将石板踏出坑凹，将石头走穿。时间就穿行在雨滴里，是雨滴记录了时间，还是时间穿透了雨滴，谁也说不清。只是雨滴不能回头，不能转身回到天空，回到云里。在这一点上，雨滴和时间达成了默契。

雨滴无私，从不留私房钱，只要有就全部洒向大地；雨滴仔细，从不浪费，雨入大地、江河，完成滋润大地的任务后，华丽转身，蒸发成云，步回天庭；雨滴有味，它储存了大地上万物的味道，还融进了人们劳动的气息，树木生长的气息，牛羊奔跑的气息；雨滴恋家，不好动，落到哪儿就不想走了，除非是有其他的雨滴来了和它汇合，把它拉着走向大江大河。

雨滴走过鲜嫩的春天，翠绿的夏日。秋日，大地减了肥，山也变得瘦了。天际辽远，飞鸟就算是成群结队地飞过也不显拥挤。天上的云略显寡淡，像被吃掉鱼肉后剩下的鱼的肋条。匆忙走过的雨滴，让秋收后的大地飘散起草和粮食的味道。

　　雨滴就像透明的甲虫，从天上来到人间，从屋檐下爬过，从树木上爬过，爬过所有的季节，最终钻进大地的怀抱，和大地一起过冬。雨滴亲吻着尘世，每一朵花，每一棵草，每一个房屋，甚至每一片垃圾。它从来不嫌弃谁，也不抛弃谁，从无怨言。它爱着这个世界美的部分，也努力清洗着世间丑恶的那部分。

　　尘世的你我他，皆为雨滴。热爱着生命，就是最优雅的行走。

花开的方向

才春新

季节的风拂过山川大地，阳光向暖，转眼夏日。

母亲在微信上发来一组照片：自家院子里的一个小地缸中，三五翠叶盈水，一抹娇羞亭亭而立，美极了。

说来在所有的夏花中，真是独爱莲！且不说慕其"出淤泥而不染，濯清涟而不妖"的那份高洁，单只凭一袭翠袖、艳艳红妆，就令人赏心悦目。于炎炎夏日，遇一方池塘，逢凌波仙子，多么惬意！那种感觉，即便无风，心海也会泛起阵阵涟漪。

小城亦有几处有荷花的地方：比如北站附近的"地藏寺村"，那儿有一片天然的莲花池，每年朋友们晒出的图片，颇有"接天莲叶无穷碧，映日荷花别样红"的场面。还有"田园山庄"，听说是人工修建的一处小庄园，地方不大，但曲岸廊台，风景优美，可以依在莲花之侧，尽享人美花娇的别样情趣……几处地方皆不远，然忙忙碌碌中一直未及前行。

倒是那年那晚，偶然在身边的龙岗公园相遇一枝莲。是的，那天只看见一枝莲花，它在静谧的沟渠里孑孑而立，默默含苞。一枝莲显得有些羸弱，有些身单势孤；一枝莲也显得有些矜持，有些羞涩。虽说只有一枝，但那一枝绝对是美的！一袭绿色淡淡的，又嫩嫩的，若是轻轻地触摸，怕是能流淌出鲜鲜的汁液来。它就像一位青春少女，清风微拂，粉红的颈项微微高昂，虽默默无语却无限风情。那一刻，一枝莲令人心动，不知道为什么心与之拉得很近很近。一方沟渠就像是我的一方围城？一隅清修，就像我孤傲的素影？还是一缕神韵，就像我的一帘幽梦、无边憧憬？

即便龙岗公园，亦是有两三个年头未涉足，但心中一直特别地牵挂那枝莲。

流光匆匆，如今那枝莲又该一袭翠衫，婷婷而立了吧？

母亲也养莲花了？

母亲不是居家专业养花人。她年已八十有余，依然和父亲一起侍弄果园，靠一双勤劳的双手打拼生活。

不错，生活是需要打拼的。小时候，家里女孩多，缺少男劳动力，大多靠父亲一个人风里雨里地奔波，生活的贫困程度可想而知。

母亲过日子很节俭，也有人说她抠门。就比如捡块豆腐，她会背着手围着豆腐担子转来转去，直到豆腐边儿了才拿出盘子。豆腐边儿可是能多吃上好几口呢！那时，家里房前屋后能用的地，母亲养鸡养鸭或者种蔬菜，哪怕一个小空隙也要撒上一把菜籽，哪有闲地用于种植花草？况且贫困时期何来养花的闲情呢？

应该是"土地下放"后的那一年，母亲开始养花。最初，她在院子的东墙根种了一趟"死不了"。这名字很土气吧？真的，那时候不知道这花的学名，只因为它生命力极强，不需要怎么打理就能开出成片的花朵，所以乡下人都喊它"死不了"。这花好啊，花朵是各种颜色的，白的、黄的、红的、紫红的……多姿多彩。无论怎样的土质，无论怎样的环境，花儿们每天清晨就迎着阳光、顶着露珠绽开灿烂的笑脸。大概就是从那时开始，我才知道母亲是喜欢花的，因为母亲即便忙忙碌碌时，也总是冲着花开的方向嘴角含笑，笑容里荡漾着缕缕春风。

党的好政策让土疙瘩翻身，农家人平常的日子就像花开一样一天天美好起来。

母亲一边侍弄果园，一边用闲暇时间侍弄花草，并且她养花的兴趣与日俱增。花的品种不再单一，从胭脂豆、野山菊、灯笼花、海棠、蔷薇到满天星等等。花的阵地也一点点扩大，不再局限于东墙根，很快就发展到院子的墙里墙外，甚至还"侵犯"到曾经谁也不能侵犯的小菜园的边边角角。

对于侍弄花草，母亲很是用心。看母亲养花，知道母亲是付出了爱心的，无论除草、浇水、施肥等等，她都积极且小心呵护着。同时，花儿养得越多，母亲就越开心，花开了，母亲便笑了。

光阴流转，和曾经的苦日子说拜拜。旧时一窝"小燕子"一天天长大，一个个飞离了父母亲的身边，有了自己的小家。母亲不服老。去年，年近八十的母亲还买了一部智能机。她说她不再满足打打电话，还要和我们视频，无论想谁了，哪怕在千里之外，她也能看见。母亲还学会了上微信、上快手、拍照片以及了解国家大事呢。多么新潮的老太太！

　　一组莲花的照片从山屯飞向小城的时候，我心潮起伏，一边惊喜一边调侃："老妈啊，您还养了莲花啊，俺老妈真是越来越风雅了！"

　　老妈在视频里哈哈大笑："这有啥？在缸里培植成功后，还要把荷花种到咱村房后的小河里，弄一片荷塘呢！闺女，政府给村里修房修路，还建休闲广场，再配上我的花花草草，咱家就更漂亮了！老话说有福之人不用忙，无福之人跑断肠，老妈就是有福人，赶上了好时代！"

　　我眼前浮现出一条光洁的柏油路，还有一排排新房，房前是一处开阔的小广场，房后是一片小池塘，多么美丽的乡村画卷。凭栏远眺，那是花开的方向，清风徐来，馨香萦绕……

春光如药

查晶芳

"我发现春光是一种药，最能给人疗伤。"寒夜寂寂，拥衾闲读，忽逢此句，眼亮心暖。

语出《额尔古纳河右岸》。那是一个美丽而神秘的世界。那里的人住在能看到星星的屋子里，耳边总能听到流水一样的鹿铃声，他们常围着篝火载歌载舞直至天明，却也总有些生命会在山林里离奇地逝去。当达玛拉接连失去两个女儿时，整整一个冬天，她脸色青黄，颓丧消沉；然而春天来临的时候，她的脸上又有了笑影。

是明媚的春光疗愈了她。鄂温克人生活在山林里，一呼一吸皆与自然亲密相拥。当春光挣脱了隆冬的束缚如泉喷涌之时，日光穿云破雾，处处铺金洒银，更有温风如酒，花光拂面，嫩绿的枝叶迎风摇曳，一切如诗如画。其柔暖熨帖沁心入骨，将达玛拉流血的创口轻轻缝合，伤痛的心不药而愈。

"原来姹紫嫣红开遍，似这般都付与断井颓垣。良辰美景奈何天，赏心乐事谁家院。朝飞暮卷，云霞翠轩。雨丝风片，烟波画船……"久居深闺的杜丽娘面对满园绚烂春光，更是惊魂动魄，慨然长嗟。

那日，她出秀闺，立庭院，看晴丝袅袅，摇漾如线，听燕语生生，明丽如剪，深深叹：不到园林，怎知春色如许？那一刻，她被封建礼法桎梏已久的心神倏然而醒。铺天盖地的春光，不仅亮了她的眼，惊了她的心，更彻底唤醒了她蓬勃的生命力和强烈的自我意识，少女被压抑的青春悸动终于汹涌澎湃，直至喷薄而出。沿着园中小径，她的灵魂走出了令人窒息的囚笼，踏上了开满鲜花的爱情之路，哪怕最后在爱的火焰中燃尽了生命，亦矢志不悔。

春光真如一味神奇的药，将杜丽娘从昏昧懵懂中骤然唤醒，令其成为一个鲜活生动的真正的"人"。伴随着她的觉醒，"情不知所起，一往而深，生者可以死，死可以生"这句爱情名言也永远镌刻在了中国文学的悠悠长廊里。千百年来，无

数性情中人吟之诵之，感之慨之。

而烟火尘世里，又有哪一颗心不曾被春光抚慰？那灿灿之光，承得住欢情，亦托得住苦难。即便再命运多舛之人，只要嗅到春的气息，冰封的生命之湖也会荡起层层涟漪。

杜甫一生颠沛流离，际遇悲凉，却时时不忘忧国忧民，其诗作总不脱沉郁顿挫之底色。世人眼中，他仿佛只是愁郁满面、拈须苦吟的老杜。其实，每每春天来临，"老杜"从不缺追风少年的潇洒轻快。他看到黄鹂鸣翠柳、白鹭上青天，心悦"好雨知时节"，"润物细无声"；春水初涨，他说是"三月桃花浪"，"碧色动柴门"，透过鲜亮明媚的色彩，欢愉跃然纸间。"接缕垂芳饵，连筒灌小园"，他钓鱼，引水，灌园，一派悠闲。"报答春光知有处，应须美酒送生涯"，他还得来壶美酒，才不枉这美丽春光呢。而那些春风花草、飞燕鸳鸯、戏蝶娇莺，亦无一不从他眼中心底流至笔端，凝成清丽丰腴的纸上春光，春秋轮回，永不褪色，既慰藉了他自己那颗饱经沧桑的心，也治愈了后世无数伤感的灵魂。

啪嗒，啪嗒。雨声如诉，叩击窗棂。思绪从书页间抬头。下床，开窗。雨丝伴着冷风扑面而来，那冷里夹杂着似有若无的清甜气息。春风如贵客，一到便繁华，枝头上春的消息已憋不住了。玉兰温柔已显，满树尖细的花蕾像一支支饱蘸浓墨的狼毫，随时准备写下春天第一页秀丽的小楷；溪边泛青的柳条上，米粒大的芽苞是早春最清澈的眼眸；枯草正被渐暖的地气唤醒，伸个懒腰，披件绿衣，就要齐齐站起来对着春天招手了……

不禁心神雀跃。与春光撞个满怀，真好。那是以严寒和料峭熬制而成的药，只要将其一饮而尽，便永远不会失去发芽的心情，再多长夜里的黯然，亦能花开如瀑。

一个人的春暖花开

李怀春

这是春天的事情。

春天总有一些事情出乎人们的意料，比如本以为死掉的一条小虫子竟然缓缓醒过来；比如一株本以为枯萎的被扔掉的月季，竟然开出艳艳的花来；比如一个人的突然来访，而这个人偏偏是我最不想见到的。

她是我们单位的职工家属，10年前，她爱人因公殉职，单位给了她一笔抚恤金，还念在她领着两个孩子，孤苦无依，就把单位的一间简陋的平房腾出来给她们住。每逢节日，单位还会送过来一点米面油之类的生活用品予以接济。孩子一天天长大，她来找我们的次数也一日日增多。按理说，她和孩子的户口在农村，村里也给她划分了土地，可是她不回去，坚持住在我们单位照顾给她的平房里，一住就是好多年。单位要扩建厂房，准备把这个平房拆掉，找到她，希望她能给予理解，她泣不成声，忙不迭地给我们跪下来，让我们帮忙给解决房子的问题。关于她的住房，一时间成了我们单位一件让人头疼的事，更成了我的心病。我和单位的主管领导多次找房改办，找街道居委会，费尽千辛万苦硬是为她争取来了一套廉租房。她感激涕零，我也松了一口气。没想到，时隔不久，她又来了，还是要房子，说是儿子大了，总要结婚的，没个房子女方肯定不会同意的，所以她要早点儿为儿子做打算。

这不是得寸进尺吗？我从最初的同情慢慢变成了厌烦。我和她解释，也和她讲"授人以鱼不如授人以渔"的道理，可是她却油盐不进，一门心思要这个房子。

我狠下心来，决定无论如何也不会再对她"施以援手"。过多的仁慈，只会害了她，那些"帮助"，就像一根绳子，捆缚了她自力更生的能力。

"这日子，还得靠你自己来过啊。"我抛下这句话，拒绝再见她。那些日子，单位的人也都被她找怕

了，看到她就躲，有她的电话就挂。或许是她自己也找烦了，也跑累了，终于，不再来了。

但是多年后的今天，她又一次突然而至，真是让我不知所措，她又会提出一个什么样的要求呢？让我感到意外的是，前几次见她都是一副苦大仇深的样子，披散着发，耷拉着头，眼神呆滞无光，鼻子却灵活得很，不停地抽动，酝酿出无穷无尽的鼻涕和泪水来，并不时地用袖口擦拭着，嘴也不闲着，嘟嘟囔囔，尽是牢骚和抱怨，仿佛整个世界都冰冷着，一直都在冬天，没走出来过。而这一次，她完全变了个样子，整个人变得干净利落了许多，最主要的，是脸上有了阳光的色彩。

"俺儿子要结婚啦！"她难掩喜悦之情，急切地对我说。

儿子结婚？需要房子？我的脑海一下子冒出这些东西来。我并没有放弃对她的设防，对我来说，哭着和笑着，似乎都可以成为她的"撒手锏"。她似乎看出我的心思，笑着对我说："放心吧，这次俺不会再提那些无理要求啦！俺就是想让你们去参加俺儿子的婚礼，顺便去看看俺们现在过的日子。"说着，她拿出手机来，给我看她儿子的新房——那是一栋两层半结构别墅型楼房。客厅，卧室，卫生间，一应俱全。有院落，用铁栅栏做围墙，大门设计得精美而敞亮。我有些不敢相信自己的眼睛，问道："这是在哪儿啊？"

"是我的老家。自从上次从这走了以后，我就回农村去了，种了地，还养了很多很多牲畜，也是老天照顾，种地丰收，养的牲畜也壮实，赚了些钱，就在自家的院子里给孩子盖了个小楼。"她接着说，"当年啊，要不是你拒绝再帮俺，俺还不懂得自己去闯闯俺的日子哩，这么折腾几年，还真折腾出点人样子来，这不，日子好了，俺也寻思着给你们道个谢，那些年啊，真是没少给你们添麻烦啊……"说着说着，她的眼泪就又流了出来，不过这一次的眼泪，不关乎悲苦，只关乎人情。

我知道，她真正从生命的冬天里走出来了，现在的她，正在经历春暖花开的好时节。

一个人的春暖花开，是心，生了希望的根；一个人的春暖花开，是魂，靠了知足的岸。

雨是落入大地的星辰

石 兵

很多年前，一位老师对我们说，夜晚落下的雨，就是天空的星辰，它们眨着眼睛，飞过千万里距离，只为寻找大地上的一朵花，一株草，一个懵懂的孩子。

彼时不太懂老师说的话，因为年纪太小，阅历尚浅，却还是感知到了话语中满满的美好与希冀。

此后数年，求学异乡，离开校园，为了生计奔波忙碌，常常疲惫不堪尘灰满面，心中似也结满了斑驳的蛛网，遮蔽了少年时的种种念想。

只是，每逢下雨的夜晚，总是会想起旧时老师说过的话语，看着雨丝在路灯光照中闪闪发亮，一颗颗似是珍珠穿过透明的丝线，直至落入大地，汇作一道缓缓流淌的小溪。不知为何，看着它们，似乎便在刹那间拥有了满天星辰，心中的杂乱与躁烦变得一片清明。

前几日，也是一个夜雨绵绵的日子，忽然老同学发来信息，说老师病重，商量着一同返乡探望。我立刻应允，静下心来，才突然发现已有多年未见老师了。

回到故乡，正是夜色明朗，漫天星辰闪闪发亮，这是城市永远无法见到的夜空。来到医院，一眼便看到了满头白发的老师，他正躺在洁白的病床上闭目养神，我们轻声进入病房，老师却似乎感知到了什么，迅速地睁开了眼睛。

看到我们，老师露出了笑容，说出的第一句话却是，你们来得不是时候，昨天晚上刚刚下过雨，今天天晴了，星星回到天上去了。

听了老师的话，我们都笑了起来，却在不知不觉间，眼睛也变得湿润起来。

我说，您当初说过的那句话，现在都刻在我们的脑子里了，我们现在天天忙得站不住脚，忙得昏天黑地，但是只要一遇到晚上下雨，心就能很快平静下来，这是多少钱也换不来的啊，现在的我们虽然不是天天盼着晚上下雨，但是每次遇到雨夜，总还是会想起当初您说过的那些话。

老师笑着说，其实，这也是我的老师曾对我说过的话，每个人所处时代不同，际遇不同，但是，内心的感受是相同的，只有心存美好，才能感受美好，才能遇到美好，这与金钱无关，甚至与事业和理想都无关，这是每个人的精神需求。

我们纷纷点头称是。老师说，我知道你们现在做什么的都有，有自己创业的，有公务员，有教师，但是，你们都还有着一个共同点，就是都还爱看书，爱写点文字记录下自己的经历和心情，我常常会在网络搜索你们的名字，看到了不少你们的作品，看到你们常常会提起我说过的那些话，说实话，我很高兴，也很感动。

我们静静听着老师说话，那一夜，老师说了很多话。原来，他一直在默默关注着我们，关心着我们每一个人，知道我们没有忘记他说过的话，知道我们始终保有着少年时的一颗初心。

与老师告别时，每个人都依依不舍，我们相约要经常回来看望老师，更重要的是，我们希望多听老师说说话，这么多年了，我们看似长大了成熟了，骨子里却仍然还是那些渴求知识希望得到教诲的学生，只是，成年人的世故让我们只有在亲切的老师面前才能放下虚饰，才能用心聆听对方所说的每一句话了。

雨是落入大地的星辰，如今再想想老师的话语，终于明白了他的心。原来，他是为我们的生命注入了一丝浪漫与诗意，浇灌了一些希望与静谧，因为，他知道，这些正是我们长大之后最缺少与最渴望的事物，也是一个人一生中最需要与最重要的事物。

花叶不语自思量

郝 良

早早醒来，晨曦微露，突然想起楼顶的那些花花草草，心里愣愣地怔了一下，有多久没去打理了呢？

当初舍弃电梯房，宁肯每天龇牙咧嘴地爬八楼，也就是想着有这样一个小小的屋顶花园，能栽几棵自己喜欢的树或是几株花，温一壶清茶，看她们花开花谢、叶生叶落，陪着我一起在时光中慢慢老去。没承想却在人间烟火中把自己给熏得俗不可耐，花草树木请到楼顶安家后就被冷落了，别说陪她们，连楼顶也很少去。很多时候我们在突然想起一件事后会情不自禁地在心里狠狠地骂自己一顿，这天早上我就是这样骂了自己，然后赶紧跑楼顶去了。

我最爱的雏菊和黄桷兰开得正旺，三角梅一树芳华，被金银花藤缠得喘不过气来的月季依旧绽放出花蕾，兰草、三叶草、草莓匍匐在花盆里绿意盎然，除了散落一地的葡萄树、无花果的枯叶和绿叶上蒙着的一层灰土，看不到我想象中的残败不堪，她们都安安静静地活得很好，我的冷落似乎对她们没啥影响，不过我的愧疚并没有因此减少一分，赶紧把花台的角落上下都清扫干净，然后把一盆盆的花草挪移到更容易和阳光亲吻的位置。再拿出花剪修枝剪叶，浇水、淋水，叶片上的尘垢被清洗后，她们立刻清爽起来，花不言，叶无语，但我感觉听得见她们欢喜的笑，相由心生，她们比我更懂得美。

"真正的美，是做自己，美若开始比较，便开始不美。"生长在这小小一方天地的她们，按照各自的姿态自由地灿烂生长。她们向着阳光的方向，发芽开花，你在三月最红，我在六月最绿，你在地面蔓延，我在空中伸展，没有仰视，没有羡慕，每一种存在都是独一无二的美。

那一株靠着外墙的桂花，我曾经担心她的根系过于发达，会穿透墙面，便准备砍掉重新换栽一种柔情的花草，几次拿起刀来，总是不忍下手。二姐见不得我的迟疑，啪啪两刀，那根最粗的枝丫就倒下了，正待继续砍，被我拦下来。不承想这桂花树的断臂处，居然在八月里开出了密密麻麻的花蕾，然后谢了又开。"君

若爱我不傲娇，君若弃我不怨愤，只要我在，就算残缺，也会为君绽放我的美"，这树一定通人性的，每次见着这不谢的花蕾，我就忍不住对着她的伤口，轻轻地呵上一口气。

这盆看起来柔弱的水仙花，曾经败到不忍直视，我以为她活不了，小心地把整株花从泥土里剥离出来，结果才发现我的担心实在多余，好多嫩白的新根系几乎完全包裹住了老根。这一刻看起来的残败枯萎，是为了让生命更旺盛，泥土里深埋着一种力透纸背的希望，细细清洗拨开交织缠绕在一起的根系，把她们放在没有阳光直射的地方，任她们开始新的生长。

茉莉，绽放的时候，一朵小小的花，似乎就让整个家弥漫着淡淡的清香。我将凋谢的花朵从地上拾捡起来，风来的时候，从窗口把她们撒开去，看着她们轻飘飘地在空中旋转着飘落，像朵朵飞舞的白色小蝶，恍惚中，她们还是花开的模样。生命，真美，花开花落，是自然的美，是真正的美。我们内心的那些不舍或欢喜或怨恨，大概是佛语里的"贪嗔痴"，是放不下吧。"坐亦禅，行亦禅，一花一世界，一叶一如来，春来花自青，秋至叶飘零，无穷般若心自在，语默动静体自然。"生是开始也是结束，死是结束也是开始。

……

将落叶扫拢，揉碎，挖坑放好叶片，用土覆盖，落叶归根归尘，它的真正心愿是滋养生命。落花不是无情物，化作春泥更护花。很多的迷惑，岁月总会给我们答案的，我们只管努力就够了，顺其自然地努力，"岁月极美，在于它必然的流逝。春花，秋月，夏日，冬雪。你若盛开，清风自来"。

顺其自然，可是，人的心总是不安分的吧，为了内心那点自己都不易觉察的私念，眼睛和内心总是盯着那些看上去很美的光鲜，然后不经意间就忘记了本色自我。想起上次一位朋友发来的瑜伽冥想视频：要感知并听从自己的身体。要用心用意念注视某个地方，要说服每个关节都要微笑，让每个关节都要柔软。遵从听从自己的身心，像这花草在自己的身体里自由生长，以自己的方式。我老是在半夜里会惊醒，然后希望借助冥想来重新入睡，可是效果不佳，那些痛和悔如扎在指尖的小刺，想拔出来，却无计可施。生若夏花、死若秋叶，最美的人生也是要用这花与叶方可形容和包纳，只是，细细一想，很多时候我们连一株草的心境都达不到。以后的日子里，修心，倒真是必不可少了。

我一直固执地认为最美的景色在乡间，想着最理想的养老就是在乡下有一间小屋，亲山则放羊，近水就养鸭，一只狗狗在漫山疯跑，我在某个角落，或坐着或蹲着或站着，心里也是风轻云淡的欢喜，也是单纯美好的幸福。花自飘零水自流，生命或生活真的不要总是处于去完成的状态，这样想来，我越来越不喜欢自己现在的这个样子，总是在赶路总是在急匆匆，似乎在这件事的进行中，已经开始想着下一件事了，说了好多次要慢下来，却是徒然，这样的急匆匆就算能够走到自己想象中的悠然南山下，也没有丝毫的意义吧。从这一刻起，把自己变成一棵，一棵在尘土里安详的树，或是一株花或一片叶，陌上花开缓缓归，不要如风，不再疾行。

下得楼来，仓央嘉措的《那一天》在降央卓玛的歌声里触动最深处的那根心弦，花叶不语自思量，感谢这个清晨和这些不言不语的花叶的遇见，然后在一番小思后遇见另一个自己……

陌上花开春意浓

战 鹰

"微雨众卉新，一雷惊蛰始。……丁壮俱在野，场圃亦就理。"韦应物的诗句，在我心中掀起对田园的憧憬。每逢春雷乍响，那是万物复苏的号角，是生命再次被唤醒的标志。

惊蛰前后，春天的气息愈发浓厚。在远方的地平线上，一轮朝阳冉冉升起，映红了半边天。此时的田野上，麦苗如茵，一片生机勃勃的景象。农人们驾驶着铁牛，在田里耕作，播种希望。这些种子，如同孩子们心中的梦想，被精心地撒向大地。

来自西北的春风如约而至，带着丝丝春雨，轻拂过黄柳，点染着蜡梅。那春风，仿佛是大自然的画家，轻轻一挥，便给大地换上了新装。柳条随风摇曳，仿佛少女的长发；梅花在枝头傲然挺立，展示着生命的顽强。

当太阳慢慢下降，当第一抹夕阳照亮田野。田野金黄，照亮树丫，树丫翠绿。照亮远方的天际，天际外看到了希望。松鼠睁开惺忪睡眼，伸了伸懒腰，开始在树林中穿梭；蚂蚁们排着长队忙碌地迎娶新嫁娘；布谷鸟准确地按时发出啼鸣，给农人送去应时的问候和提醒。冬眠的不冬眠的都一齐出场，在春天的舞台上扮演着各自的角色。这时候，窗外的丁香、茉莉、桃花、杏花的气息，弥漫着整个空间，让人心旷神怡。肆意舒张的梅花顾不上乍暖还寒的夜露晨风，伸展着茁壮的蓓蕾展示青春健美。青黄交错的枝节倾诉着冬天的故事，坚信会在惊蛰后与春天重逢。而我们的岁月在走过之后将永不再来，真正需要怜悯的反而是自己。

轻轻地把心合上，夕阳的余晖里，漫步田间沟畦。麦苗破土而出，绿油油的

麦田绵延数里，令人目不暇接，当麦浪随风一齐涌进视野，就像给大地披上一层厚毯，令人心旷神怡。田边的杨柳随风摇曳，婀娜多姿，一扫往日思春少女一般的羞涩。远处的山峦，抖落往日的浮沉，大胆地展示美丽的身姿。在枝繁叶茂的沃野，仿佛置身一幅巨大的山水画中，心情格外舒畅。感受春天的气息，往往勾起我们的幻想，脑海里一段段、一缕缕萦绕在心间。

如今，漫步在田间小道，沐浴在春风里，往日太多的牵挂和遗憾，被温馨、祥和、宁静取而代之。沉浸在美好的思绪里，看天空中流云拂过，赏遍地花香四溢，繁花似锦，绣出五彩斑斓的乡间画作。风是大自然的使者，传递着季节的变换；山坡上三三两两觅食的羔羊以及劫后余生的黄色的苦菜花，纷纷在大地上勾勒出亮丽的一笔。

感受春风的吹拂，聆听百鸟的鸣唱，你会感受到人世间如此美好、如此奇妙。你会觉得：心中有春天，生命自安然！

聆听春天花开的声音

蔡 静

不知不觉，又是一年春来到。

不知从何时起，窗外暗灰的枝头早已绿意渐起，尤其是一夜春雨之后，虽然依然有缕缕寒气侵体，不过时令已至，青翠满树，压抑不住的绿意点缀了枝头。只见那娇嫩的枝丫斜斜地指向明媚的天空，在春风的吹拂下，翻转着婀娜的身姿，活泼轻灵，一望之下，让人的眼睛里也充满了浓浓的春意。

周末的前一天晚上，姑娘就缠着我带她出去玩。望着她那充满渴望的眼睛，我突然想到，应该让这个小姑娘对春天有更直观具体的印象。想到这里，我就故意逗她："春天来了，你都上幼儿园大班了，说一说都会背诵哪些和春天有关的诗词呢？"

平日里，小姑娘背诵的儿歌、诗词也挺多的，只是一下子提起和春天相关的诗词，她一时之间没有反应过来，努力在记忆的海洋里搜寻着。

"春眠不觉晓，处处闻啼鸟，夜来风雨声，花落知多少。"我先做了示范。

"这个就是和春天有关的吗？"小姑娘问道。

"对呀！春风，春雨，春夜，春眠，花开花落，这不就是对春天美丽景色的描写吗？其实这样的诗句还有很多很多，比如贺知章的《咏柳》。"我在一边提醒道。

"这个我会！碧玉妆成一树高，万条垂下绿丝绦；不知细叶谁裁出，二月春风似剪刀。"记忆的闸门被打开，在思维惯性的驱动下，她流利地背诵了起来。

"那明天我带你去看绿绿的柳树好不好？"

"好！"姑娘兴奋地跳了起来。

初春早上，微风和煦，阳光明媚，和姑娘沿着河岸慢慢行走。河岸两旁，纤细的柳枝低垂，嫩绿的叶子娇小可爱。

一边走，我一边指着头顶上方的柳枝，给她讲解贺知章《咏柳》里面的诗句："你看，这多得数不过来的绿色柳枝，是不是像一个个绿色的丝绦呢? 春风就像是一位有着灵巧双手的小姑娘，她拿着剪刀不停地裁剪着，所以我们才看到春天最美丽动人的景色。"

小姑娘睁大眼睛，或许她第一次发现平日里不起眼的柳枝，在长出嫩嫩的新芽之后，竟然这么可爱。她伸出双手，踮起脚尖，努力向上前倾着身体，想要够到一条低垂的柳枝，不过个子小小的她，总是差了那么一点。

我看到她笨拙的动作，笑着将她抱了起来，她这才抓住了柳枝，却放在鼻子跟前嗅闻："爸爸，柳叶有一股清香呢!"

"这是叶子在春天独特的味道!" 我回答说。

"花香也是春天的味道吗?" 姑娘追问道。

"当然是了! 花儿是春的'代名词'呢! 你爱春天吗?"

"爱!" 小姑娘毫不犹豫地回答着。

说话间，迎面又走来几位小朋友，他们在各自家长的带领下，蹦蹦跳跳地和我们擦肩而过，迎着夕阳，走出了一道动人美丽的春的风景。

美好瞬间

都在生活的细微处

- S P R I N G -

快活得要飞了

老　舍

从二十八岁起练习写作，至今已有整十二年。在这十二年里，有三次真的快活——快活得连话也说不出，心里笑而泪在眼圈中。第一次是看到自己的第一本书印了出来。几个月的心血，满稿纸的钩抹点画，忽然变成一本很齐整的小书！每个铅字都静静的，黑黑的，在那儿排立着，一定与我无关，而又颇面善！生命的一部分变成了一本书！我与它似乎并没有多大关系，因为我决不会排字与钉书，或像产生小孩似的从身体里降落下八开本或十二开本。可是，我又与它极有关系，像我的耳目口鼻那样绝属于我自己，丑俊大小都没法再改，而自己的鼻子虽歪，也要对镜找出它的美点来呀！

第二次是当我的小女刚学会走路的时候，我离家两三天；回来，我刚一进门，她便晃晃悠悠的走来了，抱住我的腿不放。她没说什么——事实上她还没学会多少话；我也无言——我的话太多了，所以反倒不知说什么好。默默的，我与她都表现了父与女所能有的亲热与快乐。

第三次是在汉口，全国文艺界抗敌协会开筹备会的那一天。未到汉口之前，我一向不大出门，所以见到文艺界朋友的机会就很少。这次，一会到便是几十位！他们的笔名，我知道；他们的作品，我读过。今天，我看了他们的脸，握了他们的手。笔名，著作，写家，一齐联系起来，我仿佛是看着许多的星，哪一颗都在样子上差不多，可是都自成一个世界。这些小世界里的人物的创造者，和咱们这世界里的读众的崇拜者，就是坐在我面前的这些人！

可是，这还不足使我狂喜。几十个人都说了话，每个人的话都是那么坦白诚恳，啊，这才到了我喜得落泪的时候。这些人，每个人有他特别的脾气，独具的见解，个人的爱恶，特有的作风。因此，在平日他们就很难免除自是与自傲。自己的努力使每个人孤高自赏，自己的成就产生了自信；文人相轻，与其说是一点毛病，还不如说是因努力而自信的必然结果。可是，这一天，得见大家的脸，听到大家的话。在他们的脸上，我找到了为国家为民族的悲愤；在他们的话中，我听出团结与互助的消息。在国旗前，他低首降心，自认藐小；把平日个人的自是改为团结的信赖，把平日个人的好尚改作共同的爱恶——全民族的爱恶。在这种情感中，大家亲爱地握手，不客气地说出彼此的短长，真诚演为谅解。这是何等的胸襟与气度呢！

在全部的中国史里，要找到与这类似的事实，恐怕很不容易吧？因为在没有认清文艺是民族的呼声以前，文人只能为自己道出苦情，或进一步而嗟悼——是嗟悼！——国破家亡；把自己放在团体里充一名战士，去复兴民族，维护正义，是万难作到的。今天，我们都作到了这个，因为新文艺是国民革命中产生出的，文艺者根本是革命的号兵与旗手。他们今日的集合，排成队伍，绝不是偶然的。这不是乌合之众，而是战士归营，各具杀敌的决心，以待一齐杀出。这么着，也只有这么着，我们才足以自证是时代的儿女，把民族复兴作为共同的意志与信仰，把个人的一切放在团体里去，在全民族抗敌的肉长城前有我们的一座笔阵。这还不该欣喜么？

我等着，等到开大会的那一天，我想我是会乐疯了的！

新年底故事

朱自清

昨天家里来了些人到厨房里煮出些肉包子，糖馒头，和三大块风糖糕来；他们倒是好人哩！娘和姊姊嫂嫂裹得好粽子；娘只许我吃一个，嫂嫂又给我一个，叫我别告诉娘；我又跟姊姊要，姊姊说我再吃不得了；——好笑，伊吃得，我吃不得！——后来郭妈妈偷给我一个，拿在手里给我看了，说替我收着，饿了好吃。

肉包子，糖馒头，风糖糕，我都吃了些，又趁娘他们不见，每样拿了几个，将袍子兜了，想藏在床里去；不想间壁一只狗跑来，尽向我身上闻，我又怕又急，只得紧紧抱着袍角儿跑；狗也跟着，我便叫起来。娘在厨房里骂我"又作死了"，又叫姊姊。一会大姊姊来了，将狗打走；夺开我的兜儿一看，说"你拿这些，还吃死了呢！"伊每样留下一个，别的都拿去了；伊收到自己床里去呢！晚间郭妈妈又和我要去一块风糖糕；我只吃了一个肉包子和糖馒头罢了。

今晚上家里桌子、椅子都披上红的、花的衫儿，好看呢！到处点着红的蜡烛；他们磕起头来，我跟着磕了一会；爸爸、娘又给他俩磕头，我也磕了。他们问我墙上挂着，画的两个人儿是谁？我说"一个男人一个女人"。娘笑说："这是祖爷爷和祖奶奶哩！"我想他们只有这样大的！——呀！桌子摆好了！我先爬上凳子跪得高高地，筷子紧紧捏在手里；他们也都坐拢来。李二拿了好些盘菜放在桌上，又端一碗东西放在盘子中间，热气腾腾地直冒；我赶紧拿着筷子先向了几向，才伸出去；菜还没有夹着，早见娘两只眼正看着我呢，伊鼻子眼里哼了一声，我只得赸赸地将筷子缩回来，放在嘴里呷着。姊姊望着我笑，用指头刮着脸羞我；我别转脸来，咕嘟着嘴不睬伊。后来娘他们都动筷子了，他们一筷一筷地夹了许多菜给我；我不管好歹，眼里只顾看着面前的一只碗，嘴里不住地嚼着。嚼到后来，忽然不要嚼了；眼里看着，心里爱着，只是菜不知怎么，都不好吃了。——我只得让他们剩在碗里，独自一个攀着桌子爬下来了。

娘房里，哥哥嫂嫂房里，姊姊房里都点着一对通红的大蜡烛；郭妈妈也将我们房里的点了，叫我去看。我要爬到桌上去看，郭妈妈不许，我便跳起来嚷着。伊大声叫道："太太，你看，宝宝要玩蜡烛哩！"娘在伊房里说："好儿子，别闹，你娘给好东西你吃！"伊果然拿着一盘茶果进来；又有一个红纸包儿，说是一块钱，给我"压岁"的，娘交给郭妈妈收着，说不许我瞎用。我只顾抓茶果吃，又在小箱子里拿出些我的泥宝宝来：这一个是小娘娘八月节买给我的，这一个是施伟仁送我的，这些是爸爸在上海买来的。我教他们都站在桌上，每人面前，放些茶果，叫他们吃。——呀！他们怎么不吃！我看见娘放好几碗菜在画的人儿面前，给他们吃；我的宝宝们为什么不吃呢？呵！只怕我没有磕头罢，赶快磕头罢！

郭妈妈说话了；伊抱着我说："明天过年了，多有趣呢！"粽子、包子，都听我吃。衣服、鞋子、帽子都穿新的——要"斯文"些。舅舅家的阿龙、阿虎，娘娘家的毛头、三宝都来和我玩耍。伊说有许多地方耍把戏的，只要我们不闹，便带我们去。我忙答应说："好妈妈，宝宝是不闹的，你带了他去罢！"伊点点头，我便放心了。伊又说要买些花炮给我家来放，伊说去年我也放过；好有趣哩！伊一头说，一头拍着我，我两个眼皮儿渐渐地合拢了。

我果然同着阿龙、阿虎他们在附近一个大操场上；我抱在郭妈妈怀里，看着耍猴把戏的。那猴儿一上一下爬着杆儿，我只笑着用手不住地指着叫："咦！咦！"忽然旁边有一个人说："他看你呢！"我仔细一看，猴儿果然在看我，便吓得要哭；那人忽然笑了一个可怕的笑，说："看着我罢！"我又安了心。忽然一声锣响，我回头一看，我已在一个不识的人的怀里了！我哭着，叫着，挣着；耳边忽然郭妈妈说："宝宝怎么了，妈妈在这里。不怕的！"我才晓得还在郭妈妈怀里；只不知怎么便回来了？

太阳在地板上了，郭妈妈起来。我也揉着眼睛；开眼一看，桌上我的宝宝们都睡着了——他们也要睡觉呢。青梅呢？我的小青梅呢？宝宝顶顶喜欢的青梅呢？怎么没了？我哭了。郭妈妈忙跑来问什么事，我哭着全告诉了伊。伊在桌上找了一阵；在地板上太阳里找着一片核子，说被"绿尾巴"吃了。我忙说："唔！宝宝怕！"将头躲在伊怀里。伊说："不怕，日里他不来的，你只要不哭好了！"我要起来，伊叫我等着，拿衣服给我穿；伊拿了一件花棉袄，棉裤，一件红而亮的袍子，一件有毛的背心，是黑的，还有双花鞋，一个有许多金宝宝的风帽；伊帮我穿了衣和鞋，手里拿着风帽，说洗了脸才许戴呢。我真喜欢那个帽，赶忙地央着郭妈妈拿水来给我洗脸，拍了粉，又用筷子给点胭脂在我眉毛里，和鼻子上，又给我戴了风帽；说今天会有人要我做小女婿呢。我欢天喜地地跑到厨房里，赶着人叫"恭喜"——这是郭妈妈教我的。一会郭妈妈端了一碗白圆子和一个粽子给我吃了；

叫我跟着伊到菩萨前，点起香烛磕头，又给爸爸、娘他们磕头。郭妈妈说有事去，叫我好好玩，不要弄污了衣服，毛头、三宝就要来了。

好多时，毛头、三宝和小娘娘都来了。我和他们忙着办菜给我的泥宝宝吃；正拿着些点心果子，切呀剥的，郭妈妈走来，说带我们上街去。我们立刻丢下那些跟着他走。街上门都关着；我们常买落花生的小店也关了。一处处有"斯奉斯奉昌……铿铿铿铿耠"底声音。我问郭妈妈，伊说是打锣鼓呢。又看见一家门口一个人一只手拿着一挂红红白白的东西，一搭一搭的，那只手拿着一根"煤头"要烧。郭妈妈忙说："放爆竹了。"叫我们站住，用手闭了耳朵，伊说"不要怕，有我呢"。我见那爆竹一个个地跳了开去，仿佛有些响，右手这一松，只听见"劈! 拍!"我一只耳朵几乎震聋了，赶紧地将他闭好，将身子紧紧挨着郭妈妈，一动也不敢动。爆竹只怕不放，郭妈妈叫我们放下手，我只是指着不肯放。郭妈妈气着说："你看这孩子! ……"伊将我的手硬拖下来了。走了不远，有一个摊儿；我们近前一看，花花绿绿的，好东西多着呢! 我央着郭妈妈买。伊给我买了一副黑眼镜，一个鬼脸，一个胡须，一把木刀，又给毛头买了一个胡须，给三宝买了一个胡须。我戴了眼镜，叫郭妈妈给我安了胡须；又趁三宝看着我，将伊手里的胡须夺了就跑，三宝哭了，毛头走来追我。我一个不留意，将右脚踏在水潭里，心里着急，想娘又要骂了。毛头已将胡须拿给三宝；他们和郭妈妈走来。伊说我一顿，我只有哭了。伊又抱起我说："好宝宝，别哭，郭妈妈回来给你换一双，包不叫娘晓得；只下次再不许这样了。"我答应我们就回来了。

今晚是初五。郭妈妈和我说，明天新衣服要脱下来，椅子桌子红的，花的衫儿也不许穿了，粽子、肉包子、糖馒头、风糖糕，只有明天一早好吃了；阿龙、阿虎他们都不来了；叫我安稳些，好等后天上学堂念书罢! 他们真动手将桌子、椅子底衫儿脱下，墙上画的人儿也卷起了。我一毫不想玩耍，只睡在床上哭着。郭妈妈拿了一支快点完的红蜡烛，到床边问道："你又怎么了? 谁给气宝宝受；妈妈是不依的!"我说："现在年不过了!"伊说："痴孩子，为这么! 我是骗骗你的；明天我们正要到舅舅家过年去呢! 起来罢，别哭了。"我听了伊的话，笑着坐起来，问道："妈妈，是真的么? 别哄你宝宝哩。"

只要七日暖

周海亮

几年前，我在市供暖公司上班，每天负责收取供暖费。我们这座北方小城，到冬天，家里如果不通暖气，似乎连空气，都能结成坚冰。

那年冬天来得特别早，仿佛秋天刚过一半，就到了隆冬。那个下午，在窗口前等待交费的人，排成长龙。我注意到一位男人，总是在轮到他的时候，就站到一边，独自待一会儿，似乎后悔了，再从队尾排起，等再一次轮到他，却又站到了一边，待一会儿，再一次回到队尾。好像，他想跟我说什么，却总也开不了口。

临下班的时候，整个交费大厅，终于只剩下他。我问，您要交费吗？男人说，是交费，是交费。声音很大，很突然，语速夸张地快，似乎一下午的勇气和力气，全都集聚在一起了。

我问他家庭住址，他急忙冲我摆手。不忙不忙，他说，先麻烦问一下，能不能只交八天的钱？

我愣住了。心想，只交八天的钱，开什么玩笑？

他急忙解释，我知道这违反规定，我知道，供暖费应该一次交足四个月。可是，我只想交八天的钱。你们能不能，破个例，只为我们家，供八天的暖气？

男人五十多岁的样子，已经满脸皱纹，包括嘴角。那些话便像是从皱纹里挤出来的。每个字，似乎都饱经了风霜。苍老且浑浊。

可是为什么呢？我迷惑不解。

是这样的。男人说，我和我爱人，下岗在家，还要供儿子念大学，没多余钱交供暖费的。——其实不交也行，习惯了，也不觉得太冷。可是今年想交八天，从腊月二十九，交到正月初七……

可是，一冬都熬过了，那几天又为什么要供暖呢？因为过年吗？我问。

不是不是。男人说，我和我爱人，过年不过年的，都一样。那几天通暖气，因为我儿子要回来。他在上海念大学……念大三，两年没回家了……我也不知道他在忙些啥，打工忙，还是读书忙。不过今年过年，他要回来……写信说了呢，要回来……住七天……要带着女朋友……他女朋友是上海的，我见过照片，很漂亮的闺女。男人慢吞吞地说着，眉毛却扬起来。

您儿子过年要回来住七天，所以您想开通八天的暖气，是这意思吧？我问。

是的是的。男人搓着手，有些不好意思。他回家住七天，我打算交八天的暖气费。——家里太冷，得提前一天升温，否则他刚回来，受不了的。……我算过，按一平方米每天一毛钱计算——是这个价钱吧今年——每平方米每天一毛钱，我家五十八平方米，一天是五块八毛钱，八天，就是四十六块四毛钱……错不了。男人从口袋里，掏出一小摞钱，推给我。我数过的，男人说，您再数数。

我盯着男人的脸。男人讨好地冲着我笑。又怯怯的。那表情极其卑微，为了他的儿子，为了八天的供暖费。

当时我极想收下这四十六块四毛钱。非常想。可是我不能。因为不仅我，连供暖公司，也从来没有遇过这样的事。

于是我为难地告诉他，我得向上面请示一下。因为没有这个先例。这件事，我做不了主。

那谢谢您。男人说，您一定得帮我这个忙。……我和我爱人倒没什么，主要是，我不想让儿子知道，这几年冬天，家里一直没通暖气……

我起身，走向办公室。我没有再看男人的脸。不敢看。

最终，公司既没有收下男人的钱，也没给男人供八天的暖气。原因很多，简单的，复杂的，技术上的，人手上的，制度上的，等等。总之，因为这许多原因，那个冬天，包括过年，我想，男人的家，应该冷得像个冰窖。

后来我想，其实这样也挺好。当他的儿子领着漂亮的女朋友从上海回来，当他发现整整一个冬天，他的父亲母亲都生活在冰窖似的家，也许，那以后，他会给自己的父母，比现在，多出几倍的温暖吧？

不一样的选择，不一样的人生

朱云乔

这世上比努力更重要的，是选择。

人生中有许多岔路口，每一个路口的抉择，都关系着你一生的命运。我们常说人生如路，然而人生又并非寻常之路，因为这是一条单行线，我们没有机会往回走。时光太宝贵，不要总想着"大不了从头再来"。青春只有一次，人生只有一场，在这珍贵的时光里，我们又能经历几次"从头再来"呢？

如果你苦苦奋战多年却依然没有什么收获，那么请静下心来，仔细想一想自己的方向有没有错。

多年前的学生时代，老师总是告诉我们：不要死读书，不要死记硬背，头脑要灵活。那时候并不懂得其中的奥秘，以为学习就是背知识，把课本上的所有文字都搬到自己脑袋里，就可以在考试时高枕无忧了。然而，这种方法并不奏效，真正的优等生，从来不是靠死记硬背才拿到高分的。

选择怎样的奋斗方式，决定着你与梦想之间的距离。有人觉得梦想遥不可及，是因为在自己与梦想之间铺设了太多的弯路。

选择可以在一瞬间完成，却要用漫长的时光去承担。我常常想，如果陆远没有选择创业，而是一直努力找工作，最后也一定能找到工作。但是那又怎样呢？朝九晚五地为别人打工，虽然看起来很稳定，却总是缺少了一些激情。

每个人一生中有两个至关重要的转折点，一个是事业，另一个是婚姻。除了这两个影响终身的抉择以外，还有许许多多的选择，需要我们用心决断。你的事业决定了你的生命，而你的婚姻将决定你的灵魂。

命运究竟能不能由自己掌控？有人说，站在浩瀚的命运宇宙面前，自己渺若尘埃。也有人说，纵然命运浩瀚无边，他依然可以做自己主宰一切的王。生命里的许多事情，是我们无法选择的。我们不能选择自己的出身，不能更改自己的肤色。我们不能选择自己的容貌，纵然当今社会先进的整容技术可以将你的容颜打造成另一副面孔，你依然无法改变自己遗传在血液里的基因。

那些无法选择的内容，我们必须安然接受，因为这是与生俱来的命运。或许命运不可选择，但是却可以由自己把握。人生中的每一个岔路口，都是我们与命运较量的战场。我们要相信自己拥有足够的力量，可以与强大的命运之神抗衡。

今日之果，昔时之因。快乐的人之所以快乐，是因为他们做好了两件事：第一选择自己所爱的，第二爱自己所选择的。漫漫人生路，没有人能时时刻刻陪着你，离合聚散，总是风云不定。别人的建议只能作为一种参考，不能直接搬到自己的脑子里。

人生没有彩排，错几步也是在所难免。如果你能发现自己走了错路，那么说明你还有机会回到正轨。对于走错了方向却还执迷不悟的人来说，越是努力，越是万劫不复。

一个小小的错误选择，如同打开了潘多拉盒子，以后的苦难与灾祸，都将由此而生。亡羊补牢，为时未晚，如果走错了路，请停下脚步，勇敢地回到起点。这并不是后退，而是一种进步。

我想起前两天看到的一则笑话：一个满面憔悴的病人找到医生，对他说："我家窗外的野狗整夜整夜地叫，吵死了，我简直要疯了！"医生听罢，为他开了一剂安眠药。过了几天，病人又来了，看神色不仅没有好转，反而比上一次更加憔悴。医生奇怪地问道："安眠药没有起作用吗？"病人叹了口气说："我每天晚上都去追那些狗，可是就算好不容易捉住一只，它也不肯吃安眠药。"

相信很多人刚看到这个故事时都会忍不住哈哈大笑，但是笑过之后，我们更应该有所感悟。有些问题之所以迟迟得不到解决，不是没有解决的方式，而是自己做出了错误的选择。

就像开一把锁，有人用大斧头费了九牛二虎之力依然无法打开，而有人用一把小小的钥匙便轻易开启。

很多人一生命运的转变，往往只是源于一个小小的念头。他们掌握了生命里最关键的几步，所以才掌握了整个人生。

因为每个人选择的不同，才造就了世间的百态人生。选择的权力在我们自己手上，没有人可以将其剥夺。这世上没有什么救世主，只有自己才是自己的观世音。我们要做命运的船长，勇敢地搏击岁月的风浪。

选择不应是一时的头脑发热，而应是经过审慎的思考才做出的决断。在做出抉择的那个瞬间，你要想到这种选择将会带来怎样的结果，要为自己的选择肩负责任。福禄也好，祸患也罢，我们都要将这种选择可能带来的后果想个彻底。

在任何境况中，选择是我们最后的自由。不要因为害怕承担责任而拒绝选择，每一种选择都有其利弊，完美只能是一种幻想。我们所能做的，就是尽自己最大的力量将利最大化，将弊最小化。

如果你选择当一只蝴蝶，可以快活地游走在花丛间，虽然拥有美丽的翅膀，却无法翱翔蓝天。但是如果你选择做一只雄鹰，用自己的尖牙利爪去开拓新的江山，你会发现有太多的鲜花原野正等待着你。

不过，雄鹰并不适合于每一个人，很多人甘愿做一只蝴蝶，飞遍花丛，采集芬芳。每个人都有自己的抉择，无论选择怎样的路，只要心中是幸福的，便说明你的选择没有错。

人生中能够选择的，永远比不能选择的多。

与狼对峙

安 宁

在乌拉盖草原，我想和一匹狼，面对面说一会话。

千百年来，人类从未放松对这一已有五百万年历史的古老种群的警惕。即便在乌拉盖草原的野狼谷，隔着安全的距离，我与一匹狼对峙数秒，依然惊惧到想要逃走，仿佛下一秒，我就会成为它捕杀的猎物。秋天的烈烈大风撕扯着我的头发，也撕扯着一匹狼冷硬的毛发。草原上长年累月的冷风，将狼的耳朵削成锋利的匕首，刺向苍茫的蒙古高原。

人们将肉块扔入狼群。毛发凌乱的公狼吼叫着一拥而上，瘦弱的母狼被挤在边缘，努力找寻着入口。稚嫩的小狼则站在狼群后面，注视着这场食物大战。不，这不仅仅是关于食物的争夺，而是一场生死存亡的战争。谁获得了食物，谁就能在这片草原上续命。尽管一匹狼，相比起人类，是短命的"弱者"，不过十余年，便化为白骨。可是千百年来，这"弱者"却始终是人类凶残的敌人。人们为狼写下无数的寓言，借此警告后世，并将这些故事，植满人类开疆拓土的漫长旅程。狼心狗肺，声名狼藉，狼子野心，狼狈为奸，鬼哭狼嚎，虎穴狼巢……在人类前往文明的道路上，总有一群狼，站在高高的山冈上，在月夜下发出苍凉的嚎叫。人与狼，在同一片土地上，彼此审视，互相窥探，一次次打响事关种族存亡的保卫战。

许多年前，在呼伦贝尔草原，我曾跟随一个风驰电掣的年轻人，穿过大片茂密的芦苇丛，前往野生动物繁育中心。就在那里，我与一匹由人类抚育长大的母狼相遇。它隔着笼子，注视着我，眼睛里祛除了让我恐惧的凶残，代之以温驯和哀愁。它明显与年轻的饲养员熟悉，见他走来，便低下头去，任由其抚摸着它的头部。我惊讶于饲养员对一匹狼所流露出的温情，这份温情仿佛荡涤了过去人与狼永恒的对峙与杀戮中，累积的所有的宿怨。可以一剑封喉、让人瞬间毙命的狼，与采用各种方式猎杀、追捕以致狼的许多亚种几乎灭绝的人类，隔着冰冷的笼子，达成暂时的和解。

那是盛夏，马兰花开满呼伦贝尔草原，紫花苜蓿散发着清香，一场大雨让大地弥漫着新鲜腐烂的气息。一切都是新的，仿佛世界在此时重生。狼涅槃于大地，与人类争抢城池。月光下的荒野上，夜夜发出的嚎叫，惊醒了人的梦境，也让胆怯的羊群发出惊悸般的颤抖。

暗夜中互为天敌的两个种群，就在水草丰茂的夏日，在所有生命都忙着繁殖交配的季节，推开了仇恨的藩篱。

对于牧民来说，狼是一种残忍的动物，是吗？

不，很多时候，人比狼更残忍。年轻的饲养员轻轻抚摸着母狼银亮柔顺的毛发，回复我说。

仿佛一块巨石，从天空轰然坠入深谷，有什么东西，被这句朴素却又笃定的论断瞬间击碎，过去所有关于狼的想象全部坍塌。重建狼这一种群，在星球上傲然于世的形象，成为我对草原、对人类家园、对人与狼关系认知的全新起点。

"我曾经养过一窝狼崽。"在野狼谷，同行的宝音这样开始他的讲述。

那是一个冬天，大雪覆盖了整个锡林郭勒草原。除了枯黄瘦弱的草茎，从积雪中瑟缩着探出头来，可怜地飘摇着，大地白茫茫一片，再无一丝生机。我和工友检测完铁路轨道，踩着来时的脚印，深一脚浅一脚地走回宿舍。铅灰色的天空低低地压在地平线上，人在天地间如此渺小，好像一粒无足轻重的雪。走了没有多久，天上又纷纷扬扬地飘起雪来，很快，我们来时的脚印就消失不见了。天地化为混沌的一团，我感觉自己迷失了方向，完全不知身在何处。好在工友巴雅尔有户外生存的经验，也对这片区域较为熟悉，我们跟着他，沿着高低不平的山坡缓慢向前。

走到一片杂草丛生的斜坡下的时候，我忽然听到一阵轻微的吠叫声。这声音吸引我弯下身去，很快，我在灌木的遮掩下，看到一个洞穴，里面竟然隐匿着三只小小的动物。我兴奋地叫住巴雅尔，问他这些小东西是不是野狗。如果是，我们或许可以抱回去养着，看家护院。巴雅尔注视着三只毛茸茸的小东西，脸上现出困惑的表情，显然，他也不能确定。但是它们接连的吠叫声，让我坚信它们就是野狗。反正雪天闲着也是闲着，我们姑且抱回去养一养，不行到了春天，再让它们回归自然，否则这些小东西得在这里饿死。我的建议很快得到附和，于是大家一人抱了一个，继续向前。这几个热乎乎的小家伙，在我们怀里温驯地闭起眼睛，竟然没有丝毫的恐惧。

三只小野狗果然给我们枯燥乏味的生活，带来许多的乐趣。工友们闲来无事，纷纷丢下手中的扑克，逗引它们玩耍，训练它们奔跑。大家还省下口粮，尽心尽力地喂养它们。生活好像平静的水面，只是我们并不知晓，水面下早已危机四伏。有一天夜里，我刚刚入睡，朦胧中听到窗外传来让人毛骨悚然的嚎叫声。

那叫声一阵接着一阵，由远及近，慢慢逼近我们的宿舍。我的汗毛瞬间一根一根竖起，睡意全无。我起身披上衣服，透过灰蒙蒙的窗户，我看到一群神秘的影子，正缓慢却又坚定地向前移动。冰冷的月光下，它们仿佛末日幽灵，以掌控一切的强大毁灭力，控制着整个世界。所有生命，都被席卷其中。包括，我和酣睡中的工友。

就在我惊慌失措，不知如何是好时，几只小东西忽然在角落里，发出梦呓般"呜嗷呜嗷"的叫声。就是这一阵短促轻微的叫声，引发了窗外幽灵呼应般更为频繁的嚎叫。就在那一刻，我猛然意识到，这几只与我们朝夕相处的小家伙，一定是狼！是的，它们就是狼！巴雅尔在我们喂食的时候，曾经意味深长地说过，它们肯定不是野狗，而是会招来灾难的猛兽。而今我明白了，我们出于好心抱走了狼崽，现在，狼群凭借着强大的嗅觉，长途跋涉，穿越风雪，找到了我们！

我很快将巴雅尔和其他工友晃醒。狼群要攻击我们了！我压低嗓门惊恐地喊道。

怎么会招来狼群，我们又没有饲养牛羊？！被叫醒的工友惊慌地问我。

是我们抱回的三只……三只小狼！

这最后一句，瞬间点醒了大家。工友们纷纷穿好衣服，准备防御工具。巴雅尔经验丰富，他让我们打开所有灯盏、手电，又敲响瓷盆，点起火把，用噪声、声响和火光驱赶狼群。最终，在跟我们僵持一个多小时后，狼群消失在漆黑的夜幕之下。

我们便在巴雅尔的建议下，带着三只小狼，凭借着记忆，在雪原上走了两个多小时，终于找到之前隐匿在灌木丛中的洞穴，将三个小家伙小心翼翼地放进去，而后迅速地离开。那段时间，我既觉得后怕，为差一点引来的一场灾难，也觉得欣慰，最终将狼崽归还它们的父母。人与狼各退一步，共存于雪原。至于三只小狼回归狼群后，又经历了什么，我却永远不会想到最后的结局。

十多天后，我和工友再次经过那片山坡。出于好奇，我们站在不远处观望，看到狼窝好像荒废掉了。大家于是大着胆子，走得更近一些，发现三只小狼竟然死在了洞穴里！巴雅尔用铁锹将小狼僵硬的尸体掏出来，看到它们的脖颈处，均有被咬过的痕迹。

小狼身体上一旦沾染了人的气息，狼群便会将其认为是巨大的威胁。为了保护整个族群，父母会将它们咬死，并迅速搬走。或许，就在我们将它们送回的那一天，狼群就起了杀心。巴雅尔无奈地叹息道。

我忽然被一种剧烈的悲伤击中。我以为自己的善意会被接收，感知，不想，却引来一场无情的杀戮。这杀戮无声无息，隐忍而又决绝，发生在血亲之间，并以三个幼小生命的死亡，换取整个族群的性命。在复仇被击退之后，它们选择放弃家园，举家搬迁。这一场人与狼的对峙，没有输赢，只有悲壮的生死交换。

人与狼，到底谁更残忍，或许，这样的探讨并无意义。在我们这个古老的星球上，人类尚未诞生时，站在食物链顶端的狼，就已成为世界上分布最广的野生动物。维系一个物种的生存，必然出现的猎杀、捕食、对峙，让人与狼互为天敌，相克相生。狼的消亡，并非人类的福祉，而是一场更大的悲剧。在同一片土地上，不同种群如何互不打扰，保持距离，和谐共生，或许，才是人与狼之间，应该探讨的永恒的命题。

心境如莲

李怀春

喜欢莲，并不是因为周敦颐的《爱莲说》，而是发自内心地喜欢那香远益清，出淤泥而不染的品性。

随着年龄的增长，我慢慢地感觉，我要追求另一种生活了。在部队我是搞新闻工作的，兵改工后，我回地方当了多年的办公室主任，后又调任一个单位当了领导。每天忙忙碌碌，心身憔悴。

就在这个时候，朋友把我拉进了摄影群，并帮我买了一部相机。从此，我的世界，通过那些美景而豁然开朗。

市里举办摄影展，朋友给了我两张门票，千叮咛万嘱咐，要我一起去看看，能提高摄影技能和情趣。并特意介绍，都是大摄影家的作品。四妹不知什么时候来我家的，她听见了我们的谈话，就说："我就是个摄影家，你们要不要看看我的摄影作品呀？"

我们以为她开玩笑，没想到她真的贴上许多摄像图片来，令我们意想不到的是，都是些木头的横截面的自然图景，倒是真的很形象，有小乌龟、犀牛、小猫、小狗，我们不禁拍手叫好！她说这都是她业余时间用手机照的。真没想到，那些没有生命的朽木，在四妹的摄影里都有了生命。

四妹原在烟酒公司工作，随着市场经济的开放，她们单位的生意越来越差，最后成了下岗工人。如今她在一个私营的板材加工厂上班。两个孩子，一个当兵，一个上学，妹夫外出打工，多年不见踪影。四妹一个人撑起这个家。在私人企业里，她经常加班加点地工作，靠打工的费用供养女儿读书。我们都说她，何必把自己弄得那么累，一点轻松快乐的时间都没有。

　　她说，我靠自己的力气挣钱养家，谁说我不快乐啊？四妹每天早起去 10 公里外的板材厂打工，晚上才回家，工作虽然累，但她懂得生活，懂得挤出一点闲暇的时间，把自己的爱好发挥到极致，让自己变得快乐，多难得呀！

　　看了四妹的作品，我心中激动又内疚，深感对四妹的了解和帮助太少。四妹的作品拍摄得虽然还显稚嫩，但她选材好，立意深刻，构图美，有艺术细胞。最难得的是她在困窘的生活里还保持着一颗纯净的、发现美的心。

　　我兴奋地跑进卧室，从衣架上摘下我的摄影包交给了妹妹。这个相机是你的了，你用它学照相吧！照出美好，照出属于你的精彩来。我无限期待地说。

　　摄影展那天，我邀四妹一起去看。四妹安安静静地站在一幅画前，默然出神。那是莫奈的《睡莲》。我知道这个大画家生前是极其潦倒的，没钱医治卧病在床的妻子，没钱喂养两个嗷嗷待哺的孩子，生活处在极端困苦之下，在这样的困境中，他用思想的光芒，画出一系列的《睡莲》，那些沐浴在月光下，睡在池塘里的莲花，像极了他那颗不染纤尘的心！

　　此刻，安静地凝望画作的四妹，一样是恬静如莲的。

　　人生在世，不如意的事情很多。如果我们都像四妹一样，能于生活中发现美好，能有如莲的安宁和纯净，那么生活，也会如莲一样芳香美好。

唧唧堂前燕

陈志宏

春来风暖，故乡的燕子是一把把黑色的剪刀，爽脆地剪去一冬的寒枯，剪来一片大好春光，一个繁花似锦的新时景。

小时候在乡村，见过不少鸟儿，大都说不清它们的名字，只能凭借独特鸣声，认出布谷、斑鸠和燕子这三种。麻雀倒也识得，只因它多，时时处处皆能见其身影，多到大有忽略其存在之意。麻雀无心却也效果良好地提醒人们它的存在。相对燕子而言，故乡的人们是不喜欢麻雀的。它春日害稻种殃秧苗，夏秋与人稻田争食，抢夺穗上金黄谷粒。散落乡间各处的稻草人，主要是防麻雀。吓唬吓唬就行，人们一度将麻雀列为"四害"而无情打击，就有些过了。过与不及，都不好，害人不浅。

秋去春来的燕子，雨前返乡，堂前筑巢，叽叽喳喳，人们亲切地唤作"家燕"。小时候，母亲这样翻译燕鸣："不要你的油，不要你的盐，只要你家梁上的一个枝！"最为传神的是这"枝"，燕叫声声，婉转悠长，不论前曲的长短，也不管内容几何，最后定是以"吱"声作结收尾。

春燕归来时，人们的心情是好的，笑容是足的，梦想大门洞开，开启一年的好愿景。乡民少有人知晓"似曾相识燕归来"之类的诗句，浪漫不归他们，但不妨他们放浪形骸于春光里。不懂诗意的他们，在暖融春光中，和春燕一道，用自己手中的锄头，用精耕细作的方式，在大地上吟诗作赋。

燕是所有鸟雀中与人最亲近的，乌黑通灵，与人睦邻友好。它筑巢于堂前，安家于人居，繁衍子嗣，培育后代，并由此启程前往辽远的南方之南。春来秋去，秋去春来，情牵心系故里，往来不绝，燕子在岁月轮回中，生生不息。

家燕是吉祥鸟，没有谁家不盼它念它喜欢它，哪怕它也会带些烦恼来，比如打燕巢里落下沓沓白稀泥般的燕粪。也不会在意，若嫌此有碍观瞻，人们就会在巢底下安放一小块挡板，一劳永逸地除去烦恼。偶有学飞的或失足的雏燕扑落于地，孩子们喜欢抓来玩耍。大人瞧见，必会呵斥，小心从孩子手里托回小燕儿，爬上楼梯，送它回巢。

小时候，我一堂姐，心喜雏燕，总是在燕妈妈出去觅食的时候，取一燕宝宝捧在手里，用爱怜温柔的目光打量它。估摸燕妈妈快要飞回，又悄悄地将之送回巢。她不嫌烦琐，只贪恋与在手的燕儿那一相视的温柔。

燕鸣晨间，声声甜脆声声暖，呼唤沉睡的乡村，催人勤勉。阳光下，风雨中，燕燕于飞，是乡间宁谧的标志风物。夜来，燕声愈来愈温软，应着远远近近的犬吠猫叫鸡啼，和着身边孩子的磨牙夫妇的呢喃，好一派宁馨乡景。

父亲对燕子情有独钟。购买家庭特大件——自行车的时候，各色牌子都不要，只选"春燕"牌。这部自行车，是我们全家的骄傲，承载着父亲的希望。父亲骑行"春燕"，从贫寒出发，引领家庭驶向幸福。一路走来，"春燕"伴着父亲，春燕陪着父亲，不了的燕燕情。

燕去燕又归，那个燕归的春夜，父亲遽然而去。这个原本幸福祥和的家，从此塌了天，陷了地，不复完整。从此，母亲独守偌大的空屋，堂前燕不懂人心事，依旧鸣叫得欢。燕去燕会回，而父亲去后，怎么就不复归来呢？思来想去，潸然泪下。

母亲断断续续来城里和我居住，老屋就空了，大门一锁，家燕有家不能回。

人世间，悲莫悲过有家难回。燕儿们何尝不是如此呢？

鸡蛋花的重生

李艺群

一到立夏，鸡蛋花便开了，年年如此，从不爽约。五片花瓣呈螺旋状环围成一朵含苞待放的花朵，外面乳白，中心鲜黄。整棵树的鸡蛋花都盛开时，聚生于枝顶的绿叶簇拥着一朵朵花，流光溢彩。香气清香淡雅，远远近近的人都能闻到，从树下经过，宛若在沐一场芳香浴。

我喜欢站在树下，痴痴地抬头仰望，着迷地看微风吹过，花叶微漾，白花绿叶婆娑轻舞，浅笑枝头。

台风过境后，枝顶、树下，竟无一朵鸡蛋花的踪影！仔细一想，那么柔弱的一朵花，开在枝顶，平日里风摇树枝晃，花朵就簌簌掉落了，怎经得起台风肆虐的摧残。心中黯然：鸡蛋花的花期是5月至10月，夏季才刚开始，没有了鸡蛋花的香气，漫长的夏日花园便缺失了灵动性。

一日，下楼，远远地瞧见，一朵一朵的鸡蛋花，在枝顶寂静又安然地开，惊诧得顿住脚步！震惊之后，心中涌满了感动和欢喜。我完全没有想到，全部凋零了的鸡蛋花居然蓄积了力量再次开花了！

再次盛开的鸡蛋花，让我想起二十年前上画画班时一个叫王惠珍的同学。

王惠珍黑色的长发披散着，遮住了大半张脸，让人看不清楚五官，看不清楚喜怒。总是穿黑色或灰色的衣服，让人感觉老沉，没有活力。经常迟到，习惯性地坐在进门的位置。上课时常常盯着前方的画板，既不动笔画，也不与老师同学互动，人坐在教室里，魂已游离。

有一天，下课前老师预告下周画鸡蛋花，让我们先观察或者查资料。第二周课堂上画画，我们画的鸡蛋花都没有神韵，只有王惠珍画得活灵活现，我们都很疑惑她是怎么做到的。她说，提前查了资料，也临摹了很多遍。她说话的时候，神情自信，眼里仿佛有光亮，我感觉王惠珍和往常有一些不一样。

再一次上课时，王惠珍还是迟到了，进教室的时候，让人眼前一亮。酒红色的短发，淡绿色的碎花裙子，细细的高跟鞋子，光彩灼灼，让人挪不开眼。她面带着笑容，连连鞠躬向老师道歉。

　　王惠珍前后的变化实在是太大。断断续续地聊了几次天后，便知道了她的故事。抑郁症，总是控制不住地胡思乱想，夜里经常睡不着，需要靠安眠药才能入睡。因长期睡眠不足，精神萎靡，无法生育，老公与她离了婚。很多人开导过她，也看过心理医生，但就是走不出来。画鸡蛋花时，老师让同学们根据花语来画花的神韵，特地强调了鸡蛋花的花语：孕育希望，复活，新生。是老师多次强调的花语点醒了她，植物尚能复活新生，人亦能。她慢慢地改变自己，学着捯饬自己，让自己开心起来，精神起来。看书、画画、听音乐，修心；跑步、跳绳、锻炼身体，修身。

　　那年我二十出头，没什么人生阅历，不懂得抑郁症，不懂得婚姻的琐碎，不懂得植物有那么大的力量，有关王惠珍的人和事，很快便忘却了。

　　长了年纪，增了阅历，看到被台风摧残后再次盛开的鸡蛋花，感慨颇多。花开一季不过百十天，该盛放的时候就拼命盛放，方能不辜负属于自己的花季。人活一世不过百十年，纯粹而热烈地活，才能不辜负宝贵的生命。

一个人的学校

张亚凌

没有人知道，少年曾有所独属自己的学校。多少年后，他还对这所学校满怀感激。

少年的家在山里，距离另一座山里的中学五十多里。从家里到学校，他得奔走五个小时左右。少年没有同行者，方圆十多里就他们一家住户，少年唯一的玩伴是小他三岁的妹妹，五十多里的山路自然得他独自走了。

这条五十多里的山路，就是少年一个人的学校。

少年十三岁，瘦瘦弱弱的倒显得比实际年龄还小。寂静的山里小路，少年时而爬上时而溜下，倒减少了一个人行走的枯燥。

其间有条河，不深，却很宽。

冬天，河水结冰了。每每快到河边时，少年就起跑，而后"刺溜——"一下，滑出好远，飞的感觉。偶尔也会摔倒，少年响亮的笑声也会快乐地拍打着冰面。一个孩子因为孤单而张扬着的快乐，像一锅沸腾的水，能溅起浪花。

盛夏，三伏天，走上十几里，衣衫就汗渍渍地贴在身上，或许你会觉得黏得难受热得烦躁。可少年却是满脸欢喜，每粒汗珠儿上晶莹闪烁的，都是快乐——那条河以它的清凉在前面召唤着少年。到了河边，少年脱掉鞋袜，先冲洗，再玩水，一个人照样玩得有滋有味。

就是这么一条河，把少年冬天的寒冷夏天的炎热，都推开好远好远。

只是在初春或者初冬，面对同样的一条河，少年就犯了愁。要过河，得脱掉鞋袜蹚水，赤脚站在河里，少年冷得浑身发抖，他只能咬紧牙关，小心翼翼而又尽可能快地蹚过去。上岸后胡乱擦一把，穿上鞋袜。为了逃避刺骨的冷，只得拼命奔跑。他知道，只有跑起来，才会将冰冷甩在身后。少年也曾因此瞎想过：给了他快乐的是这条河，让他苦不堪言的也是这条河，莫非快乐与痛苦是孪生的？少年甚至由此推广开来，自己在这条五十多里的山路上很辛苦地来回奔跑，是不是就可以跑出幸福来？

独自走五十多里山路，对于一个十三岁的瘦瘦小小的少年来说，不是一件容易的事，却是一件不得不做的事。

少年很矛盾：想哼不成调的歌，不敢，怕自己的歌声引来野兽伤害自己；静静地走吧，爬上走下五十多里，寂寞得人能睡着。少年就小声儿给自己说话，用自己的声音将包裹着自己的寂寞使劲推离开去，也算自己给自己壮胆吧。

多年之后，已经长大成人的少年从来没有寂寞孤独的感觉，或许得感谢这五十多里的山路吧，它就是那样幽幽地不声不响而又彻彻底底地吞噬了少年的寂寞与孤独。

少年有时也会觉得特骄傲，拥有一条属于自己的路，五十多里，独属自己！

有时玩性起来了，少年就确定方向，试探着自己找捷径，攀爬，探险，一次竟然在丝毫没有感觉中偏离了方向以至于迷了路。好在遇到个砍柴的老人，少年才重新找到了去学校的路。那次经历，让少年变得小心起来。他似乎有点明白了：那条山路兴许认识他，他也只占有了那条山路，可山不会轻易买他的账，他贸然打搅了山，就被山冷漠地拒绝。

少年懂得了分寸，知道了不能想当然地去做事，似乎也是从那次被山惩戒之后。就是这么一条山路，无人陪伴的少年却走出了独属于自己的味道。

鹅毛般的大雪下起来就忘了停，从前天夜里开始，白天也一直下。少年一个晚上都没睡着，他担心明天如何走那五十多里的山路。

大雪快要没过膝盖，少年背上干粮，翻山越岭去上学。

大雪覆盖下，熟悉的山路消失了，少年很小心地识别着曾经熟悉的风景。没有了叶子的树们，似乎一下子变得很是相像，难以区分彼此。少年焦虑得只想吼上几声摔了干粮袋，当他明白了再焦虑也无济于事后，静下心来，继续慢慢识别。那次，少年赶到学校用了10小时，其间没有打开干粮袋吃东西。不是不饿，而是手冻得几乎不能弯曲，颤颤抖抖打不开绑的结，更害怕打开了自己再绑不到一块。就那样，少年饿着，冷着，小心地辨认，机械地挪动，奇怪的是竟然没有畏惧——饥饿与寒冷将畏惧挤得无处可藏。

那一年，下雪的日子竟然很多，下起来还很大，就是那些大雪，将他山沟里的好几个同学吓得缩在家里不再上学了。他们跟少年一样，多是独自从不同的山沟里往那座山里的学校赶。可少年没有被大雪吓退，他一直独自走在茫茫的大雪中，哪怕手上脚上都是来不及愈合的叠加着的冻疮。他顾不了那么多的疼痛，他只知道离开学校自己什么也学不到。

多年后，少年走出山里定居在城市，他常常想起年少时的那一场场大雪，还有那几个被大雪吓得缩在家里的同学。少年很庆幸，自己曾独自走了五十多里山路，让自己在年少时就明白：不得不走的路，就必须走下去，再孤独再凄冷都得坚持。人生没有白走的路，经历的所有的苦痛，都会以另一种温暖的形式向自己表示歉意。

少年背的干粮袋子里还有个罐头瓶，里面是红油辣子，自己一周的干粮就是凭着它的美味吞下肚子。其实少年不想带那么奢侈的辣子，家里都是醋和的辣子，很少见到油星星。可娘不同意，娘说咱家没钱让你到镇上买菜吃，再不吃一点油，身子咋撑得住？少年说学校外面就有菜地，摘几个辣子拔根葱，蘸着盐巴也吃得下。娘摆着手就是不同意，非得让少年带一瓶红油辣子不可。

少年拗不过娘，就同意了。

他记得娘给他泼红油辣子时妹妹馋馋的眼神，那热热的油激活了沉睡的辣椒面，散发出诱人的焦香味儿，以至于妹妹皱起鼻子使劲闻。所以少年每周回家时，瓶子里总有吃不完的红油辣子，让妹妹夹上热乎乎的馍馍解解馋。

那次少年实在太无聊了，看到山崖处有一树红亮亮的野果子。

兴许很甜吧？妹妹就爱吃甜东西，可惜家里很少有糖。

少年兴奋地攀缘过去，已经快接近了，却一脚踩空，手中扯的藤条也断了，少年滚落下去。

腿摔得出了血，脚脖子也崴了，少年疼得龇牙咧嘴。他一摸后背上的干粮袋，手上沾了红油辣子——装红油辣子的罐头瓶被摔破了！

少年一惊，继而用衣袖抹着泪，像个无助的小孩子。

其实少年也只是个十三岁的孩子，只是他的坚强他的独立使得我们忘了他的真实年龄，把他当成了大人。少年想到了妹妹在家门口伸长脖子等他回来的情形，想到妹妹迫不及待地打开他的布兜寻找罐头瓶的欢喜，想到妹妹夸张地吃着夹着红油辣子的热馍的神情，越想越不能原谅自己，从抽泣变成号啕大哭。

那一天，一瘸一跛的少年竟然觉得自己走得太快了。他害怕看见妹妹失望的眼神，他甚至愿意即使疼痛难忍也一直走下去。他第一次觉得回家的山路并不长，带伤走路也不慢。

那次，少年窝在离家不远的土崖下，他想等着天黑了妹妹睡了再回家。终究没有等到天黑，被娘的喊声、妹妹的哭声从山崖下拉了出来。

妹妹捶打着他，骂他笨死了，说红油辣子哪能抵得过你要紧？

少年又哭了，他明白了连妹妹都明白的道理：啥再好都没有亲人好，在乎啥都不及在乎亲人。自己对家人，家人对自己，都很重要。

少年一直觉得，自己就是在山路上磕磕绊绊爬上溜下的当儿长大的。

少年甚至觉得自己是最奢侈的，一个人拥有一所学校——那条五十多里的山路。在这所学校里，少年学到了很多很多，多到受益终身！

丑 猫

曹向辉

屋外有轻微的风，有春日的暖阳。我刚推开二楼杂物间那扇虚掩的门，突然，一个影子轻盈地划出一道弧线，立刻在正对着门的窗户上，浮现出一个"雕塑"来。这个雕塑把尾巴藏在屁股下，坐在窗户最东边，瞪大了圆咕噜噜的双眼，惊恐而又胆怯地望着我，然后扭过头扒拉几下窗玻璃示意想离开。我心里纳闷，它平时不都在我家院里和隔壁的空房子里来回穿梭，今天怎么跑到杂物间了呢？看着它胆怯的样子，我怕惊吓住它，便转身离开。

它是一只中年猫，全身灰黄相间的毛总是脏兮兮的，估计和同类发生争执，尾巴被咬断了半截，最末端露着淡红色骨头，看着令人恶心。猫没有主人，没有爸妈，长期在我家院里和邻居家的空房子里来回穿梭。它饿的时候，翻越墙头到我家的垃圾桶里觅食，常把垃圾弄得满地都是。最让我受不了的是隔几个月，它就在深夜里"嗷嗷嗷"地叫春，声音如婴儿的哭声，特别瘆人，使得我的心一惊一惊的。

我离开了好久，猫似乎没有一点儿走的意思。它一会儿跑到三楼的空房间里"喵喵"叫几声，一会儿又蹿到二楼转身台的花丛中卧下，更是在半夜的时候，在楼上"嗷嗷"地叫着。我猜它一定是迷路，找不到下楼的出口，也没在意。

第二天下午，老公神秘地告诉我，他和儿子去杂物间的时候，碰见了猫。猫"啊呜"一声瞪大眼睛，张开血盆大口，露着獠牙想和我老公拼命的样子，吓得我家八岁的儿子撒腿就跑。随后，楼上恢复了平静，没有了动静。老公告诉我，他在杂物间的一个小毯子里发现了三只小猫。我一听，急忙下楼去杂物间一探究竟。

听了老公的叙述，我有点儿害怕老猫的样子。到了门口，我先是探了探头，确认老猫没在屋里，我才敢进门。老公淡定地指了指床上的小毛毯，说："就在这! 就在这!"我一看，干净的毛毯下边卧着三只小猫，它们全身已经长出绒毛，两只死丁丁地伸展着身子不动，一只调皮的黑猫横窝在它俩身上，还蠕动着身子。据观察，这里不是生小猫的第一现场。这时，我才恍然大悟，老猫那惊恐的眼神，那胆怯的目光，还有它抓窗户的动作里都藏着它的良苦用心! 它这是用"苦肉计"来转移我的注意力，生怕我发现它的孩子啊!

看着几只可爱的小猫，我的母性大发，怕冻着它们，赶紧把毯子折了一下搭在它们身上，并在猫咪的身下垫上了报纸。生了孩子的老猫也需要营养。我转身到厨房热了两个油馍，切成小块儿，又在盆子里倒上凉开水，在门口扔了几块鸭子骨头，等着老猫回来的时候吃。老公在一边劝我不让管它们，说人家有人家的生存法则。我没理他，只有女人能体念坐月子的辛苦。

夜幕降临，老猫还没回来。门口的鸭脖骨头，油馍和水，依旧没动。晚上九点入睡时，仍没听到猫回来的声音。我心里一直在惦念着三只又小又无辜的生命，很期待老猫回来大餐一顿，攒够足够的奶水，喂养它的孩子。

夜半时分，睡梦中听到老猫在楼梯上"嗷嗷"地叫着，又听到小猫发出的"喵喵"声。它们在干吗呢?

天亮起床后，我跑下楼的第一件事就是到杂物间看小猫。谁知，三只小猫没了踪影。听老人们说，猫妈妈一旦发现有人发现它们的孩子时，就会把孩子转移走的。仔细回想起来，半夜的喵喵声，就像战争中老人带着孩子们躲避灾难的场景。之前，老猫一直没有出现，想必是出去找住处了吧!

一天天过去，小猫也一个个长大。不知何时，它们又回到了"老根据地"。偶尔会看到墙头上老猫和小猫雀跃的身影，它们会轻快地从地上的沙堆跳跃到半空的空调外机上，再从外机跳到墙头上，然后再跑到邻居家，过着自由自在的生活。

老猫仍然很丑。但当我想到母性的光环在丑猫身上闪耀时，却觉得它，突然不丑了。

在你心中种太阳

张燕峰

去年暑假，我作为志愿者参加了"种太阳"关爱留守儿童的暑期实践活动。

我和同学们来到一个叫罗店的小镇。那里有很多的留守儿童，我们辅导孩子们做功课，也和他们一起做游戏，更重要的是关注他们的心理健康。

在那里，我认识了12岁的阿强。他的爸爸妈妈在广州一家水站打工，即使是过年，也很少回来，只留下阿强与七十多岁的爷爷在一起生活。阿强比其他孩子更沉默，嘴唇紧紧地闭着，眼睛清亮得像远天一湾清清的湖水，但眼神空茫无助，有着与年龄不相称的忧伤和落寞。

走进阿强家的院子时，我一下子愣住了：土墙坍塌，石头土块随意散落着，荒草萋萋，像发了疯一样兀自繁茂着，院子的中间有一块如巴掌大小的菜园，种着几棵向日葵，稀稀疏疏，如病中的少女，孱弱不堪，有气无力。

进到屋里，屋子并不大，墙壁被烟熏成了黑褐色，仿若一张泛黄的照片，印记着时光萧瑟而又黯淡的容颜。屋顶罩满了烟尘丝，纵横交错，状如蜘蛛网。几件简陋的家具上覆盖着厚厚的灰尘，碗筷杂乱地堆放在一个白铁盆子里。我的心好像突然间坠入无底深渊，很沉很沉。

见我进来，阿强从凳子上弹起来，嘴巴张成了圆圆的O形，但仍然不说话，只默默地从墙角拖过一张木凳，用袖子在上面用力地擦了几个来回，努了努嘴巴，示意我坐下。

我道了谢，刚刚坐下，一种说不出的怪味排山倒海般地涌进鼻腔，我一阵晕眩，几乎窒息。于是，站了起来，说：外边的阳光多好，打开窗户吧，我们也去外边晒晒太阳吧。

阿强仍然沉默着，听话地搬了木凳，把窗户打开了。我牵着他的手，来到院子里，目光落在那几棵模样清瘦的向日葵上。

我笑了：啊，一定是阿强种的了。阿强真的很能干啊！

阿强轻轻地点点头，嘴角浮上了一抹浅浅的笑意，像流星划过苍茫的天际，瞬间陨落了。

我说：阿强，种下去还不够，还得管理呢。来，找把锄头，咱们一起给你的向日葵们除除草吧。

阿强的嘴巴紧紧抿着，转身进了屋里取了锄头递给了我。我蹲下来，小心翼翼地锄着杂草，生怕伤到了那几棵纤细的向日葵。阿强懂事地把杂草拢在一起，跑跳着扔到了院子外面。

十分钟后，小菜园里的杂草不见了，显得清清爽爽。

"阿强，荒草实在太多了，长得又特别茂盛，它会与你的向日葵们争夺营养的，我们干脆也把它们除掉吧。"说完，我便动起手来。阿强还是不说话，只是很努力地拔着那些杂草，为了拔一棵最粗壮的蒿草，他仰面摔倒了，两只小脚丫斜斜地伸向空中。

看到他滑稽的模样，我忍不住笑出了声，阿强也笑了，笑声清脆，像风中一串串清脆的铃铛声，我们的笑声愉快地在风中打着旋儿，回荡着，似乎空气中也弥漫着甜蜜愉快的味道。这时，阿强的眼睛亮晶晶的，额头和脸上闪着耀人的光泽。

整个上午，我们把院子里的杂草清理得干干净净，我们也累得够呛，腰身松松垮垮，浑身像要散架一般。我喘着粗气，说：把杂草除干净，你才能种上一些有用的东西，它们才会在阳光下蓬蓬勃勃地生长。

阿强默默地点点头。

几天后，当我再次踏进阿强的家，发现院子里的地已经翻过了，我笑着感叹道：啊呀，真是了不得了，阿强竟然这样能干！准备种些什么呢？

阿强羞赧地一笑：向日葵。

"为什么不种些蔬菜呢？"
我不解地问。

阿强仰起小脸，说道："向日葵开着金黄色的花朵，跟着太阳转，像人的笑脸。好美！"一口气说这么多，连他自己也吃了一惊，不好意思地低下头。

"我也喜欢向日葵。我喜欢

它的性格，不管长在怎样的环境里，总是尽情地张开笑脸，忘我地绽放笑颜，追随着太阳，顽强地生长，生长……我们每个人都应该是株向日葵，让阳光洒满我们心灵的每个角落。"

阿强沉默不语，若有所思地点点头。

几天后，我又走进了阿强的家。屋子里干净整洁了许多，灰尘不见了，蛛网状的尘丝也不见了，那种难闻的气味也没有了。阿强的爷爷正好在家，老人家瘪着没有牙齿的嘴，对我说：姑娘，自从你们来后，我的孙子好像变了一个人，特勤快。

下午，我买来几袋大白粉，和几个同学把阿强的家粉刷一新，最后，我们又用白纸把顶棚糊了一遍。阿强像只快乐的小鸟，飞进飞出，忙着给我们递东西。屋子虽然不是特别白，但显得亮堂多了。看着洁净的家，阿强拉着我的手说："姐姐，天堂里是不是这个样子？"

我摸着他的头说："阿强，只要心里有太阳、有爱、有希望，哪里都是我们的天堂。"

阿强眼睛望着院子里日渐粗壮的向日葵，似乎是自言自语：对，心中要有太阳。

阿强的话渐渐多了起来，他也常常跑来找我，问我各种各样的问题："广州大吗？越秀区漂亮吗？"我打开电脑，找到广州的图片，阿强看着津津有味，看着看着，安静了下来，眼角滚出了点点泪珠。

我掏出手机，递给他："给妈妈打个电话吧。"

阿强感激地看我一眼，接过手机，很快电话接通："妈妈！"阿强刚刚叫了一声，对方说："阿强，妈妈这里忙，正给人家送水呢。你要听爷爷的话。"电话便匆匆挂掉了。

阿强放下手机，"哇"地哭出声，跑了出去。

在镇里的池塘边，我找到了阿强。他神色平静了很多，冲我抱歉地一笑。我在他身边坐下，搂住了他的肩膀，轻轻地说："阿强，你要理解爸爸妈妈，他们在外边很忙很累，每个人都有自己的一份事做。何况他们在外面忙碌辛苦，也是为了让你受更好的教育，有更好的前程。"

阿强静静地坐着，并不开口。过了一会儿，他伸出手指说："姐姐，你看！"顺着他的手指，我看见池塘的另一边，有大片的向日葵，每一棵都茁壮挺拔，金黄色的花朵怒放着，闪着耀眼的金光。

"姐姐，我也要做一株向日葵，因为我的心中有了阳光。"

看到阿强如向日葵般灿烂明亮的小脸，我欣慰地紧紧把他拥在怀里。

几天后，暑期活动结束。阿强拉着我的手，来到他家的院子里，那些向日葵已明显壮实了许多，迎着风刚刚吐蕊，沐浴在迷人的阳光下，绿宝扇一般的叶子自由舒展着，煞是可爱。阿强笑着说：姐姐，等它们成熟的时候，我一定给你寄一包葵花籽。

我笑了，眼泪却酣畅淋漓地流下来，在朦胧的泪光中，我仿佛看见一棵向日葵，张着笑脸，在追随着太阳顽强地生长，生长……

灿烂如花的小感动

何志坚

这日，收到快递两大箱牛奶，可是父亲下楼取时，恰逢电梯坏了，父亲的腰不好，不能拿重物，两箱牛奶都十几斤了。父亲在楼下正一筹莫展，急得如热锅上的蚂蚁时，碰上一邻居，听说了情况他二话不说，就帮忙把两箱牛奶都提上七楼。父亲和我说起此事时，满脸都绽放着温暖的光。我也为善良热心的邻居深深感动了，一扫连日以来大病的阴霾，仿佛看到了人世最亮的光，身上又充满了前行的勇气与力量。

其实，我们在忙碌的日常生活中，往往容易被琐事和烦恼所困扰，而忽略了那些小小的感动，它们会让我们时常对生命充满感恩，纵然面对更多的困境，也能披荆斩棘，勇往直前。

记得前些时候，我在群里分享了一篇自己的文章后，突然收到一段文友很长的留言，我仔细看了，原来是一位同在上次征文比赛中获奖的新朋友，她对我的评价极为中肯，知道我的文字情感真挚而细腻，且还了解我身体欠佳，看来真的对我十分关注关心，还鼓励我要像史铁生先生一样坚强并继续热爱生活……这一瞬间，我竟然感动得泪流满面。这位善良有爱的朋友让我感觉生命还是值得的，

人间即便困苦但仍然有大爱，这或许也是照亮我多舛人生的一束光，饱受折磨的身心仿佛不再疼痛不已，一股久违的幸福的暖流涌上心来。

想起某日，在小区附近马路闲逛。偶遇一对老年夫妇，丈夫面容枯槁地坐在简易轮椅上，看样子他的四肢已经萎缩，想必瘫痪的时间不短了，虽然如此，但是老人家精神尚好，衣着整洁，看来被照顾得不错。他坐的是很简陋的轮椅，貌似家庭条件不太好。妻子在后面吃力地推着，一边推一边擦汗。其实开始我也不能确定他们到底是不是

夫妇，只是从他们亲昵愉快的表情推断。看到这一幕时，正好天高云淡，人间和暖，心里也甚是温暖。

像这样温暖的小片段，经常在我们的周围发生，只要用心体会，总会有感动你的时刻。

记得有一次，我有事外出，走在回家的路上已是深夜了。路上没有什么灯光，只有远远的一盏路灯映着一片蒙蒙的夜色。突然，听到路旁有人在唱歌，歌声悠扬、醉人，让我不由自主地停了下来听。循声溯源，原来是一个年逾古稀的老大爷，正在自己家门口唱着革命时期的老歌。我听着他激情昂扬的歌声，感受着老人对生活的满满热爱，不禁被深深地感动了。

这些点点滴滴的小温暖其实不仅存在于生活中，往往在书里也能同样看到，从而收获无形的力量和感动。

某日在《读者》中看到一篇文章，是讲述一个曾经患有癌症的女孩，她的家人和朋友都已放弃，但是她的信念和意志力让她战胜了病魔。她最终成功地治愈了，并在生命中继续书写无数的奇迹，如嫁人生子、决定成为一名义工，在世界各地旅行，以鼓励继续与疾病战斗的人们。我被这位女孩的故事深深震撼和感动，感觉只要坚持永不放弃并心怀大爱，就一定能战胜任何艰难困阻创造奇迹。

这些灿烂如花的小感动无处不在，我们能够从中感受到人间真情和爱的温暖，如同黑夜中的昙花，虽然短暂，那绽放的美好却可以永恒。这样的小感动，不会给我们带来巨大的变化，但是却能够为我们的生活注入更多的色彩和幸福。

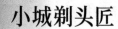

小城剃头匠

唐 伟

沉默的黑瓦，斑驳的墙壁……

一切都那么美。

每次路过堤口，我都会停步看看那两尊石狮，总想为它们写点什么，可是每次灵感都戛然而止。

小街出口，有一块暗黄斑驳的木板上，写着一个大大的"拆"字。这儿早已人去楼空，我放缓脚步，用脚心亲吻支离破碎的青石板。这一间间木质小屋像老妪，看着就不由得让人怀念它昔日的繁华热闹。

静默的龙河穿过小城，融进葱茏茂盛的树木里。这昔日繁华的棉花坝，它就像是镶嵌在城市里的一片田园——宁静迷人，淡雅朴质。

不舍得走完这儿，可是不经意打翻了尘封的记忆。

在堤口的那排石梯边，我看到了一块木板，上面用粉笔写着"余师傅理发店"，一眼就看到了大块的玻璃，还有剃头的毛梳。透亮的刀片正在一个小孩头上翻滚，收割。

我伫立在人群的背后，静静地望着这位剃头匠。余师傅热情地招呼我，让我等待片刻。我坐在板凳上，望着这约莫五十岁的老头。他稀疏的头发横七竖八，那一根根似被岁月淘尽了颜色。一身天蓝色的褂子，暗黑色的布裤，脚上还有一双绿面黑色底的新胶鞋。高高的额头下有道道皱纹，浓黑的眉毛像水田里翻耕过后的一道道犁印。大大的眼睛似秋后残破的树林，残留着的只有暗淡的眼神和几根未落的睫毛。鼻子是个蒜头鼻，和那厚实的唇倒也十分相配。他露出黄灿灿的大牙，嘴边有两个大大的酒窝。

小时候跟父亲常到这儿剃头，最怕的就是路人的眼睛。从小家教有些严厉，我的童年大多数时候都是平头。我也喜欢平头，因为给人精神抖擞的印象。

他一边正给一个六七岁的小男孩剃头，一边和孩子的家人聊起了今年的收成；时而小心翼翼地刮孩子耳垂下的毛发，时而停住手上的活和旁边的人说起了笑话。他很开朗，因为他的笑总是让我陶醉。椅子上的小孩紧皱着窄窄的眉，咬紧牙静静地等待。我理解这小孩的心情，他心里正琢磨着自己爱吃的雪糕，因为他和曾经的我一样总是远远地盯着路那边的冰箱。

余师傅很敬业、憨厚。他看着手里的活，就像农民伯伯很小心地割着丰硕的麦子。头发浓密的地方，他像武侠里的侠客敏捷地操控手里的刀子；头发稀疏的地方他却似闺房里刺绣的女子那般细心谨慎。小孩等不及了，唇边开始泛起波纹，嘟囔着并紧握着双手。剃头匠看出了孩子的焦躁，端着小脑袋看了看平整的头发。他停下了手里的活，用毛刷刷干了小家伙身上残留的头发，然后解开挡发的皮革，不到五分钟孩子的平头就完成了，我远远地看着却想去摸摸那平平的脑袋。他没有在意钱，而是一直盯着孩子的头。他摆了摆头，又唤孩子坐上了那个理发椅子。他像看着自己的庄稼一般看着孩子的头发，然后用梳子衡量了一下，又操起剪刀剪了左边的头发。椅子上的孩子哪耐得住，急得眼角都泛起了泪花。

"不怕，很快啊。"剃头匠一边安慰着孩子，一边耍起了自己的绝活。那剪刀就像是他身体的一部分，向左向右随心而动。顿然，我觉得他不是侠客，也不是绣工，而是一个十分敬业的人民艺术家，因为他具备艺术家们专心、精益求精的态度和敬业诚信的素养。

很快完成了，他看着孩子的头，就像一位艺术家看着自己的作品那么专注。瞬间，他的脸上泛起笑容，孩子也吃着雪糕露出了微笑。

他接过三元钱，然后放在自己鼓囊囊的裤兜里。看来生意很不错，我想这样热情敬业的剃头匠有谁不愿意来呢？

我按捺不住激动的心情，于是也坐上了久别的剃头椅。不知道是时间变了，还是心情变了，那天是我第一次开心地剪完这个平头。

此时，我对眼前的这位剃头匠充满钦佩，因为他在岁月的磨砺中读懂了生命和生活的真谛。没有理发店、发廊那样华丽的门面，没有熟练的按摩技术，但是他却在自己所爱的行业开心地活着。也许每个人三元的微薄收入根本改变不了他的生活，他却很开心地做着手里的每个活儿。人们爱着他的质朴专注，爱着他的热情和敬业。我觉得人就应该这样——不要追求艳丽的妆容，不要在奢华的生活中糜烂。人最难得的是简朴勤俭地活着，在自己所爱的生活中珍惜指间流逝的年华，把自己的专注和敬业投入到自己的工作中，并在看似枯燥的工作中找到属于你的那份快乐。

他理尽了无数人的愁怨和苦恼，看到了青涩时的年华，看到了耄耋时的白发。在指尖和头发之间，他是否回想过自己的一生？余师傅和我聊起了家常，看得出他很喜欢自己的这份工作。我想，他才是懂得了活着的真谛，找到了生活的快乐。人就要有尊严地活着，活着就要快乐幸福；活着，要有意义地活着。我想这是他的人生，也是我们追求的人生。

余师傅，在三元钱的理发人生里读懂了自己，读懂了生活，他才是最快乐的！

垒高自己

游宇明

一个人的一生就像不断地砌墙，砌得越高，离生命最终的美丽越近。聪明的人懂得自己垒高自己，让生命变得出类拔萃。

一个皮革商喜欢钓鱼，他最常去的地方是纽芬兰渔场。有一年冬天的一个早晨，皮革商又来到了这个渔场。也许是因为先天晚上下过大雪，那天天气很冷，凉凉的风刮在脸上像刀削一样。皮革商费了很大的力气才在结冰的海上凿了个洞，然后开始钓鱼。他看到一个很有意思的现象：钓的鱼一放到冰上很快就冻得硬邦邦了，而且只要冰不融化，鱼过个三五天也不变味。难道食物结了冰就可以保鲜？皮革商这样问自己。他开始了试验，经过多次探索，他发现不仅鱼类在冰冻条件下可以保鲜，其他食物，比如牛肉、蔬菜都可以这样做。他决定通过自己的努力制造出一台能让食品快速冰冻的机器。成功的路是艰难的，在研制冰冻机器的过程中，皮革商吃尽了苦头，但他从不气馁。通过反复的比较、总结，皮革商成功了。他向国家专利局申请了专利，并且以3000万美元的天价把这项技术卖给了美国通用食品公司，他就是世界上第一代冰箱的发明者——美国人巴尔卡。

还是一个美国人的故事。美国好莱坞巨星史泰龙出身极为低贱，他的父亲是一个赌徒，母亲是一个酒鬼。父亲赌输了，就打老婆、孩子，母亲喝醉了也拿他撒气，史泰龙经常被他们打得鼻青脸肿、皮开肉绽。他的面相不好，学习也不好。高中还没念完，便在街头当混混。二十岁时一件偶然的事情改变了他，他决心不再步父母的后尘，而是要活出个人样来。但是做什么呢？最终，他想到了当演员。他来到好莱坞，找明星、找导演、找制片，找一切可以使他成功的人。他遭到的拒绝，两年中就达到了1000多次。他不甘心，想出了一个"迂回前进"的办法——先写剧本，待剧本被导演看中，再要求当演员。一年后剧本倒是写了出来，导演的反映也还可以，但就是不让他当演员。他仍然没有放弃，在遭到1300多次拒绝后，一位拒绝过他20多次的导演被他的精神感动了，给了他一次机会，史泰龙因此一举成名。

巴尔卡和史泰龙都是懂得怎样垒高自己的，巴尔卡的垒高表现在他具备一双发现的眼睛，史泰龙的垒高表现在他拥有一种过人的毅力。收获是播种的孪生兄弟，巴尔卡和史泰龙终于抵达了自己的梦想。

一个人垒高自己有多种方式：你是一个懦弱的人，让自己变得坚强是一种垒高；你是一个狂妄的人，使自己学会反省是一种垒高；你是一个浮躁的人，沉下心来专心致志完成某一件事也是一种垒高。垒高没有固定的模式，只要你做的事有益于自己事业的发展、人生的灿烂就可以了。

不是每个人都可以垒高自己。首先垒高自己需要有走出旧我的勇气。墨守成规永远是最省事的，你要改变一个什么东西，必得付出心血，这种付出有的人愿意，有的人不愿意。垒高自己还需要认识自己。你的潜质是具有旋律感，偏偏想做个建筑师；你的专长是逻辑归纳，却想当个诗人，这种垒高注定会失败。一个人走向成功的途径可以多种多样，但有一点是共同的，那就是充分发挥自己的长处。

人生的价值不在于你拥有多高的地位，也不在于你获得了多少金钱，而在于你在起点上多大程度地垒高了自己，实现了生命的本质超越。精神的生命也像物质的生命一样时刻需要新鲜的氧气，垒高自己就是最好的氧气之一。

为了美，赌一回

周秀梅

偶然看到一段网络视频，一位名叫樊丽君的美模，为保持身材，三十年不吃晚饭，镜头前的她娇美动人，看似花样年华，实际上她已年过花甲。让人不禁好奇何以岁月对她如此温柔以待，不老女神缘何而来？

她说追求美是她做了一辈子的事情，她喜欢美的东西，爱穿好看的衣服，总将自己打扮得漂漂亮亮的，岁月不能回头却妨碍不了她爱美的心，哪怕遭遇命里逃不开的劫，她依然要做落难者里最美的那一个。

命运冥冥中的安排常让人倍感无可奈何，比如面临一场突如其来关乎性命的不幸。高高在上的命运之神像是一个布局高手，他精心布置着一场生死赌局，却又很不地道地给迎战的人派发了一手烂牌，分明让人看不到胜算。曾经，美丽的樊丽君也身陷命运安排的赌局。

"乳腺癌中晚期淋巴结转移，像是命运与我开了个玩笑！"她显得有些激动地说道。从她的神态不难想象当初乍听到这个消息时她的震撼。癌症中晚期意味着被命运之神宣判了死缓，如果听之任之，生命存续时间变成可数，倘若治疗却要经历重重难关，痛苦非常人所能忍受，更让人接受不了的是即使积极配合治疗，癌细胞也有很大可能性扩散转移复发。

一个把美视为人生信仰的人怎会轻易丢失信仰？当她最后一次喂饱家里的小兔子，当她把一切叮嘱当成后事安排妥当，当她以最美的妆容与家人挥别，当她头也不回地走进手术室时，仿佛已然向命运之神做出宣告，她将带着烂牌迎战赌局，为守护信仰义无反顾地豪赌一场。

原是抱着必死无疑的心进了手术室，难以置信的是她活着出来了，像是面临穷途末路的赌徒，侥幸挣得了些许继续参与的赌本，她漂亮地赢了第一个回合并为此庆幸不已。

化疗是癌症病人治疗过程中最难捱的关卡，且不说药物带来的身体上的各样不适让人难以忍受，单是脱发对于爱美的樊丽君来说便是一场残忍的考验。当儿子建议她理去脱落得所剩无几的残发时，一切难耐终于彻底爆发了，她歇斯底里地咆哮着质问：为什么要让我去理发，为什么要让我变成这个样子？像是责问儿子更像质问命运之神，对于爱美的她来说这是怎样的讽刺？接受丑陋或是放弃生命，她该何去何从？

终于她痛下决心接受了儿子的建议理成了光头，每日她以丝巾为饰包裹光头的难言之隐，也裹住了内心深处的隐痛，依然携美丽继续着未完的赌局。

每一个新疗程的开始都是对前次治疗的肯定，是一次次重生，更是赌本的不断积攒，她赢得越来越多。五年之后，她安然地美丽如初，她赢得了多少癌症病人苦苦寻求并翘首以待的五年生存期。反观命运之神却是节节败退，最终让开了一条康庄大道。

奇迹在她身上的发生也是生死赌局的落幕。不堪回首成为过去，当她华丽丽地站在镜头前时，痛苦的昨天便成了故事，她是当之无愧的赢家。她赢回了美，也赢得了更长久的岁月。即使烂牌在手，她依然坚持美丽的信仰漂亮地运筹帷幄，步步为营打好手里的每一张牌，最终决胜千里。

人的一生总难免要经历一些纷扰，或多或少遭遇一些挫折，也许是开启了一段漫不经心最终离散的恋情，也许是通宵达旦做坏了一个重要的实验，也许是工作中的焦头烂额。会觉得坎坷难当，会望而生畏，会心灰意冷，其实想一想无关乎生死，哪一件都不是大事。一段糟糕的恋情了结，赌一赌下一场恋曲拉开序幕会不会赢来满满一生的幸福？全力以对的实验废了固然可惜，赌一赌明天会不会有更棒的发现？工作中本就容易状况百出，赌一赌这些恼人的琐碎会不会锻造出明日的行业精英？

不幸与机遇总是相伴而来，一味哀叹莫如做一次决然的赌徒，坚定信念，放开手脚与命运潇洒地赌一场，或许会赢得一个光彩无限的明天。

感悟生活的真谛

- S P R I N G -

吴组缃先生的猪

老舍

从青木关到歌乐山一带，在我所认识的文友中要算吴组缃先生最为阔绰。他养着一口小花猪。据说，这小动物的身价，值六百元。

每次我去访组缃先生，必附带的向小花猪致敬，因为我与组缃先生核计过：假若他与我共同登广告卖身，大概也不会有人出六百元来买！

有一天，我又到吴宅去。给小江——组缃先生的少爷——买了几个比醋还酸的桃子。拿着点东西，好搭讪着骗顿饭吃，否则就太不好意思了。一进门，我看见吴太太的脸比晚日还红。我心里一想，便想到了小花猪。假若小花猪丢了，或是出了别的毛病，组缃先生的阔绰便马上不存在了！一打听，果然是为了小花猪：它已绝食一天了。我很着急，急中生智，主张给它点奎宁吃，恐怕是打摆子。大家都不赞同我的主张。我又建议把它抱到床上盖上被子睡一觉，出点汗也许就好了；焉知道不是感冒呢？这年月的猪比人还娇贵呀！大家还是不赞成。后来，把猪医生请来了。我颇兴奋，要看看猪怎么吃药。猪医生把一些草药包在竹筒的大厚皮儿里，使小花猪横衔着，两头向后束在脖子上：这样，药味与药汁便慢慢走入里边去。把药包儿束好，小花猪的口中好像生了两个翅膀，倒并不难看。

虽然吴宅有此骚动，我还是在那里吃了午饭——自然稍微地有点不得劲儿！

过了两天，我又去看小花猪——这回是专程探病，绝不为看别人；我知道现在猪的价值有多大——小花猪口中已无那个药包，而且也吃点东西了。大家都很高兴，我就又就棍打腿的骗了顿饭吃，并且提出声明：到冬天，得分给我几斤腊肉！组缃先生与太太没加任何考虑便答应了。吴太太说："几斤？十斤也行！想想看，那天它要是一病不起……"大家听罢，都出了冷汗！

刹　那

朱自清

　　我所谓"刹那"，指"极短的现在"而言。

　　在这个题目下面，我想略略说明我对于人生的态度。现在人说到人生，总要谈它的意义与价值；我觉得这种"谈"是没有意义与价值的。且看古今多少哲人，他们对于人生，都曾试作解人，议论纷纷，莫衷一是；他们"各思以其道易天下"，但是谁肯真个信从呢？——他们只有自慰自驱了吧！我觉得人生的意义与价值横竖是寻不着的；——至少现在的我们是如此——而求生的意志却是人人都有的。既然求生，当然要求好好的生。如何求好好的生，是我们各人"眼前的"最大的问题；而全人生的意义与价值却反是大而无当的东西，尽可搁在一旁，存而不论。因为要求好好的生，断不能用总解决的办法；若用总解决的办法，便是"好好的"三个字的意义，也尽够你一生的研究了，而"好好的生"终于不能努力去求的！这不是走入牛角湾里去了么？要求好好的生，须零碎解决，须随时随地去体会我生"相当的"意义与价值；我们所要体会的是刹那间的人生，不是上下古今东西南北的全人生！

　　着眼于全人生的人，往往忘记了他自己现在的生活。他们或以为人生的意义与价值在于过去；时时回顾着从前的黄金时代，涎垂三尺！而不知他所回顾的黄金时代，实是传说的黄金时代！——就是真有黄金时代；区区的回顾又岂能将它招回来呢？他们又因为念旧的情怀，往往将自己的过去任情扩大，加以点染，作为回顾的资料，惆怅的因由。这种人将在惆怅、惋惜之中度了一生，永没有满足的现在——一刹那也没有！惆怅惋惜常与彷徨相伴；他们将彷徨一生而无一刹那的成功的安息！这是何等的空虚呀。着眼于全人生的，或以为人生的意义与价值在于将来；时时等待着将来的奇迹。而将来的奇迹真成了奇迹，永不降临于笼着手，垫着脚，伸着颈，只知道"等待"的人！他们事事都等待"明天"去做，"今天"却专作为等待之用；自然的，到了明天，又须等待明天的明天了。这种人到了死的一日，将还留着许许多多明天"要"做的事——只好来生再做了吧！他们以将来自驱，在徒然的盼望里送了一生，成功的安慰不用说是没有的，于是也没有满足的一刹那！"虚空的虚空"便是他们的运命了！这两种人的毛病，都在远离了现在——尤其是眼前的一刹那。

着眼于现在的人未尝没有。自古所谓"及时行乐"，正是此种。但重在行乐，容易流于纵欲；结果偏向一端，仍不能得着健全的，谐和的发展——仍不能得着好好的生！况且所谓"及时行乐"，往往"醉翁之意不在酒"；不过借此掩盖悲哀，并非真正在行乐。杨恽说"人生行乐耳，须富贵何时"，明明是不得志时的牢骚语。"遇饮酒时须饮酒，得高歌处且高歌"，明明是哀时事不可为而厌世的话。这都是消极的！消极的行乐，虽属及时，而意别有所寄；所以便不能认真做去，所以便不能体会行乐的一刹那的意义与价值——虽然行乐，不满足还是依然，甚至变本加厉呢！欧洲的颓废派，自荒于酒色，以求得刹那间官能的享乐为满足；在这些时候，他们见着美丽的幻象，认识了自己。他们的官能虽较从前人敏锐多多，但心情与纵欲的及时行乐的人正是大同小异。他们觉到现世的苦痛，已至忍无可忍的时候，才用颓废的方法，以求暂时的遗忘；正如糖面金鸡纳霜丸一般，面子上一点甜，里面却到心都是苦呀！友人某君说，颓废便是慢性的自杀，实能道出这一派的精微处。总之，无论行乐派，颓废派，深浅虽有不同，却都是"伤心人别有怀抱"；他们有意的或无意的企图"生之毁灭"。这是求生意志的消极的表

现；这种表现当然不能算是好好的生了。他们面前的满足安慰他们的力量，决不抵他们背后的不满足压迫他们的力量；他们终于不能解脱自己，仅足使自己沉沦得更深而已！他们所认识的自己，只是被苦痛压得变形了的，虚空的自己；决不是充实的生命，决不是的！所以他们虽着眼于现在，而实未体会现在一刹那的生活的真味；他们不曾体会着一刹那的意义与价值，仍只是白辜负他们的刹那的现在！

我们目下第一不可离开现在，第二还应执着现在。我们应该深入现在的里面，

用两只手揪牢它，愈牢愈好！已往的人生如何的美好，或如何的乏味而可憎；已往的我生如何的可珍惜，或如何的可厌弃，"现在"都可不必去管它，因为过去的已"过去"了。——孔子岂不说"往者不可谏"么？将来的人生与我生，也应作如是观；无论是有望，是无望，是绝望，都还是未来的事，何必空空的操心呢？要晓得"现在"是最容易明白的；"现在"虽不是最好，却是最可努力的地方，就是我们最能管的地方。因为是最能管的，所以是最可爱的。古尔孟曾以葡萄喻人生：说早晨还酸，傍晚又太熟了，最可口的是正午时摘下的。这正午的一刹那，是最可爱的一刹那，便是现在。事情已过，追想是无用的；事情未来，预想也是无用的；只有在事情正来的时候，我们可以把捉它，发展它，改正它，补充它：使它健全，谐和，成为完满的一段落，一历程。历程的满足，给我们相当的欢喜。譬如我来此演讲，在讲的一刹那，我只专心致志地讲；决不想及演讲以前吃饭，看书等事，也不想及演讲以后发表讲稿，毁誉等事。——我说我所爱说的，说一句是一句，都是我心里的话。我说完一句时，心里便轻松了一些，这就是相当的快乐了。这种历程的满足，便是我所谓"我生相当的意义与价值"，便是"我们所能体会的刹那间的人生"。无论您对于全人生有如何的见解，这刹那间的意义与价值总是不可埋没的。您若说人生如电光泡影，则刹那便是光的一闪，影的一现。这光影虽是暂时的存在，但是有不是无，是实在不是空虚；这一闪一现便是实现，也便是发展——也便是历程的满足。您若说人生是不朽的，刹那的生当然也是不朽的。您若说人生向着死之路，那么，未死前的一刹那总是生，总值得好好的体会一番的；何况未死前还有无量数的刹那呢？您若说人生是无限的，好，刹那也可说是无限的。无论怎样说，刹那总是有的，总是真的；刹那间好好的生总可以体会的。好了，不要思前想后的了，耽误了"现在"，又是后来惋惜的资料，向谁去追索呀？你们"正在"做什么，就尽力做什么吧；最好的是 –ing，可宝贵的 –ing 呀！你们要努力满足"此时此地此我"！——这叫做"三此"，又叫做刹那。

　　言尽于此，相信我的，不要再想，赶快去做你今晚的事吧；不相信的，也不要再想，赶快去做你今晚的事吧！

生活里总有海的气息

朱成玉

当我忽略了鱼缸里的鱼，忘记了给它们换水，看着它们在混浊的水里挣扎，奄奄一息，我便感觉到，令我心生愧疚的，不仅仅是鱼，还有大海。

鱼游进了你的鱼缸，并未告诉你大海的消息，却换成了你告诉它，陆地上的一切。是鱼的悲，还是你的哀？

小小的鱼缸。是谁使鱼儿从不同的海洋游在了一起，又是谁使它们被囚禁？

别以为你对大海充满好奇，鱼就对陆地心生憧憬。你想去看大海，鱼却未必惦念陆地。

你囚禁了它，那么，就别指望从它的口中，得到大海的消息。你得到的，只是它苟延残喘的呼吸。就像你囚禁了鸟，就不能从它的口中，得到天空的消息一样。

看完日本影片《那年夏天，宁静的海》之后，我的生活里就总是弥漫着海的气息。电影情节简单，平静得如同无风的海。正如聋哑人安静的世界，相比俗世中人的落寞显得更加纯净，圣洁，他们单纯美好的爱情带给我们的不仅仅是感动，还有深深的震撼。

夏日的午后，善良的阿茂每次都会兴奋地拿着冲浪板练习冲浪，同样是聋哑人的女友贵子紧随其后，每当阿茂被浪头冲倒引起别人的嘲笑时，娇小的贵子总是坐在沙滩上，静静地注视着一切，带着温和而暖暖的笑，默默地叠着阿茂的衣服，一次又一次……

雨天，阿茂再一次去海边练习时，呼啸的海浪过后，岸边撑着雨伞的贵子四处张望，然而却只剩下了孤独的冲浪板。阿茂被海浪卷走，没有一点的预示和征兆，女友默默地捡起漂流到沙滩上的滑板，贴上自己和阿茂的合影，将滑板慢慢放逐在蔚蓝色的大海里。这时候，久石让的主题乐《Silent Love》恍如一波波的浪花，时而舒缓，时而湍急，流过了阿茂与贵子的脚踝，也流过了所有人的心灵深处。

男主殒命大海，女主海边凭吊。乐声迂回，无边的萦绕，在我耳边，以及梦境里——从此，我望向大海，就是望着你。我听见贵子一遍遍地在心底呼唤：阿茂，请再陪我看一次海，不要未来，只要你来。

我在影片最后的音乐里落了泪，那是我从那片安静的海里，移过来的一朵浪花。

去早市，看到一个卖鱼者，不停地抓过一条鱼，用重物敲击头部，刮鳞，掏内脏，装袋，一气呵成。间歇，抹抹汗，仰头喝一大口啤酒，打个酒嗝儿，混合着满身的鱼腥味儿，仿佛把大海搬了过来。

医院里，一只蚂蚁爬上一只碗，这一碗水，对于一只蚂蚁来说，就如同一片大海。

我把蚂蚁掸下去，并没有踩死它，让它自生自灭。

每天上午和下午，各自一碗水，我喂给父亲，在蚂蚁看来，我把大海倒进一个人的嘴里。

父亲住院已经半月有余，每一次我端水给他，他总是虚弱地和我说，别倒那么满，会洒的。其实，父亲本没有必要担心的，这没有脾气的海，在一个病床前，被轻拿轻放，总是尽力不泛起一点波澜。

人总是不自觉地把海搬到生活里来，比如背着爱的人，画下一个大海，夸下一个海口，编造一个海阔天空，虚构一个海角天涯，许下一个海枯石烂。可是，结尾往往不那么童话——两个人回忆里互不相欠，生命中永不相见。

我为一片海痴迷，用自己的心跳为每一朵歌唱的浪花伴奏。可是亚里士多德自杀时却说道："愿厄里帕的海水吞没我吧，因为我无法理解它。"一个人所知越多，就越感觉到自身的匮乏和渺小，在大海的深邃面前，人，永远是一朵小小的浪花。

宁静的大海，总是轻轻地提醒着我，失去的东西，也可以很美。

学会忘记，给心灵减负

雷子

善于给自己的心灵减轻负担是一种智慧的表现。及时忘记应该忘记的事，就是为了让自己每天都能拥有一个好心情。然而，令人遗憾的是，大多数的人难以做到这一点。毕竟，人是一种善于怀旧的动物，我们常常花费了大量的精力去缅怀过去，沉浸于往日的种种。

经常沉迷于过去的事物，会使我们的心智变得迟钝。我们无法改变过去，却又执拗地不肯甩脱那些沉重的包袱，不肯将其搁置到一旁。这就如同背着一块巨大的石头前行，不仅会让我们步履维艰，还会让我们错过眼前的美好风景。

人的个性是一种不断发展的过程，同样，我们的生活和经验也是一种持续演进的过程。如果我们不能与这些过程一同向前迈进，我们不久就会发现自己的行为毫无建设性，每天的生活都是上一天的重复，陷入枯燥而单调的循环之中。然而，生活不是静止不动的，而是充满活力、不断变化的。你不能让自己的思想永远停留在一个过去的角落，否则，你将无法适应生活的变化，无法抓住新的机遇。

我们不愿摆脱的过去大致包括以下三种类型：过去的失败、过去的美好以及那些虽然被我们珍爱但已经不合时宜的传统。

过去的失败往往是刻骨铭心的。我们总是忍不住一遍又一遍地重复体验曾经犯过的错误，在内心深处希望事情不是这样的结局，或者这件事没有发生在自己身上；预演那些可能永远不会出现的对话，为永远不会发生的场景设计反应方式；投入不会有结果的追寻，拼命地问"为什么"。这种对过去失败的过度纠结，不仅无法改变已经发生的事实，反而会让我们陷入自我怀疑和消沉的情绪中。

以下这则故事就生动地体现出了遗忘的艰难。

一个姑娘来到河边，准备跳下去结束自己的生命。这时候，一位老者拉住了她，并且关切地问她："姑娘，你今年多大了？"

姑娘泪流满面地说："我十六岁了。"

老人温和地说："你看我都八十六岁了，仍然活得有滋有味。你又有什么想不开的呢？"

姑娘抽泣着说："我失恋了，我不再觉得生活有任何意义。你不会懂的。"

老人耐心劝道："谁说我不懂？在我十六岁那年，也差一点为了爱情而自杀。那时候我和你一样以为感情上的创伤永远都不会平复。可是你看现在，我不是活得很好吗？并且几乎想不起那个人来了。"

姑娘听后，平静了许多，一边擦眼泪一边问："那么老爷爷，你是什么时候忘了她并且不再感到受伤的呢？"

老人皱着眉头想了半天，才若有所思地说："那是在去年的春天。"

他刚说完，只听"扑通"一声，河边只剩下了老人。

遗忘竟是一个如此漫长的过程！难怪姑娘无法忍受。对于过去的失败和伤痛，我们总是难以释怀。但你可能不光是挂念已经无法扭转的过去事件，并且还一直想着以前的错误。其实你要做的不是一味地责备自己，而是从中吸取教训，避免类似事件的再次发生。仅仅停留在过去的错误中是毫无意义的。但是如果你不能对折磨你思想、不断破坏你生活的事物做点建设性的事，至少要把那些事情甩到一边去。你应当果断地决定，是让这些错误和创痛的经历伤害你一次，还是让它们持续不断地伤害你许多次。如果我们不断在记忆中重现旧日疼痛，我们就给了最初导致伤痛的人和事一再伤害我们的机会。

其实，你可以把这样的记忆封存起来，或者做一些其他更有意义的工作，让新的经验来"刷新"它们。比如，投入到一项新的兴趣爱好中，结交新的朋友，尝试新的挑战。通过这些积极的行动，让自己的生活充满新的色彩和活力，从而逐渐淡化过去的阴影。

遗忘的关键就在于你要信赖自己的今天，并且努力地把握它。不要总是被过去的阴影所笼罩，要相信自己有能力创造一个更美好的当下和未来。

总而言之，为了让我们的心灵变得不再沉重，为了能够轻装上阵去迎接生活中的每一个新的挑战和机遇，该忘记的就勇敢地忘记吧。从现在起，让我们学会放下过去的包袱，以更加轻松和积极的心态去拥抱生活的美好吧！

月光院落

韩慧彬

我迷恋月光下的事物由来已久，即使含着虚伪，也比灯红酒绿、夜夜笙歌来得真实。今夜，月华如水，银辉遍地，竹影碎摇，穿林带叶，就让我顺着月光洒落的方向，对月光院落展开一次深情的凝望。

院落的青石板路面上还散发着人间烟火的味道，但它只能在月光下以倔强的性格、静默的姿势守望。涂改院子的黑色剪影，一向是月光的权力。锯齿状的屋檐也表现得俯首帖耳，表情恭顺而生动。露宿院落的妻，当仁不让地成了月光院落的主人，劳累的鼾声夹杂着不知疲惫的蛙声，此起彼伏，恍然惊醒的她或许感到了深夜的凉意，想掀起薄被裹住身体再入梦乡，不料拉抻的却是屋檐下的一卷月光，不得不起身回屋，倒床安眠。

月光本来是比较慵懒的，她没有任何急于要完成的任务，醉卧沙场的明亮铠甲和横陈竖列的葡萄美酒，她定会一视同仁，所以她具有随遇而安的本性。月光泻入江水，就不得不与大江为伍，成就"月涌大江流"的奇观。月光与院落相伴，则以修改院子、戏弄阴影为赏心乐事。劳作一天后的院子，是很愿意接受月光的清洗和抚慰的。衣服堆放在脚盆内，尚未晾晒，它们的阴暗凹凸轮廓，是按照月光的意愿涂抹的，它们的线条呈现出月球上环形山的形状，这种涂抹的基本出发点是为了让月光找寻到家的感觉。院子里，妻种的兰花、刺玫、紫苏，还有一些野草闲花，在月色中显得愉悦安详。它们白天争奇斗艳的好胜心，在月光的统一调度安排下荡然无存，因为月光之色的公平仁慈，不以价值高低而对谁有所偏私厚爱，所以，一把久遭遗弃的小竹椅遍体发亮，熠熠生辉。它，为这午夜的辉煌而深受感动，热泪盈眶。它，也因此成为月光的归依者，以受过伤害的名义，郑重地倚躺在院落一角，与心有善念的月光握手言和。

随着后半夜转凉，跌落地面的月光就开始咀嚼寂寞，同时艰难地开始搜寻甚至祈求墙角的一条虫，或者一只乱舞的飞蛾，希望借助它们的爬行或者飞行，重获驿动的生命。院落很静，一片月光就是所有的月光，抬头看到的是月影下的瓦楞草在风中摇摆着它的人生。还有就是长宽一致的一方月夜，像一口方井，让我仿佛看到白光之下，一群打水的人和一路落下的水渍。井台边不小心洒下的井水，没有目标地流淌。井台边发生的陈年旧事像一杯酒，不能尝，一尝就会醉，醉了就会心痛。

在父亲堆起的麦垛上望过月，在阳台上望过月，在旅途上望过月，月光下的人生透着湿漉漉的分量，又怎能轻易提得起，怎能轻易放得下？人生不能重新选择，月光少年的马蹄只是无羁岁月的一个印记，能重新选择的最多只有在一个美丽的月夜，让月光打湿睫毛，打湿发肤，打湿心灵。尽管许多时候，我都在选择反叛和疼痛，疼痛是另一种快乐，就像苏童小说里的许多少年，在月光下厮杀，让人热血沸腾。叫嚣声之外，会有花在月光中、寒夜中、露水中开放。

安静，让院落如此美好。高层住宅的鳞次栉比，都市霓虹的意乱情迷，早已无法让明亮的月光照到城市人的窗前。而我，义无反顾地从农村走进城市的夜色，没有回头，在被明晃晃的城市的夜一次次刺痛心灵之后，才猛然发现：只有院落的月光，才能将善感的纸笺打湿；只有淡泊的秋天，才会在心头泛起涟漪。

美德的香气

王子君

穿过体育馆北边那条街时，迎面走来一位女士，问我7天酒店怎么走。她手机的导航显示就在这个区域，却久寻不见。她脸上已满是疲惫。我停下脚步，往周边建筑看了看，肯定地说应该就在附近。我印象中这一片区确实有家7天酒店，可在脑海里搜索了好一阵，愣是想不起具体位置，只好抱歉地让她再问问其他人。

我继续我的路程，她则继续往前寻找。

转过弯，走过半条街，看到街边大楼门口的年轻保安，便近前请问他7天酒店在哪里。他朝北面的路口一指："就在那条胡同里。拐进去，一栋黄色的楼就是。"

我说了声"谢谢"，欣慰地往回走。保安"哎"了一声，提醒道："你走反了！"我摆摆手，告诉他我是帮别人问路。我快步回到体育馆街，招呼那位问路的女士。女士正返回来，依旧拿着手机在看。她大概走完了体育馆街也未有收获，已迷茫、无助至极，看到我，甚是惊讶。

我打着手势说："7天酒店就在那里。"

女士看上去非常感动。愣了好一阵，她才说："哎呀！太感谢你了！你还走回来告诉我！"她的声音有些哽咽。

我淡然一笑："没事，我也经常迷路的，我理解迷路人的心情。"

告别女士，我走自己的路。

"这是美德！"女士突然在我身后冒出一句。

我回过头，冲女士做了个"OK"的手势，满心喜悦。

每个人都可能有过迷路时刻。迷路时有人指引一下，心就光明了；而给人指路，自己心中的道路也会敞开。

那是美德发出的香气让人心明亮。

我是一个地理方向感极差的人，坐公交会坐反；坐小车转过几个街道就分不清东南西北；出地铁往往不知朝哪个方向走，时常闹出些洋相，也时常花了冤枉时间。打车倒是方便，但这么大的城市，又难免遇到堵车。坐地铁成了常规的出行方式后，问路就成了常事。问路虽然大多数时候也是徒劳的——很多人跟我一样是路痴，或是确实不熟悉其时的路况——但感动的时刻不少。比如，有人会连拐几道弯都能给你说得明明白白；有人会打开自己的手机为你搜索目的地；有人甚至干脆带你走一段路程指给你看你要去的具体位置。这些细小的事情，在我眼里都是美德。美德散发出香气，在这煮沸了锅似的都市生活里，带给我奇妙的温馨与安定的感觉。

几年前的一次问路，曾让我捉笔写下美文《指路的女孩》：

几个文友约聚于飞天大厦。

一出地铁，我就转向了。左顾右盼间，一个20岁出头的女孩从身后经过，我叫住她问路。女孩打着手势说，直走，快到路口时往北，哦，就是左拐。说完便行色匆匆地往前走去，像是有什么急事。

正值初春，路旁老树新芽，迎春花艳得耀眼。我慢悠悠地边走边拍着街景，百十米的距离，愣是走了十分钟。

快到路口时，却猛然发现为我指路的女孩站在那儿。"你可来了呀！"她急切地说。我大惊："你在等我？"她点点头。原来，去"飞天"要穿过这路边小公园，现在公园树木繁密，已掩住了"飞天"的招牌，她担心我又迷路，便停下来等我，好告诉我确切的方位。

我怔住了。我感到心中怦然种下一颗美丽的种子。

女孩嫣然一笑，飞步离去。

我的目光追踪着她。我看到她在飘舞，就像春天的蝴蝶。

就像春天。

帮我指路的女孩，像天使一样，至今让我一想起还感到特别地美。文章发表后，她美德的香气飘散得更远更广，沁人心脾。

今年年初的一天，为去静安庄国展中心参加书展，我一大早便坐上了地铁。出了三元桥地铁，按指南针方向走，路竟是远离着楼群，且一边有高大的塑料挡板挡着，显得很是偏僻。走着走着，却感觉不对劲了，难道我又走反了方向？看着在寒风中包裹得严严实实匆匆行路的上班族，我不好意思拦住他们问路。待走了近千米，见到一早餐摊子，三

两顾客在买早餐，便张口求问展览馆怎么走。谁料摊主和顾客均摇头不知。失望之余，我只得硬起头皮往前走，边走边用手机重新定位导航，心想，到了主路上打个车走，管他堵成什么样吧。

偏偏时已临近主路盘桥，手机信号不好，搜索的符号箭头一直转不出地图。正在气馁，一个柔和的女声在我身旁响起："你去展览馆？你走反方向了，要到对面去。你从地下通道过去，那边可以打车。"

原来，她在我身后不远，听到了我问路无果，便碎步赶了上来。

在寒冷的早上，在迷路的早上，听到这么柔声的话语，激动之情，无以言表！

陌生的女士将我带到主路边，指着地下通道，又耐心地指了指展览馆的方向，待我完全明白，这才嫣然一笑离去。

三环主路上已是车流如海。七纵八横的大桥，被滚滚的噪声包围，显得异常繁闹。

我走地下通道，到对面去。就在即将走出通道之际，有人在我的背上轻轻地拍了一下。啊，竟是刚才为我指路的女士！她微喘着气，连声道歉："对不起，对不起，我给你指错路了。应该就在我给你指路的那地方打车就可以了。坐公交也很方便。谢天谢地，我追上了你。"

我非常震惊地望着女士。她看上去三十七八岁，素面朝天，衣着简朴，却有一种掩藏不住的书卷气。我心想应该加她的微信，和她交朋友。她两次给我指路，她有一颗多么美丽诚信的心！可不待我说出想法，她又说，现在她安心了。她上班要迟到了，得赶紧走，让我自己返回到辅路上去就好。

她很快消失在地下通道的尽头。她在人群中的身影，是那样普通，但我却仿佛闻到了馥郁的香气，那是她热情、真诚的美德散发出的香气。

美德散发出的香气熏陶着我，也熏陶着她，熏陶着他，熏陶着我们……

一切的美德都是值得述说的。

古人云："勿以善小而不为。"帮人指路，也许只能称作"小善"。但善事愈小愈能体现一个人的情操，常为小善能成就大的美德。有美德，就有慈爱；有慈爱，就有丰丰满满的生命。

在人世间，有美德的香气弥漫，是多么温暖，多么清澈！

让心灵站立

游宇明

　　罗伯特·科赫是德国著名的医生和细菌学家，有一天，他被召到皇宫去为国王看病。"你给我看病，不能像看别的病人那样!"国王说。"请原谅，陛下，"科赫非常平静地说，"在我眼里，病人都是国王。"

　　在我们某些人眼里，罗伯特·科赫真是一个傻帽，就算你平时真的对病人很好，在你心里一个国王也没有什么了不起的，但是此刻国王站在你面前，你也要说点假话，哄他高兴。比如，你可以说："那当然，陛下您这么尊贵，我怎能像对待一般人一样地对待您呢?"如果要显得对国王无限景仰、无比忠诚，你还可以说："是的，仁德的国王，您想的正是我准备做的，今天我特地给您带来了一个家传秘方，任何人生病，我都舍不得用，今天我把它带来了，我希望您万寿无疆，您的健康是全德国人民的幸福。"国王高兴了，还会少了你的好处吗? 不说提拔你当分管医疗卫生的大臣，起码也得给个皇家医院的院长让你当当。然而，科赫没有这样做，他说出了自己的心里话。正是科赫这种在权势面前坚持让心灵站立的精神，使他赢得了我们持久的尊敬。

　　我们需要让心灵站立，在权势面前如此，在别的什么比如金钱、女色、荣誉等等面前也同样如此。金钱可能使我们屈服于物欲；女色可能让我们意乱情迷；一次性使用的荣誉可能让我们忘记生命最终的目标。你要想坚守自己，就必须牺牲这些被世俗看重的东西，并且在这种牺牲中高扬自己的人生信念。

　　让心灵站立需要一种胸怀。一个胸襟狭隘、只知道为自己打算的人，一定是一个喜欢见风打卦、时刻准备让自己的心下跪的人。因为他追求的是利益，追求利益必须懂得识别天时地利人和，懂得利用谁、团结谁、孤立谁、打击谁。只有那种心怀大众、把自己的生命自觉地与社会意志结合在一起的人，才会宠辱不惊，以坚守自己灵魂的是非作为生命的最高目标。他们追求的是真理，真理不会察言观色，无论世界怎么变化，它都以自己独有的面貌存在着。

让心灵站立也需要底气。悬崖上的松树不惧外界的压力和诱惑，只是以本质的执着，坚守在别人无法坚守的地方，它令人敬佩。然而，不是每一棵树都可以跻身于悬崖。悬崖上少土，需要一棵树拥有刺穿岩石的力量；悬崖上少水，需要一棵树用心灵浇灌自己，所有这一切都不是那些生活在平地里的树所具备的。树是如此，人又何尝不是如此？有的人要本事没本事，要品质没品质，他不投机，不选择一种风险最小的途径，又怎么能讨到自己的饭票呢？当一个人拥有了在世上立足的一切，要显露才华的时候他是才华最出众的，要显示品质的时候他是品质最优异的，他要做到让心灵站立，也就顺理成章了。

一个人所处的环境有好有坏，能力也有大有小，希望每个人都发出一样的光、散出一样的热是不现实的。但是让自己的心灵站立，以一片真诚和坚守去面对生活，这是每个人都应该追求的基本的人生目标，达不到这一点，你就不是一个合格的人。

浮生若茶

李雪峰

一个屡屡失意的年轻人千里迢迢来到普济寺，慕名寻到老僧释圆，沮丧地对老僧释圆说："像我这样屡屡失意的人，活着也是苟且，有什么用呢？"

老僧释圆如入定般坐着，静静听这位年轻人的叹息和絮叨。什么也不说，只是吩咐小和尚说："施主远途而来，烧一壶温水送过来。"小和尚诺诺着去了。少顷，小和尚送来了一壶温水，释圆老僧抓了一把茶叶放进杯子里，然后用温水沏了，放在年轻人面前的茶几上微微一笑说："施主，请用些茶。"年轻人俯首看看杯子，只见杯子里微微地袅出几缕水汽，那些茶叶静静地浮着。年轻人不解地询问释圆说："贵寺怎么用温茶？"释圆微笑不语。只是示意年轻人说："施主请用茶吧。"年轻人呷了两口，释圆说："请问施主，这茶可香？"

年轻人又呷了两口，细细品了又品，摇摇头说："这是什么茶？一点茶香也没有呀。"释圆笑笑说："这是江浙的名茶铁观音啊，怎么会没有茶香？"年轻人听说是上乘的铁观音，又忙端起杯子吹开浮着的茶叶呷两口，又再三细细品味，还是放下杯子肯定地说："真的没有一丝茶香。"

老僧释圆微微一笑，吩咐门外的小和尚说："再去膳房烧一壶沸水送过来。"小和尚又诺诺着去了。少顷，便提来一壶壶嘴吱吱吐着浓浓白汽的沸水进来，释圆起身，又取过一个杯子，撮了把茶叶放进去，稍稍朝杯子里注了些沸水，放在年轻人面前的茶几上，年轻人俯首去看杯子里的茶，只见那些茶叶在杯子里上上

下下地沉浮，随着茶叶的沉浮，一丝细微的清香便从杯子里袅袅地溢出来。

嗅着那清馨的茶香，年轻人禁不住欲去端那杯子，释圆忙微微一笑说："施主稍候。"说着便提起水壶朝杯子里又注了一缕沸水。年轻人再俯首看杯子，见那些茶叶上上下下沉沉浮浮得更嘈杂了，同时，一缕更醇更醉人的茶香袅袅地升腾出杯子，在禅房里轻轻地弥漫着。释圆如是地注了五次水，杯子终于满了，那绿绿的一杯茶水，沁得满屋津津生香。

释圆笑着问道："施主可知道同是铁观音却为什么茶味迥异吗？"年轻人思忖了一会儿说："一杯用温水冲沏，一杯用沸水冲沏，用水不同吧。"

释圆笑笑说，用水不同，则茶叶的沉浮就不同，用温水沏的茶，茶叶就轻轻地浮在水之上，没有沉浮，茶叶怎么会散释它的清香呢？而用沸水冲沏的茶，冲沏了一次又一次，茶叶沉了又浮，浮了又沉，沉沉浮浮，茶叶就释出了它春雨的清幽，夏阳的炽烈，秋风的醇厚，冬霜的清洌。世间芸芸众生，又何尝不是茶呢？那些不经风雨的人，平平静静生活，就像温水沏的茶叶平静地悬浮着，弥漫不出他们生命和智慧的清香，而那些栉风沐雨饱经沧桑的人，坎坷和不幸一次又一次袭击他们，就像被沸水沏了一次又一次的酽茶，他们在风风雨雨的岁月中沉沉浮浮，于是像沸水一次次冲沏的茶一样溢出了他们生命的一脉脉清香。

是的，浮生若茶。我们何尝不是一撮生命的清茶？

而命运又何尝不是一壶温水或炽烈的沸水呢？茶叶因为沸水才释放了它们本身深蕴的清香，而生命，也只有遭遇一次次的挫折和坎坷，才能留下一抹抹人生的幽香。

阳光划破你的脸

周海亮

男人住在地下室里，已经两年有余。租来的地下室，阴暗潮湿，散着混浊难闻的霉味。地下室没有窗户，更不会有阳光，冬天时，阴冷得就像静寞的北极。只是窗户的位置，摆着一盆花。那花早已枯萎，趴着缩着，即使没有风，枝叶也会在某一个瞬间突然有了细微难觉的摇摆。那是死亡的声音。就像地下室里的男人。

男人有他的故乡。男人的故乡，山清水秀。那里有他的女儿和妻子，黄狗和水井，庄稼和土地，篱笆和向日葵。可是男人来到城市，某一个夜里，惊慌失措。城市热闹繁华，阳光和暖，却与男人无关。男人很少走出地下室，除了买些必需的生活用品，他总是闷在地下室里。地下室就像一个被放大的老鼠洞，男人就像一只时刻保持警醒却已经接近崩溃的耗子。

房东是一对四十多岁的中年人。男人在贸易市场上卖菜，女人在贸易市场上修鞋，两个人相隔不远，抬头可望。他们有一个十多岁的儿子，他们的儿子没有读过一天书。每天，男孩待在院子里，与蚂蚁说话，与蚯蚓说话，与金黄色的阳光说话，与天空中快速掠过的飞鸟说话，偶尔，也会跑到地下室里，与男人说话。男孩口齿不清，男孩的胸前总是亮汪汪一片。但这并不妨碍男孩的快乐，男孩总是大咧着嘴巴，冲着他笑。

他是一个弱智的孩子。弱智的孩子，快乐总是简单，并且肤浅。他想。

整个漫长的春天，绝大多数时间里，他都待在阴冷逼仄的地下室里。他不敢上街，他感觉街上每个人都在打量他，研究他，心怀叵测。他更害怕遇到警察，当警察从他身边走过时，他会产生一种接近虚脱的感觉。他永远忘不了两年前的那个夜晚，那夜里，他高举起刀子，狰狞如鬼。就是从那天起，他开始拒绝阳光。事实上，他认为，地下室里的他，真的是一个鬼。

见不得阳光的鬼。

男孩坐在他的对面，冲他笑。他问你笑什么？男孩说你的脸，比我都白。

是这样吗？他抓过镜子，果然。镜子里的男人憔悴不堪，胡子爬上脸颊，头发变得灰白——两年时间可以定格不动，两年时间可以老去百年——他的纸一般苍白的脸，没有任何光泽。

你不想出去晒晒太阳吗？男孩口齿不清地问。

晒太阳？

好大的太阳。男孩咧着嘴，阳光很暖和。

哦，晒太阳。他的心头轻轻一震，蓦然间想起自己的女儿。以前女儿也常常拉他出去晒太阳，在开满葵花的篱笆小院里，在一条黄狗和一口水井的旁边。那时的太阳是金子的质地，他的皮肤也是。连时间也是，连日子也是。可是现在，现在，他告诉男孩，他不能出去。

为什么呢？男孩歪着脑袋，拽了拽他的胳膊。难道你不想陪我玩一会儿？男孩说，到院子里去看看吧，很好的太阳。

男人愣了愣，终随男孩去了院子。确如男孩所说，很好的太阳，很暖的阳光。院门紧闭，院子里阒静无声，似乎这方小小的空间早已与世界彻底绝缘。可是这里又是如此熟悉，蚂蚁们匆匆忙忙，墙角静静地开出不知名的花花草草，淡淡的清香阵阵袭来，阳光懒洋洋地照着，一切都是那般美好，让男人身心松弛。男孩为男人搬来一把凳子，男孩说，你应该多晒太阳的。

男人喜欢这种感觉。可是他仍然恐惧。街上的任何一点动静都令他心悸，令他的神经，再一次紧紧地绷起来。那天男人在院子里坐了两个小时，只有两个小时，可是男人分明感觉到金黄的阳光已经渗透他的皮肤，穿越他的肌肉，深入他的骨骼，最后，停留在他的灵魂深处。

那感觉刻骨铭心。

男人重新回到地下室，重新做回他的耗子。可是那几天时间，他总是怀念着院子里的阳光，想象着大街的阳光。他更想念他的女儿和妻子，黄狗和土地。在梦里，他一次又一次地回到故乡，亲吻女儿和妻子的脸，抚慰黄狗与土地的伤。醒来，男人泪流满面。

男孩在某个上午再一次拜访了他。男孩盯着他的脸看了很久，男孩说，你的脸好像暴皮了。

暴皮了？他愣住。慌忙抓来镜子，果然，他的脸变得一塌糊涂。

怪不得这几天他的脸一直火辣辣地痛。怪不得当他的手抚上自己的脸时，即刻会有糙如砂纸的感觉。怪不得有时在梦里，他会梦见自己被炽烈的阳光烤焦融化。原来，他的脸暴皮了！他的苍白的脸已经不能够接受哪怕两个小时最柔和的阳光！他被阳光灼伤了脸！他真的变成了只能够躲在夜里的鬼魅！阳光对他来说，就像炭，就像火，就像硫酸，就像锋利的刀子……

他吓傻了。怎么会这样？

你怕阳光吗？男孩睁着懵懂的眼，你怎么连阳光都怕？

我……怕……阳光吗？他问自己。

你怕阳光。男孩点着头，咧着嘴，流着口水，你真的怕阳光……以后你千万不要晒太阳，你得一辈子藏在地下室里，藏在黑暗里。男孩自顾为男人下着结论。

那个瞬间，男人有一种彻底绝望的感觉。当然以前男人也曾绝望过，但是无论哪一次，都没有这次来得强烈、纯粹、彻底并且绝对。男人呆呆地望着镜子里的自己，心头猛然划过一道强烈的闪电。那闪电击碎他心中摇摇欲坠的堡垒，男人听到过去的倒塌之音。

男孩已经走到门口。这个弱智的孩子，竟也走得大摇大摆。

男人喊住了他。男人站起来，走过去，牵了他的手。

我们去大街上走走吧！男人笑笑，说，去晒晒太阳。

从故乡出发的温暖

秦益辉

骨子里头喜欢这样的秋季天气，一切都刚刚好的样子，大地像母亲铺好的床，熨帖的暖意融融，让儿时的记忆一股脑涌了出来。

晚秋的空气很干燥，是上山捡柴的最好时机。每逢双休，我们几个便会拿上竹耙子，背着竹篓一路蹦蹦跳跳入林。一般情况下，我们并不会把所有的时光都搭在捡柴上，大把的时光是用来嬉戏玩耍的，待到快回家时，我们的篓子一般都还是空的，不过没有关系，树下堆满了落叶松针，三下五除二，几耙子就能装满一篓子的。

我们一般捡拾的都是枯枝落叶，即使装满了一篓子也是很轻的，不耐烧。最耐烧的是油茶树枝。砍下的树枝经过一两个月的晾晒，到寒冬大雪的时候，可以拿来烧火取暖。一般母亲只要挑上两个晴天就能备好寒冬所需的柴火，我们的柴火房从来没有断过柴，一年四季都满满的。

拾捡山上的柴是乡下农村为寒冬准备的第一份温暖，多了才能聚烧成火。寒冷的冬天，油茶枝烧尽的灰，可以引火，进而一天都不会灭。

引火只要少部分。这个时候母亲会物尽其用，把它们一部分扒出来放到一个类似茶壶的器皿里，盖上盖子，就会成为火子。树木不充分燃烧形成炭，火子是树木充分燃烧但未化成灰之前不给氧形成的，它比炭轻。吃火锅的时候，在炉子里铺上一层火子，同样管用，最主要的是为我们清贫的生活节省了一笔买炭的钱。

剩下的灰火力还很足，这个时候，母亲会先把灰拨到两旁，根据火力情况放上大小不一的地瓜，合上灰。母亲总能在适时里拿出地瓜，拍拍灰，之后上下捏捏，再用刀分成两半，用筷子挑上一小块猪油，看白白的猪油一层层熔化，黄晶晶的地瓜更诱人了。"好了，熟了，拿去吃吧！"我们接过热气腾腾的地瓜，先是猛猛一吸气，深深一嗅，油润的地瓜香沁人心脾，再用勺子一口一口送入嘴，热乎软滑的地瓜挑逗着味觉，唇齿留香！类似地瓜的土豆、毛芋等都可以煨。有时候母亲会为我们煨鸡蛋，煨鸡蛋很有讲究，先用饱蘸了水的报纸多层裹住鸡蛋，再放进火堆，这样鸡蛋不会炸裂。鸡蛋是最好吃的，剥掉焦黄的壳，散发的蛋香，香气袭人，令人垂涎三尺。但那个时代，除了肉和鱼，鸡蛋是农家餐桌上的第三种荤菜，加上煨鸡蛋煨不好会炸裂，容易造成浪费，所以煨地瓜和土豆还有毛芋的时候居多。

山柴烧出的米饭特别香，尤其是锅巴，打完米饭后，母亲会再添把山柴，热锅以后，让猪油在锅边走一圈，熔化的油顺着锅边，慢慢浸入金黄金黄的，一粒米一粒米均匀铺开的锅巴上，烘烤粘连着，铲起

来一小块对折，入嘴香脆香酥。如果在夏天，锅巴和米汤融合，可以熬成锅巴粥，柴火的香味和着米饭的轻微煳香，依个人口味，可以加糖、加盐亦可原味，我喜欢原味，如果是双抢季节，一天的劳作后，咸菜就着这样原汁原味的一碗锅巴粥，能彻底驱走一天的劳累，暖胃暖心，那是记忆中永远的味道。那灶膛的灰、火温热了农村没有零食的日子，温暖了童年记忆。

怕寒冬，更怕寒冬熬夜温书习字。母亲知道我特别怕冷，特意为我准备了一个烤火盆，读着弥漫墨香的文字，听着柴火细微的"噼啪"燃烧声，心生温暖，神清气爽，拼搏劲头十足，脑海里无数次憧憬着胜利的欢呼场景。所以啊，灯下，伏案入眠的时候也很多。一开始母亲还会喊醒我脱衣入睡，时间久了，母亲也不喊醒我，而是半夜轻轻起来，每每那时，我总是佯睡，看灯下，母亲一枝一枝为我添柴，添足够烧到天亮的柴，看那蹿老高的火苗"呲"得母亲身子轻轻往后一仰，火盆里的光把母亲的身影贴到墙上……如今忆起，温暖依旧！

那些燃烧在记忆中的柴火，平平淡淡却又浓浓烈烈！

现在都是天然气烧饭，但那斯斯文文吐出的火苗，终究比不上山上柴在灶膛里的"吱呀噼啪"，甚至火苗成串往外喷，喷出的小火能燎掉刘海甚至眉毛，特别干净利落。一把一把的柴火，从故乡出发，一程一程，马不停蹄地蔓延，路经我们生命的每一个暗夜，每一个寒冬。

那样的暗夜，不凉。那样的寒冬，尚暖。

你的行踪，我的旅程

王继颖

微信朋友圈，女友刚贴出一张风景图片：明净的蓝与黄将画面一分为二，上面是碧蓝如洗的广袤天空，下面是金黄灿烂奔流到辽远天际的油菜花海。图片上配一行字："七月青海，一半是蓝天，一半是花海。"被这美景诱惑，点开她的微信相册，一连几天贴出的，竟都是让人迷醉的风景图片。

青海湖黄昏日落和清晨日出的如梦胜景，黑马河边帐篷外沐着阳光的明媚野花，敦煌大漠蔓延不尽的漠漠黄沙……在女友贴出的风光画境里神游，羡慕之情油然而生。

"真美! 去旅游啦?"我通过微信给她发信息。

"工作忙，哪有时间旅游?"女友很快回复，这让我有些意外。以往，女友很少在微信圈里发图文信息，有时想与她闲聊，微信问候几句，也常隔上三五日才收到回复。

"女儿大学生活结束，和寝室的姐妹一起毕业旅行，去敦煌和青海湖，我和她爸颇感欣慰，因为独立出游能见证成长，我们也能追着她的脚步神游古迹名胜；但更多的，是担忧和牵挂。这几天，我们成了手机控，时时关注女儿行踪，微信短信联系不上，马上电话过去……"提起女儿，女友的话语像决堤的江河，滔滔不绝。

女友再一次滔滔不绝地讲女儿出游，是在几天后的清晨。我与她在去菜市场的路上邂逅。她的面容有些憔悴，略带倦意的眉眼间，却绚烂夏花般绽放着源自心底的欢喜。

女友清早去买菜，要给刚刚旅行归来的女儿做美食。一路闲谈，女友的话题，仍离不开女儿出游的行踪。

"女儿和姐妹们从大学所在的城市启程那天，因打的去火车站的路上拥堵，没赶上近午出发的火车。暑假来临，一票难求，预订的软卧车票作废，难坏了几个孩子。几番周折，才买到下午五点的火车硬座票。一路上，女儿坐得屁股疼痛。我和她爸，一路跟着心疼，仿佛长途颠簸在硬座上的，是我们。

"到达青海湖的那个黄昏，微信电话都联系不上女儿，心提到了嗓子眼，直到晚上女儿电话打过来，说刚刚和姐妹们去青海湖边浅水区踩湖泥，才暂时定了会儿心神。因为几个孩子没有随团，是自助旅行，青海湖游客爆满，没订到合适的旅馆，那一夜住在黑马河边，出租车司机介绍给她们的帐篷里。帐篷单薄，夜里寒冷，最怕的是不安全，做父母的，又经过了一夜的提心吊胆。

"女儿和姐妹们在敦煌分手，各自踏上归家的长途。女儿预订了嘉峪关到北京的硬座火车票，从敦煌坐火车到嘉峪关已是深夜，到北京的火车第二天中午才出发。心疼孤单的女儿要在火车站等上一夜半天，且要在火车硬座上熬三十多个小时，再转车才能到家，于是当机立断开了电脑，查火车票，查飞机票，让女儿买了凌晨两点多到兰州的火车票，又从网上给她订了兰州中川机场飞往首都机场的机票。那一夜，等到女儿上了火车，才勉强睡了两小时。

"女儿到兰州是上午十一点，距飞机晚七点半起飞还有八个多小时，她爸早就查好了火车站到中川机场的路线，联系好了候机时可以短暂休息的机场宾馆，殷殷地告知女儿，并再三叮嘱。做爸妈的就这样一直担着心，直到午夜一点，安全地从首都机场把女儿接回家，两颗心才落了地……"

这女友和她的爱人是谁？或许，就是天下所有为人父母者吧！天下所有儿女的行踪，都是父母牵挂关切的旅程吧！天下所有父母的心，都是常常高悬着，随了孩子行走在熟悉或陌生的路上吧！

还好，女儿是去旅游，览名胜，访古迹，女友除了担忧和牵挂，还有无尽的欣喜和回味。想想古代木兰出征，"旦辞爷娘去，暮宿黄河边，不闻爷娘唤女声，但闻黄河流水鸣溅溅。旦辞黄河去，暮至黑山头，不闻爷娘唤女声，但闻燕山胡骑鸣啾啾……"木兰的父母，牵念女儿的行踪，内心经历的又是一段段怎样的旅程？

天下儿女，不管行踪何处，都逆着父母之爱的河流，试着探寻一下父母的忧心牵念之旅吧！如此，方能铭记：一个人，行走尘世，顺风也好，坎坷也罢，对血脉亲人，都至关重要，都必须，时时谨慎，处处自珍。

我在乡下享受幸福

张从辉

每到周末，我都会回乡下住，朋友同事不理解，打电话抱怨："忙碌了一周，大家好不容易可以聚一聚，喝喝茶，聊聊天，放松放松。"我却说："我在乡下享受幸福。"

俗话说，父母健在的时候，人生尚有来处，父母不在了，人生就剩下归途了。随着自己年龄的增大，就特别希望陪伴在老人的身边。

有人说父亲是天，母亲是家，自从父亲去世后，我总是想方设法回家陪伴母亲，真怕哪一天家也没了。陪着她能让她开心，成了我求之不来的幸福。

每次回家我都会习惯性地在家门口打两声汽车喇叭，母亲自然就会高兴地打开院子大门："我儿子回来喽。"

说实话小时候不知道什么叫天伦之乐，现在才明白这幸福的滋味好甜。

回到家后，母亲便开始忙前忙后，先是把早已准备好的花生、黑桃之类拿给我们吃，然后就是烧锅做饭，虽然她腿脚已有些不灵便，见我们回来却显得精神焕发，我怕她累着，总是抢着做，母亲却说："煮饭哪能和我比哟？几十年都是吃我煮的饭喽!"一个"喽"字拖得老长。

看来在母亲的眼里，我们都是长不大的孩子。说实在母亲煮的饭确实香甜可口，特别是在那粮食紧缺、生活紧张的年月，一家大小都吃得有滋有味。

我拗不过母亲，一边给灶里添柴加火，给母亲打下手，一边听母亲讲村子里的故事，哪家的姑娘出嫁，哪家的儿子娶媳妇，甚至哪家庄稼种得好，哪家母猪下了多少个崽……母亲什么都讲。也许别人会觉得絮絮叨叨，我却觉得是那么悦耳、那么温暖，再加上母亲劳作时弄得锅碗瓢盆的响声，简直就是一部幸福的交响曲!

这个时候米饭熟了，锅里"哧哧哧"地冒着热气，一股清香扑鼻而来，随着母亲的一声"开饭啰"。那真是香在嘴里，甜在心里。

如果说陪母亲煮饭是一种幸福，那陪母亲种菜则更是享受幸福。我家的菜园子离我家房子有半里地远，面积不大，只有三分多地，它可是我家的蔬菜基地，上年的四季豆、豇豆、地瓜、南瓜、黄瓜、西红柿、茄子、辣椒……下年的白菜、青菜、萝卜、芹菜、香菜，还有葱姜蒜……品种繁多，应有尽有。一年四季母亲将菜园子侍弄得一根杂草都没有，用我父亲生前的话说："你妈这辈子啊，就与杂草有仇。"

每次回家，我都会陪母亲到菜园去走走，一是看蔬菜的长势情况，从中体会种菜的乐趣，二是看看哪些地方该松松土，施施肥。母亲勤快惯了，啥活都想争着做。可她岁数大了，像挖土、挑粪这类重活是绝对不能让她干的，可又怕她老人家不高兴，我就会说："这不是技术活，这种笨活就由我们来做吧，您老指挥指挥我们怎么做就是了。"

一说指挥，母亲又开始有了精神，说什么种菜是细致活儿，种菜如绣花。然后再讲种菜的整个过程：如何翻土，如何选种下种，如何施肥，到种菜的时令季节，还用上了谚语："谷雨前后，栽瓜种豆。""头伏萝卜二伏菜。"虽然有些话她絮絮叨叨重复了不知多少遍，但我们却听得有滋有味。

最高兴的就是蔬菜丰收的时候了，特别是夏末初秋，菜园里青色的黄瓜，紫色的茄子，红的辣椒，又红又黄的西红柿，真是五彩斑斓。采摘蔬菜的时候大家心情特别地愉悦："老母亲，要不是您指挥得好，蔬菜会这么好吗?"

母亲高兴得有点不知所以，一个劲地说："黄瓜、茄子吃了好，城里买不到的那啥绿色食品，娃儿你多摘点。""辣椒是你最爱吃的，多带点走哈。""还有这西红柿，听说营养价值可高了……"

看着母亲高兴幸福的样子，于我真是一种享受。

其实做父母的，没有不想为孩子做点什么的，虽然他们老了，但在他们眼里，孩子永远需要他们的帮助。孝敬父母，除了帮助父母外，还要给他们一个机会，让他们爱你。

风中的吆喝声

曹向辉

那年我八岁。

一个冬日的早晨，天阴沉沉的，狂风在野外嘶吼。父亲匆忙吃过早饭，背起背带拉着已经装好的爆米花机器出门。母亲追着再三对他说："这么冷，就别出去了吧！"

父亲没有言语，执拗地往外走。

我一看父亲要走，连忙放下碗追了出去，飞快地跳上了架子车。车子猛地一抖，父亲扭过头看了我一眼说："这么冷的天，你去干吗！"

"不！我就去！我就去！"我和父亲撒娇，父亲没办法，让母亲给我又套了一件大棉衣，戴了一顶大棉帽子，这才让我跟着去了。

父亲拉着我来到了附近的小村庄，在一个辘轳旁的水泥地上停了下来。放置好机器后，让我乖乖地坐在小板凳上，吩咐我看好东西。然后，他跑到村子里吆喝。

"炸爆米花啰……"父亲本来就是个沉默的人，况且第一次出来做这种生意，不免有些不好意思。他没有底气的吆喝声明显带着羞涩，第二声，第三声……父亲的吆喝声由近及远，渐渐地消失在呼啸的北风中。大概绕着村子喊了一圈后，他回到了我身旁，在原地再次吆喝起来——"炸爆米花喽……"这一次声音明显大了许多，就像他在练兵场上喊口号似的，铿锵有力，掷地有声。

随着父亲的吆喝声，村子里偶有几个喜欢看热闹的人围了过来。不一会儿，一个十来岁的男孩子拎着一包玉米过来了。父亲兴奋地接过玉米，放进鼓鼓的机器里。他一边转动机器，一边用火钳子捅了捅炉子里的煤块儿，还时不时地看着机器上的温度显示器。我紧张地站在父亲身边，观察着他的一举一动。他镇定自若的样子，给人一种成竹在胸的自信。

机器转动十几分钟后，爆米花要出锅了。我再次为父亲捏了一把汗！只见他双手抬着机器，放到地上的袋子口旁，然后拿起锤子砸开了阀门。突然，一声沉闷的巨响，眼前竟蹦出几个"铁豆"来！父亲一屁股跌坐到地上，满脸黑灰，人群中一阵哄笑。

父亲起身走到架子车旁，掂起一个袋子，把装在里面的玉米赔给小男孩，不小心碰掉了压在袋子上的砖头，正好砸在父亲的右脚上。父亲疼得一下子蹦起来! 父亲的狼狈相让人们又一次笑了个够, 仿佛他们在看一场猴戏表演。

人群散去。寒风中, 父亲低着头, 耷拉着脸, 坐在辘轳旁, 他不时地用手揉着受伤的那只脚。看着父亲疼痛的样子, 我的泪在眼眶里直打转。我不知道此时能为父亲做些什么。心疼之余, 我眼巴巴地望着前方, 期待着不远处能有一个人提着玉米向我们走来, 但很久很久也没有一个人影儿出现。过了一会儿, 父亲开口问我: "娃儿, 冷不冷? 爹给你暖暖手!" 我伸过手去, 他攥紧我冰凉的小手, 脸上带着一抹歉意和尴尬的笑, 瞬间, 一股暖流游走到我全身的血液里。

父亲站起身, 一瘸一拐地收拾完东西, 拉着车子载着我离开了村子。架子车颠簸在坑坑洼洼的土路上。我望着父亲摇摇晃晃的背影, 像一头沉默隐忍的牛。

路过另一个村子时, 父亲继续吆喝着: "炸爆米花啰! 炸爆米花啰……" 疼痛中, 他仍卖力地吆喝着, 渴望能有一次生意来。

可是没有一个人问津。

回家后, 父亲总结失败教训, 改进了装备, 又一次次地奔走于附近的各个村子, 终于有了些进账。

三月是开学的日子, 我第一次踏进校门, 满眼的新奇, 满心的兴奋。后来母亲告诉我, 那一天的新衣服, 那一天的学费, 都是父亲炸爆米花给我赚的。

那需要父亲走多远的路, 需要父亲多少遍的吆喝啊? 这个习惯了沉默的男人, 为了我, 宁愿喊破了喉咙!

许多年后, 我的耳畔还一遍遍地回响着父亲的吆喊声, 那嘶哑的呼喊, 是他用自己的方式说出的爱。

不妨耐心等春来

刘云利

胶东半岛有句俗语叫"春脖子长"，意思是春天总是姗姗来迟。眼下时令已是农历二月，江南早已是繁花似锦，但胶东仍然是一片萧然。可胶东人的心却不是迟钝的，总盼望着大地之春早一日来到。

我工作单位的旁边有一座凤凰山，山势不高，亦不算奇，但却给市民提供了一个游览赏玩的好去处。我们每天中午都相约去爬凤凰山，可眼下的凤凰山尚无一丝生机，除了常绿的松柏之外，其他树木仍是萧条一片，有的光着枝丫，有的枯叶犹存，树下的灌木丛、草丛都是清一色的枯黄。同游人中有一人语："早春的山真是萧瑟啊，何时才能草绿花红？"同游人中的一位年长者，说了一句话，颇耐人寻味："你急什么呢？春寒料峭要耐得住寂寞，万物复始，适时生发，不妨耐心等春来！"是啊，等春来是这位年长者历经风霜、参透岁月的人生感悟。

冰心曾说过："春何曾说话呢？但她那伟大潜隐的力量，已这般的，温柔了世界了。"潜隐是早春的秉性，她赓续了冬藏的低调与无华，抛却了仲春的灼灼与奔放，似乎一切尽在不言中。

记得我刚到办公室从事文秘工作时，一位临近退休的老领导担任我的指导老师。年终的时候，领导安排我起草年终总结报告，接到通知一天后，我洋洋洒洒下笔几千字，可谓一气呵成，颇有几分得意，心想老领导这次肯定会表扬我。两天后，老领导把报告草稿反馈给我，并在报告的几处圈圈点点，但没有做具体的修改。老领导意味深长地对我说："小伙子，报告基本给予肯定，但有几处提法再琢磨琢磨，就像春的勃发需要冬的沉淀一样，几天后或许你会有新的想法。"

此后几天，我一直在揣摩老领导的话，对报告的主题和纲目重新编排，再一次进行了提炼和修改。然后，我怯生生地呈给老领导审阅，老领导认真阅读后，又进行了润笔提升，此时报告的主峰磅礴于群山，立意高远，主次分明。我反复揣摩学习老领导的用笔，心中万分钦佩，默默地告诉自己，一定要接地气、一定要多学习，也悟透了一个道理——写报告沉淀与历练才是最好的老师。

侄子今年大学毕业，正准备找工作。一天兄长问我："好多家长都为孩子找门路跑关系，我是不是也活动活动？"我知道侄子一直在温室中长大，从小就没吃过苦，最缺少的就是社会的磨炼。于是，我对兄长说："春寒料峭容易倒春寒，还是让他先去吹吹风吧，先到网上招聘、人才市场锻炼一下。否则，他不会感觉到求职的艰辛和工作的难得。"

唐代诗人韩愈在《春雪》中写道："新年都未有芳华，二月初惊见草芽。白雪却嫌春色晚，故穿庭树作飞花。"春雪易逝，草芽萌发，只等春来。作家白落梅说，"在流年里等待花开"。我的理解，等不是消极的躺平，不是无奈的退缩，而是掌握规律后的隐忍与淡定。

冬去春来，轮回交替。有的人赞美冬天的品质，有的人赞美春天的繁花，在冬与春之间的空档期，却是大地厚积薄发的好时光。

千不得抛弃冬藏的厚重，万不得透支春天的绚烂，我们所能做的就是拿出"天行健君子以自强不息""天之道，利而不害；人之道，为而不争"的从容与智慧，默默耕耘，不负流年，静待花开。

半碗月亮

顾晓蕊

我去参观画展，在一幅画前驻足，仰头久久凝望——淡墨勾染出的矮墙，院内繁花似锦，墙外一条弯曲的土路伸向远方，一轮皎洁温润的圆月斜挂天上。这是一轮乡下的月亮，细看果然题名：乡间月色。

这幅画将我的记忆带回遥远的童年，那样明晃晃、清亮亮的月亮是来自乡村的，是从吟诵千年的《诗经》中走出来的，脚步轻盈，姿态清朗。不似城里的月光，隔着灰蒙蒙的云层，躲躲闪闪，显得那么晦暗不明。

那是 20 世纪 70 年代末，有月亮的晚上，乡下是不用点灯的。在田间劳作了一天的村民踏着月光归来，烧火做饭，而后端起碗聚在路边树下。在月光的映衬下，每张清秀的、粗粝的、沧桑的、褶皱的、年轻或年老的脸上都泛着光亮，吃着聊着，扯谈着田间的活计。

一群孩子在月光下疯跑玩耍，我很少参与其中，尤其是金枝、银枝两姐妹在时。我那时六岁，性格内向孤僻，经常或倚或坐在矮墙上，一个人看月亮。我觉得他们是一伙的，我跟月亮是一伙的，要不怎么我笑它也笑。一缕缕饭香钻入鼻中，我不停地朝路上张望。待到母亲披着银白色的月光，扛着锄头缓步走来，我便跳下墙飞奔上前。

那年初春，我患了病，咳嗽得很厉害。母亲骑着自行车，带我去十几里外的乡医院看病。药吃了不少，病却不见好转。那天母亲又带我去乡里看病，回来天色已晚。站到院墙外，我捂着心口剧烈地咳嗽着，一只鸟惊飞在月色中。

柴门突然开了，门里站着位身穿军装的清瘦男人，是父亲。他挟带着海风的气息风尘仆仆地归来，听邻居说母亲带我看病去了，下厨把饭做好，等候我们回来。母亲惊喜又慌张，目光温柔而甜蜜地缠绕在父亲身上，看他进灶间把汤盛好，端到院中石桌上。

我冷冷地看着父亲，心里说不出是怨是恼。他成年不在家，把地里的活撂给母亲，偶尔回来住几天又走了。我恨隔壁家的金枝、银枝，她们的眼睛很大，可心是盲的，脑袋里装满了恶作剧，不时爆出一串嘲笑，但我羡慕她们有个壮如黑塔般强悍的爹，俩人经常骄傲地跟随其后。

碗里装大半碗粥，稀得照见人影，我心里更觉委屈，干脆坐着不动。父亲轻叹一声，愧疚地垂头，旋即兴奋地说道："快看，碗里有什么？"我低头看，什么也没发现。"碗里有个月亮。"父亲又说。可不是吗？碗里有一个白胖的月亮，连母亲也看呆了，分外惊喜，说："像个剥皮的鸡蛋。"

为了给我治病，母亲卖掉家中积存半年的鸡蛋。我心情好起来，捧起碗小口地抿着，直到把碗底舔了个干净。

饭后，父亲端出碗水煮大蒜，笑着说："里面放了冰糖，能治咳嗽的，就着月亮喝下去吧。"那时冰糖稀缺，市面上买不到，是父亲从部队带回来的。那夜我睡得酣甜，仿佛肚子里真的卧了个月亮。

随后几天的晚上，我喝着稀粥外加冰糖水，父亲陪我一起赏月，看碗中的月亮碎了又圆了。一周后，他匆忙返回时，我的咳嗽竟完全好了。

随着父亲转业，我们家搬进了城里。我是在多年以后，才懂得父亲用意之深——心有明月自澄净。只是我至今未曾问过，坚守海岛的那些艰苦又寂寥的夜晚，他是否有"隔千里兮共明月"的思潮起伏？

在静寂的夜里，我又梦见小山村，碗中的月亮轻轻地晃荡着，洒落一枕思念。朦胧间月亮从碗中升起来，变得又大又亮悬在空中，使我放下纠结与挂碍，心中一片空明清澈。

与月为邻

曹淑玲

沿着湖畔走，风在吹着，树枝在摇着，月从树隙间漏下来，一晃一晃的，像荡在水波里。咦？我们好像在哪儿见过。

嗯，是从前。

在乡村的夜晚，当暮色笼罩下来，她知道劳累清贫的庄稼人不易，就款款地从云际里游走出来，端着如水一样的盈盈满满的月光，哗，轻轻泼在大地上。

月光洗尘。

是等候，也是约定。人们呢，有的嘴里嚼着最后一口饭，有的奶着尚离不开身的孩子，有的抽着呛人的老旱烟，应约一样，从自家院子来到街上。照了面，打个招呼，席地而坐，拉开了家常。本分的庄稼人，没见过什么大世面，无非是一亩三分地上的那些人那些事。李家老母鸡抱窝了，王家母猪下崽了，老张家傻媳妇生孩子了……

人们笑，月也笑，笑出一片明净的银光来，亮堂堂啊。那个时候，我们小孩子会爬到房顶去，那上面落满一层月光，轻薄，霜似的，想舔上几口。

被日光晒了一天的屋顶，留了阳光的温度，也有夜色的一点清凉，是恰到好处了。我们一会坐，一会躺，看又高又远的月，不说话，也很好。

多年以后，我搬进了城里。城里的月不是月，月光也不是月光——浑，暗，总像蒙着一层隔年的旧报纸，看不清也看不明。

月一直深居在乡村，是大家的贴心人，我们比邻而居。

中秋，月光是乡村摆开的一场盛大的宴席，是要吃月饼的。那时的孩子，肚子里总是惶惶不可终日，眼巴巴盼着中秋的那一小块月饼，勾人心，痒痒的。月饼幽居在奶奶的老屋子里，屋顶又高又黑，像远古神秘的洞穴。顶上一根圆木头上挂着一个小篮子，柳条编的，发着陈旧的光，可是迷死人了，让你总是仰望，可又不能伸手而得。那个想头就在心里炊烟似的袅袅升起来，弥漫了整个童年。

直到中秋这一天，奶奶把篮子拿下来，从里面捧出月饼，像是捧出一个月亮，又小心又怜惜。还不能吃，奶奶会把一个盛花生的大篮子递给我们，说，谁先把这篮子花生摘满，谁就第一个吃到月饼。我总会第一个吃到，咬一口月饼，抬头看一眼月亮，月亮也被我吃进心里头，她在我体内角角落落里游走，那些白日里的不快和不可言说的卑微，都慢慢消融了。我想，心里装了月亮，以后有再多的黑夜也不怕了。

有一次，我半夜醒来，她明明白白泊在窗上，是把木格子窗当小船了嘛，在里面悠悠荡荡。我盯着她看，呀，白白胖胖的，像刚从水里捞上来一样，水润清凉。她好顽皮，轻轻爬到妈妈身上、脸上、额头上、鼻尖上，还有睫毛上。妈妈翻了个身，她不躲也不藏，妈妈睡在月光身上了，好美，像闭目的观音。她像小鱼游啊游，从房顶上到柜子上又到地上。我扭过身子，俯身趴在枕头上，看地上的月光分分合合，花朵一样，开了，碎了，没了。我好想让月亮住在我家里。

后来，读诗，知道诗里也住着月亮。"明月松间照，清泉石上流。"这是诗人与清风为伴月为邻。

"小时不识月，呼作白玉盘。""举杯邀明月，对影成三人。""人生得意须尽欢，莫使金樽空对月。"诗人又把月当作玩伴和知己。

我仰着头看月，月还没有圆，清瘦，但也好看，像用银子雕镂出的花瓣。多年不见，世事纷乱，她却依然清纯美好，不染纤尘，除了久久凝视她，还能做什么呢？

还能做什么呢？

我想与月为邻。

爱生活更爱自己

- S P R I N G -

半日的游程

郁达夫

去年有一天秋晴的午后，我因为天气实在好不过，所以就搁下了当时正在赶着写的一篇短篇的笔，从湖上坐汽车驰上了江干。在儿时习熟的海月桥、花牌楼等处闲走了一阵，看看青天，看看江岸，觉得一个人有点寂寞起来了，索性就朝西的直上，一口气便走到了二十几年前曾在那里度过半年学生生活的之江大学的山中。二十年的时间的印迹，居然处处都显示了面形：从前的一片荒山，几条泥路，与夫乱石幽溪，草房藩溷，现在都看不见了。尤其要使人感觉到我老何堪的，是在山道两旁的那一排青青的不凋冬树；当时只同豆苗似的几根小小的树秧，现在竟长成了可以遮蔽风雨，可以掩障烈日的长林。不消说，山腰的平处，这里那里，一所所的轻巧而经济的住宅，也添造了许多；像在画里似的附近山川的大致，虽仍依旧，但校址的周围，变化却竟簇生了不少。第一，从前在大礼堂前的那一丝空地，本来是下临绝谷的半边山道，现在却已将面前的深谷填平，变成了一大球场。大礼堂西北的略高之处，本来是有几枝被朔风摧折得弯腰屈背的老树孤立在那里的，现在却建筑起了三层的图书文库了。二十年的岁月！三千六百日的两倍的七千二百日的日子！以这一短短的时节，来比起天地的悠长来，原不过是像白驹的过隙，但是时间的威力，究竟是绝对的暴君，曾日月之几何，我这一个本在这些荒山野径里驰骋过的毛头小子，现在也竟垂垂老了。

一路上走着看着，又微微地叹着，自山的脚下，走上中腰，我竟费去了三十来分钟的时刻。半山里是一排教员的住宅，我的此来，原因为在湖上在江干孤独得怕了，想来找一位既是同乡，又是同学，而自美国回来之后就在这母校里服务的胡君，和他来谈谈过去，赏赏清秋，并且也可以由他这里来探到一点故乡的消息的。

两个人本来是上下年纪的小学校的同学，虽然在这二十几年中见面的机会不多，但或当暑假，或在异乡，偶尔遇着的时候，却也有一段不能自己的柔情，油然会生起在各个的胸中。我的这一回的突然的袭击，原也不过是想使他惊骇一下，用以加增加增亲热的效力的企图；升堂一见，他果然是被我骇倒了。

"哦！真难得！你是几时上杭州来的？"他惊笑着问我。

"来了已经多日了，我因为想静静儿的写一点东西，所以朋友们都还没有去看过。今天实在天气太好了，在家里坐不住，因而一口气就跑到了这里。"

"好极！好极！我也正在打算出去走走，就同你一道上溪口去吃茶去吧，沿钱塘江到溪口去的一路的风景，实在是不错！"

沿溪入谷，在风和日暖，山近天高的田塍道上，二人慢慢地走着，谈着，走到九溪十八涧的口上的时候，太阳已经斜到了去山不过丈来高的地位了。在溪房的石条上坐落，等茶庄里的老翁去起茶煮水的中间，向青翠还像初春似的四山一看，我的心坎里不知怎么，竟充满了一股说不出的飒爽的清气。两人在路上，说话原已经说得很多了，所以一到茶庄，都不想再说下去，只瞪目坐着，在看四周的山和脚下的水，忽而嘘朔朔朔的一声，在半天里，晴空中一只飞鹰，像霹雳似的叫过了，两山的回音，更缭绕地震动了许多时。我们两人头也不仰起来，只竖起耳朵，在静听着这鹰声的响过。回响过后，两人不期而遇的将视线凑集了拢来，更同时破颜发了一脸微笑，也同时不谋而合的叫了出来说：

"真静啊！"

故乡的野菜

周作人

我的故乡不止一个，我住过的地方都是故乡。故乡对于我并没有什么特别的情分，只因钓于斯游于斯的关系，朝夕会面，遂成相识，正如乡村里的邻舍一样，虽然不是亲属，别后有时也要想念到他。我在浙东住过十几年，南京东京都住过六年，这都是我的故乡；现在住在北京，于是北京就成了我的家乡了。

日前我的妻往西单市场买菜回来，说起有荠菜在那里卖着，我便想起浙东的事来。荠菜是浙东人春天常吃的野菜，乡间不必说，就是城里只要有后园的人家都可以随时采食，妇女小儿各拿一把剪刀一只"苗篮"，蹲在地上搜寻，是一种有趣味游戏的工作。那时小孩们唱道："荠菜马兰头，姊姊嫁在后门头。"后来马兰头有乡人拿来进城售卖了，但荠菜还是一种野菜，须得自家去采。关于荠菜向来颇有风雅的传说，不过这似乎以吴地为主。《西湖游览志》云："三月三日男女皆戴荠菜花。谚云：三春戴荠花，桃李羞繁华。"顾禄的《清嘉录》上亦说："荠菜花俗呼野菜花，因谚有三月三蚂蚁上灶山之语，三日人家皆以野菜花置灶陉上，以厌虫蚁。侵晨村童叫卖不绝。或妇女簪髻上以祈清目，俗号眼亮花。"但浙东人却不很理会这些事情，只是挑来做菜或炒年糕吃罢了。

黄花麦果通称鼠曲草，系菊科植物，叶小微圆互生，表面有白毛，花黄色，簇生梢头。春天采嫩叶，捣烂去汁，和粉作糕，称黄花麦果糕。小孩们有歌赞美之云：

黄花麦果韧结结，
关得大门自要吃：
半块拿弗出，一块自要吃。

清明前后扫墓时，有些人家——大约是保存古风的人家——用黄花麦果作供，但不作饼状，做成小颗如指顶大，或细条如小指，以五六个作一攒，名曰茧果，不知是什么意思，或因蚕上山时设祭，也用这种食品，故有是称，亦未可知。自从十二三岁时外出不参与外祖家扫墓以后，不复见过茧果，近来住在北京，也不再见黄花麦果的影子了。日本称作"御形"，与荠菜同为春的七草之一，也采来做点心用，状如艾饺，名曰"草饼"，春分前后多食之，在北京也有，但是吃去总是日本风味，不复是儿时的黄花麦果糕了。

扫墓时候所常吃的还有一种野菜，俗名草紫，通称紫云英。农人在收获后，播种田内，用作肥料，是一种很被贱视的植物，但采取嫩茎瀹食，味颇鲜美，似豌豆苗。花紫红色，数十亩接连不断，一片锦绣，如铺着华美的地毯，非常好看，而且花朵状若蝴蝶，又如鸡雏，尤为小孩所喜。间有白色的花，相传可以治痢，很是珍重，但不易得。日本《俳句大辞典》云："此草与蒲公英同是习见的东西，从幼年时代便已熟识。在女人里边，不曾采过紫云英的人，恐未必有吧。"中国古来没有花环，但紫云英的花球却是小孩常玩的东西，这一层我还替那些小人们欣幸的，浙东扫墓用鼓吹，所以少年常随了乐音去看"上坟船里的姣姣"；没有钱的人家虽没有鼓吹，但是船头上篷窗下总露出些紫云英和杜鹃的花束，这也就是上坟船的确实的证据了。

天热，别急，慢慢走

秦益辉

奇怪，才早上八点多钟呀，即使是夏天的早晨，也不致如此呀！关于蝉的鸣叫百度上有这样的文字："雄蝉一般在气温 20 度以上开始鸣叫，当气温达到 26 度以上时，许多雄蝉就一起鸣叫起来，称为群鸣。当气温达 30 度以上时，这些雄蝉不仅鸣叫时间长，而且次数也更多，声音也叫得更响，所以知了夏天才叫。"

"这才几点，就如此热闹非凡了！"她嘀咕着。

昨天借书的时候，发现读者证还处于欠费状态，各种办法想尽，也无济于事，必须到智慧图书馆去办理相关手续。

流着大汗，一大早来办理这手续，只因梦里梦外都是那几本书的可爱模样，要知道，那都是她很喜欢的几个作家的文集呀！那些文字总如春风，能让心灵生机勃勃，绿意盎然，她很明白，在这样的关键时刻，怎能离了墨香呢？

即使大热天，即使出行已经很不方便，但她毫无怨言。

她揩了揩豆粒般大的汗珠，继续寻找目的地。

那知了叫得更欢了，此起彼伏，声音一浪一浪传来。可是林立于大树中的楼宇，哪一栋才是呢？

她看到一位穿着白衬衫的工作人员，便急忙去问。

"老师，请问智慧图书馆怎么走？"

"不在这栋楼！""白衬衫"瞟了一眼她，冷漠地说！

她当然知道不在这栋楼！墙上醒目的大字——"党群活动中心"她还是认得的。只是？不由她多问，"白衬衫"头也不回地走了。

这答案等于没说嘛！她有点头晕脑涨，树上的知了越发地聒噪了！

正在她犹疑之际，身边一个正在清扫落叶的老人停下手里的扫把，用手指着前方："你顺着这条道一直往前走，看到第二个白色垃圾桶了吧，然后右转就到了。很近的，天热，别急，慢慢走！"

这一句"慢慢走"一下子触动了她的心，这仿佛亲人的话，听着异常亲切，她不禁仔细看了一眼这个老人——密密的汗珠沁满额头，有着像父亲一样古铜色的布满皱纹的脸，一身环卫服的绿色跳跃着生命力，那是一种能给人带来清凉的足以淹没树上蝉噪的绿色！她愿意亲切地叫他"一抹绿"。

看她出神的样子，"一抹绿"以为她没听明白，又重复了一遍："瞧见没？那个穿白衬衫的，就在他那右转就到了！"然后又不忘叮嘱一下，"天热，别急，慢慢走！"

她的内心在这抹绿色的遮蔽下，无比熨帖和美好，眼前的老人让她想到自己的父亲，微微佝偻的身子，双眼皮，小眼睛，洁白的牙齿，笑容可掬。

顺着"一抹绿"所指的方向看去，那白衬衫的身影异样清晰，那就是她刚刚问过路的工作人员嘛！干净得白得晃眼的衬衫，黑西裤，那腰间别着的"H"头皮带格外醒目。

"好了！下一个！"右转在视线里的"白衬衫"头也没抬，把读者证递给了她。前后不足五秒，不足五秒就把这个欠费的事办理好了，不足五秒呀！她应该高兴，可以马上去借那几本心仪的书了！只是不知道为什么，她变得不再那么急迫，那些书对于她的吸引力也大打折扣，在"白衬衫"的辐射下，那些书，似乎也变得苍白了。

可是，那一抹绿色还在！她看到那个老人还在清扫着落叶，她知道，天热，"一抹绿"怕她走错路，多走路，或许还有怕一不小心的摔倒，毕竟，在"一抹绿"眼里她应该是受保护的弱者，从她臃肿的身躯和高高隆起的肚子，以及走路的蹒跚，一眼就可以看出来，这是个准高龄高危妈妈！

知了声依旧聒噪，但她却听出了欢快。因为一抹绿色，再惨淡的白，也不足以令人灰心，因为她看到了绿色在惨白的图书馆缓缓走动。

我的第一张照片

张　霞

我珍藏着一张褪色的老照片，已有些许模糊。然而，留在上面的回忆，却美好鲜活。

九岁那年，一个暖意融融的春天，星辰寥落的后半夜，年方三十的娘急匆匆地推开姥姥家的柴门。

"啥事？这么急？"姥爷匆忙披衣，划起火柴，翻身下床。

"带妮子去城里照相！"娘气喘吁吁地说着，娇小的影子在煤油灯下摇曳。

"这黑灯瞎火的，真有你的。"姥姥嗔怪的语气里，掺杂着几分默许。

"我要穿那件菊花罩衣！"我揉揉睡眼，翻找着最心仪的外衣。穿上薄棉袄，套上美美的菊花罩衫，蹬上娘做的格子方口布鞋，我喜不自禁。

"穷家富路，带着。"出门前，姥姥把皱巴巴的五元钱，塞进娘的口袋里。

春天的后半夜，依然有几分寒凉。娘拎着我的手，轻轻哼着歌谣："月亮婆婆喜欢我，洒下月光把我摸。我走她也走，我停她也停。"这柔柔的歌声，轻轻飘荡在空旷的阡陌之上。

"妮子，累了就跟娘说，我背你。"娘揽着我的肩，笑意盈盈，娘年轻的脸庞有着月亮的皎洁温润。

"娘，城里的月亮也这样圆吗？城里的汽车有咱家瓦屋高吗？电灯下能找到姥姥的缝衣针吗？"我歪着头，向娘发出一连串疑问。

"妮子，娘也说不清呢。在姨姨家住一夜，你就知道了。"娘的声音像耳边的风一样轻柔。

我踮着小碎步，急火火地跟着娘的步子。

姨姨在城里工厂上班，她说盼着我跟娘一起去，吃她食堂里的炸油条。"炸油条，喷香。"我的手泥鳅般从娘手里滑出，不由得喊出声来。想起村里来的算命瞎子挎在筐子里的油条，小伙伴们围在一起，眼神里露出小狼般贪婪的馋相，每个人都不停地吞咽着口水。

"妮子，姨姨让你吃个小肚子朝天。"娘重又捉住我的手，"我们快快走，赶上吃热乎乎的油条呢。带着油乎乎的嘴巴照相，妮子更俊了。"娘的笑声脆亮亮的，惹得树上停宿的鸟儿扑簌簌惊叫起来。

"娘，前边的路明晃晃的，好走。"我指着前面，惊喜地喊起来，挣脱娘的手，急急地跑过去。这一路的崎岖，让心爱的新鞋子受尽了委屈。

"妮子，等等娘。"娘拽住我，麻利地蹲下，左手挡住我，伸出右手，冲光亮的地方探过去。

"妮子，这是一汪水呦！"娘起身甩甩手，长吁一口气，满是庆幸，"陷在泥水里，咱娘俩只好打道回府喽。"

月亮的清辉洒在一对行色匆匆的母女身上。"月亮婆婆喜欢我，洒下月光把我摸。我走她也走，我停她也停。"娘为我哼起的歌谣，是夜行的主旋律。

月亮慢慢西斜，倦意与睡意袭来，我踢踢踏踏走得不情愿起来。

"妮子，娘背你！"娘又一次蹲下身。趴在娘温暖的背上，嗅着娘身上甜腻腻的气息，我沉沉睡去……

"乖乖，你娘俩这是飞来的吧？"姨姨站在宿舍门口，像看一对天外来客。她一把揽我入怀，狠狠地亲了几口，继而剜了娘一眼："姐姐，你个傻大胆，带着妮子走一夜的路，吃了老虎胆了吧？快，抓紧洗手，带妮子买油条去！"

那个清晨油条的美味我一辈子也不会忘，同时挥之不去的还有姨姨为我洗手的香皂味道。

"娘，这就是城里的味道吗？"我一边吃着油条，一边嗅着自己和娘用香皂洗过的手背。

姨姨请了半天假，陪我们去照相馆。我生命里的第一张照片诞生了。

"娘，为什么把我的刘海剪斜了呢？为什么我棉袄的扣子系在菊花罩衫上呢？"望着照片上那个憨憨懵懵懵的自己，我有一点点不知足。娘却很满意，照片上的娘，俊俏、端淑，眼神宁静、清澈，如同那个夜晚的月亮，亲切而明亮。照片背后是那一段长长的夜路，它如此美好，以至于很多年后再次想起，依然如此温馨，令人眼角潮润。

愤怒只会让事情变得更糟

邓 强

现实生活中，我们每个人都或多或少有一些不良的情绪，比如我们经常免不了会动怒。愤怒情绪其实是一种心病，对人的伤害不可小觑。它同其他疾病一样，可以使你重病缠身，一蹶不振。

留心观察四周，你很容易就可以找到正在生气发怒的人们。在繁华的商店里，也许顾客正因商品质量或服务问题在和营业员激烈地吵架，双方各执一词，互不相让，原本轻松愉悦的购物氛围被破坏得荡然无存；拥堵的出租车上，司机也许正因交通堵塞而满脸怒色，不停地按着喇叭，嘴里还咒骂着糟糕的路况，心中的烦躁与焦虑溢于言表；公共汽车上，也许两人正在为抢占座位而大打出手，全然不顾周围乘客的感受，他们的愤怒让狭小的空间充满了紧张和不安。此种情形，举不胜举。

那么你呢? 是否动辄勃然大怒? 是否让发怒成为你生活中的一部分，而且你是否知道，这种情绪根本无济于事? 也许，你会为自己的暴躁脾气大加辩护："人嘛，总有生气发火的时候""我要不把肚子里的火发出来，非得憋死不可"。在这种借口之下，你不时地自我生气，也冲着他人生气，你似乎成了一个愤怒之人。然而，愤怒真的能解决问题吗? 答案是否定的。

1936 年 9 月 7 日，世界台球冠军争夺赛在纽约举行。路易斯·福克斯的得分一路遥遥领先，只要再得几分便可稳拿冠军了，就在这个关键时刻，他发现一只苍蝇落在主球上，他挥手将苍蝇赶走了。可是，当他俯身击球的时候，那只苍蝇又飞回到主球上，他在观众的笑声中再一次起身驱赶苍蝇。这只讨厌的苍蝇破坏

了他原本平静的情绪。而且更为糟糕的是，苍蝇好像是有意跟他作对，他一回到球台，它就又飞回到主球上来，引得周围的观众哈哈大笑。

路易斯·福克斯的情绪恶劣到了极点，他终于失去了理智，愤怒地用球杆去击打苍蝇，球杆碰到了主球，裁判判他击球，他因此失去了一轮机会。这一失误让路易斯·福克斯方寸大乱，连连失利，而他的对手约翰·迪瑞则愈战愈勇，终于赶上并超过了他，最后拿走了桂冠。原本胜券在握的路易斯·福克斯，因为无法控制自己的愤怒情绪，不仅输掉了比赛，还失去了宝贵的冠军头衔。第二天早上，人们在河里发现了路易斯·福克斯的尸体，他投河自杀了！一只小小的苍蝇，竟让一位世界冠军走向了生命的终结，这是多么令人惋惜和痛心的悲剧。

达尔文说："人要是发脾气，就等于在人类进步的阶梯上倒退了一步。"处于情绪低潮当中的人们，容易迁怒周遭所有的人、事、物，这是自然而然的。然而，这种迁怒并不能解决问题，反而会让情况变得更加糟糕。情绪的控制，有待智慧的提升，所以很多时候，我们对待不如意，只需要很简单的三个字——不迁怒。

自我克制是很重要的一个命题，我们要能控制自己，做自己情绪的主人，不要让我们的冲动把我们带到危机的边缘，防止其对人生有恶劣的影响。想象一下，如果我们在每一次遇到挫折和困难时，都被愤怒所控制，失去理智，做出冲动的决定和行为，那么我们的生活将会变得多么混乱和不堪。

善于控制、治理自身情绪的人，能够消除情绪的负效能，最大限度地开发情绪的正效能。这种能力，对任何一个人来说，都是很必要的。当我们遇到令人烦恼的事情时，如果能够保持冷静，理智地分析问题，寻找解决办法，那么我们就能够更好地应对挑战，化解危机。相反，如果我们被愤怒冲昏头脑，一味地发泄情绪，那么问题不仅得不到解决，还可能会引发更多的麻烦。

善于管理自己情绪的人，无论在哪里，都会受到欢迎，在事业上亦较容易成功。他们能够以平和的心态对待工作中的压力和挑战，与同事和客户保持良好的关系，从而为自己创造更多的机会。而那些不善管理自己情绪的人，很少有人愿意跟他做朋友，因为没有人愿意与一个情绪不稳定、随时可能爆发的人相处。连朋友都交不上的人，想要成功也是难上加难。毕竟，在团队合作日益重要的今天，良好的人际关系是事业成功的重要基石。

学会控制自己的情绪，以积极乐观的心态面对生活中的种种不如意。只有这样，我们才能在人生的道路上走得更加稳健，更加从容，迎接更加美好的未来。

在心里种下一棵合欢

吴金标

闯进眼里的朦朦胧胧的一片粉，让我驻足。痴痴地望着，才知道，这是一棵合欢树，树上开的朦胧柔美的合欢花象征着夫妻永远恩爱。我也是刚刚听说关于这棵树的凄美的爱情传说——虞舜南巡苍梧而死，其妃娥皇、女英遍寻湘江，终未寻见。二妃终日恸哭，泪尽滴血，血尽而死，逐为其神。后来，人们发现她们的精灵与虞舜的精灵"合二为一"，变成了合欢树。

终是理解了刚刚一瞥时的温暖与痴迷，竟象征着那般至真至纯的爱情！我早就应该想到，这般朦胧柔美地让人心底升腾起一缕春意的树，实是配得上"爱情树"这个别名的。

爱情，是清水里润进的蜂蜜，化得不见痕迹，却将淡淡的香流连在鼻尖，把丝丝的甜潺动在心底，缱绻、缠绵。只是，不是所有的夫妻，都枕着爱情，做着携手白头的梦。那些感情，像飘摇的烛火，风吹得稍稍大些，便熄灭，化为一缕青烟，倏尔不见。我曾亲眼看见一个我认为很贤惠的妻子，竟然光天化日之下，躺在另一个男人的怀里；我曾亲耳听到一个被男人抛弃在路上的女人凄惨的恸哭。

爱情是让人着魔的东西，被它迷惑的人，往往就丢了理性。但是爱情中的人啊，请一定要保持理智，可以疯狂，可以折腾，但请一定给自己和对方一个底线，那是给爱情留的一扇窗子，是爱的呼吸。有理性的爱情，不会因爱生恨，向爱着的人抬起握刀的手，或是撕开老鼠药的封口。

爱情，不应该是风雨之后的彩虹，它也不似一片妖娆绝美的花，因为那样的绚烂虚无缥缈，那样的花，往往花期不长。它应该像现在眼前的这棵合欢树，只是淡淡的一片朦胧，便占据了你的眼睛，占据了你的心窝，它柔美得就似晶莹的水滴，轻轻地落在心里，润着绵绵的暖。

爱情，应该是一幅画卷，展开，是一年四季的丰盈。它变换着不同的风景，却都在呈现着一样的美。那种美，是相思折叠成的千纸鹤，放不下彼此；那种美，是幽清山谷里的一汪泉，只在珍惜着自己的怀抱里晶莹；那种美，通明到心里只有一种淡淡的、暖暖的舍不得。

三毛曾经问过荷西："如果有来世，你是不是还会娶我？"荷西说："下辈子，娶个一模一样的太太，那多没意思啊！"我知道，这是荷西在打趣，他对三毛的情痴岂止三生三世！听说三毛要去撒哈拉，他便提前去荒漠工作，只是为了更好地照顾她；自己生命快要消逝的时候，还惦记着三毛的安危。在他们朴素的爱情里，天天都有这样简单的情趣带来的幸福！我不知道荷西后来有没有重新回答过这个问题，但我肯定，荷西的心里是种着一棵合欢树的，如果他知道世间有这样的一棵树，他一定会在说完那句打趣的话后，深情地望着三毛，在心里认真地说："傻瓜，即使有十辈子，我也愿意和你，做那合欢，昼开夜合！"

在心里种下一棵合欢，爱情的世界里一定有灿灿的阳光，清清的水，淡淡的芬芳，柔柔的暖，和轻轻的，蹑手蹑脚爬到身边的幸福。

热爱生活，剩下的交给时间

汤云明

作家余世存的《时间之书：余世存说二十四节气》里有这样一句话："年轻人，你的职责是平整土地，而非焦虑时光。你做三四月的事，八九月自有答案。"这句话成为当时最富有思想冲击力的句子之一，它质朴清新，比很多直接说理的句子更能引发共鸣。两个时间词语既能给人紧迫感，也形象地说明了努力的重要性，对人对事都很有激励作用。

但有时候，由于天时、地利、人和的因素，我们的努力可能与收获不成比例，这肯定只会是暂时的，而不可能成为规律。

前两年，在每个季度的工作绩效考核中，我都会被扣去 0.5 分，扣分理由一栏写着"工作参与度不高"。我就想了，是我没有完成自己所负责的工作，还是哪项工作没有做好？正相反，在所分给我的工作中，我几乎是独当几面，每年上级的考核中，我也能正常完成责任书规定的内容，有些还得加分或处于前列，从没有影响到单位的总体考核成绩。

如果每个季度扣 0.5 分，每年四个季度加起来扣 2 分会再作为年终考核的依据，也就是说扣分会被双重考核运用。照这样计算，这点扣分在当季绩效工资中也就值百把块钱，对于全年奖金也会影响几百块钱，我并不是很在意这点钱，主要是对"工作参与度不高"这种"莫须有"或者说很牵强的评价感到不满，也不

能理解和接受。

　　工作参与度是指员工在心理上对工作的认可程度，认为他的绩效水平对自我价值的重要程度，工作参与度高的员工对所从事的工作有很强的认同感。工作参与程度高说明一个人认为工作对他实现自己的价值很重要，对工作有强烈的认同感并积极投入。我认为我热爱工作岗位，积极钻研工作方法和经验，并且人际关系也还算融洽，不存在"工作参与度不高"这种放之天下皆准的说法，自己反思一下，也可能是我的工作性质有些特殊的原因。我做的大多是日常琐碎的工作，没有多少需要随时请示汇报的事情，还有，现在上级部门的很多日常填报材料等事务都会从微信群里直接通知，没有发正式通知或文件到单位，因而我做的很多事情，领导甚至不知道。再说了，即使请示汇报了这些事情还不是我一个人做？所以自己能完成或应对的事情都不会去打扰领导。因为在单位的办公室嘛，当然那些负责文件收发、会议通知的人需要随时找领导汇报文件分发、工作任务安排、分解这类的事情，在某些领导看来，这些人工作参与度就高了。

　　我也不会像有的人，在部门会上汇报个工作，连哪天做了哪几个表，找了哪几个人都要一一说出来。还有的人，即使不和领导同路，也要每天下班时到领导办公室等着和领导一起走。时间久了，领导就会含沙射影地说其他人："一些人总是一到下班时间就关门走人。"这句话就有问题了，如果手头没有急事，下班走人是很正常或应该的事。不走人，难道还等着喝茶、吃饭或是等着发加班工资吗？即使领导还有事不能准时下班，也不能要求其他人也等着吧！

　　说我"工作参与度不高"的领导，可能没有看到，为了第一时间把工作信息报出去，我经常早来晚归。他更没有在意，我负责的工作之一的档案管理本来就是默默无闻、不需要整天在人前晃悠的工作。因为日常上班时间工作比较杂，静不下心来整理这些需要非常细致、认真的档案，再说，也只有静下心来专心地做这件事才不会出错，才出成效。我每年都要在年初的1、2月份几乎放弃所有的双休日一个人在档案室里整理完成上一年度的单位档案。平时，每天还会有一些同事来查找档案或复印什么的，这些都不需要领导批准或知晓。

　　其实，在工作中，也会遇得到对我赏识和有知遇之恩的领导，遇到这种把自己当兄弟或哥们的领导，就且行且珍惜吧！而对于有偏见的领导，咬咬牙也就挺过去了，没必要正面冲突或者把关系搞僵，风平浪静地面对最好，毕竟，人在屋檐下，不得不低头，还得在这里领工资呢。

　　以前，也碰到过这样一个领导，以我写得好为理由，把单位办公室大量的文案、材料都交给我一个人完成，经常，在其他人回家休闲或在吃喝玩乐的时候，我还一个人在办公室里写材料。对于一些紧急的材料，写好了还得从网上发过去等着他们审阅，再按要求修改通过了才敢回

家。还有一次，我做的某项工作成绩好，上级奖励了点奖金，他居然要求平均分配给办公室全体人员，这对我来说是极大的不公，当然，也不仅仅是钱的问题，还有尊重和价值的问题。他当领导的这几年，我甚至不堪重负，想到找人帮忙调到别的部门去。好在此景不长，等他调走后，接替他的人就打破了这种工作局面，我也稍微好一些。

人们常说"铁打的营盘流水的兵"，而在单位上，经常是"铁打的营盘流水的官"，单位里这些大小领导，短的也就两三年，最多不过三五年就更换地方了。我在这个单位 14 年，主要领导就换了 6 人，我的直接上司也换了 7 个。由于各人的性格、气质、学识、处事方法等不同，工作中我们会遇到各种各样的领导，他们有他们的责任，我们有我们的角色，互相理解和适应就好。所以说，长长的日子大大的天，对于某些不能志同道合的领导，忍一忍也就过去了。

突然想起网上流行的一句话："你只管努力，其他的交给天意，如果事与愿违，上天一定另有安排。"其实，在工作和生活中，我们会遇到不少难以理解的事情，面对困难和不公，只要热爱生活，对得起身边的人就好，其他的不愉快都只能算是小插曲。

而类似的话还有：你只管善良，上天自有安排；你只管善良，总会有人温暖你的灵魂；你只管善良，福报已在路上；你只管善良，要相信终有人会陪你骑马喝酒走四方……这些话都表达了积极向上的心态和社会对善良的认可。

热爱生活，无愧于心，剩下的都交给时间吧！因为时间是最公正无私的，它会公正地评价所有历史和人物。

打个哈哈就过去

刘诚龙

竹林七贤，共有其苦，各有其贤。苦之苦者，都活在魏晋之世，不苦不行。苦日子如何过？阮籍是醉着酒，哭着过；嵇康是无事忙，打铁过；王戎过得最不魏晋，关起门，与老婆数钱过；苦日子甜着过，笑着过，浸泡在酒里玩着过，最魏晋过的是刘伶。

魏晋风度，据说共性是旷达，这个真谈不上，钟会去找嵇康玩，嵇康撸起袖子，挥起铁棍，正在打铁，不理他，钟会好生没趣，甚难为情，待了会，待不下去，转身走人，嵇康传说道："何所闻而来，何所见而去？"钟会边走边回话："闻所闻而来，见所见而去。"走了，心里窝着一肚子火，打瘪离开，不再回来，从此结下梁子，对嵇康这么一句话，看不开，放不下，这是什么旷达嘛。

真旷达的是刘伶，刘伶每天让人捎着一把铁锹跟着自己，山里，河里，土里，园里，沟里，壑里，到处打溜，脚踏西瓜皮，溜到哪里算哪里。让人捎着铁锹跟着自己干吗？锄麦？窖芋？挖土种辣椒？寻草采中药？都不，他是怕喝酒喝得血压太高，生命随时爆箍，随时随地叫人给挖个坟墓，"常乘鹿车，携一壶酒，使人荷锸而随之，谓曰：'死便埋我'"。死在田谷坳埋田谷坳，死在北邙山埋北邙山，死在洛河埋洛河，死在甘沟埋甘沟，是处青山可埋骨，他年夜雨不伤神。

刘伶放浪形骸，不是装名士，骨子里真名士。他曾宽衣解带，上头不挂一丝，下头一丝不挂，左手持一卷黄册，右手持一壶老酒，在那咿咿呀呀，吱吱呦呦，是读书呢，还是没读书呢？书也许是本子，书也许是幌子，是读他人之书，还是吟自个之句，人话还是鬼语，醉话还是神话，鬼才晓得。忽有一群人来找刘伶玩，其上头下头，都被人一眼望神州，一览无余，全收眼底，"人见讥之"，刘伶爆笑："我以天地为栋宇，屋室为裈衣，诸君何为入我裈中？"刘伶长得蛮丑的，这副丑模样，人见人讥。人讥，伤面子啊。哈哈，一声哈哈，刘伶开个玩笑，也无风雨也无晴，也无恼怒也无骂，这事过去了。

刘伶跟别人开玩笑过日子，跟老婆也是半开玩笑半认真，"刘伶病酒，渴甚，从妇求酒。妇捐酒毁器"。嗜酒如命的人，你把他酒杯掷地，摔了个粉碎，不生气啊? 不是别人摔酒杯, 是自己婆娘摔, 不气啊? 很多人在外面是孬种, 到了家里当恶霸, 换了阁下, 估计会揪住老婆头发, 一顿家暴了。

刘伶呢? 好呢, 好呢, 老婆你说得太好了, 批评得太对了, 老婆是真爱他呢 (君饮太过, 非摄生之道, 必宜断之)。我如果有缺点, 就不怕别人批评指出。不管是什么人, 谁向我指出都行。只要老婆说得对, 我就改正, "甚善。我不能自禁, 唯当祝鬼神自誓断之耳, 便可具酒肉"。我自己控制不了我自己, 我请鬼神来帮我控制吧, 老婆, 拿壶酒来, 我请神。刘嫂好生高兴, "供酒肉于神前, 请伶祝誓"。这个刘伶啊, "跪而祝", 向神发誓要禁酒了, 神形虔诚而庄严: "天生刘伶, 以酒为名, 一饮一斛, 五斗解酲。妇人之言, 慎不可听。" 一边厢手抓冷猪肉, 一边厢手灌酒鬼酒, "便引酒进肉, 隗然已醉矣"。跟老婆吵架, 哈哈, 是打哈哈, 还是打哈宝 (爱称老婆)? 刘伶是打个哈哈, 与老婆这事就过去了。

酒醉癫子, 酒醉了便成癫子, 癫子嘛, 说话乱说, 打牌乱打。这回不知何事, 这有什么事呢, 不过是出错了一张牌, 不过是说错了一句话, 刘伶与人吵起来了, "尝醉与俗人相忤", 这俗人是暴脑壳, 动不动发暴脾气, "其人攘袂奋拳而往"。来来来, 找块空地, 咱俩决斗, 那拳头如泰山压顶, 横空欲来。

换了你, 将如何? 喝了龙虎豹, 这世界谁怕谁; 喝了酒鬼酒, 这时代谁怕谁。相约去找广场, 来一场肉搏战。刘伶呢, 刘伶不是, 刘伶脸不恼, 脸上堆笑: "鸡肋不足以安尊拳。" 看看, 我这臭鸡蛋身体, 如何安得下阁下压顶泰山? 哈哈, 不但刘伶打了一声哈哈, 便是那暴躁的牛二, 也哈哈, 大笑起来, "其人笑而止"。哈哈声里, 干戈化玉帛。一场决斗, 转化为一场斗酒。

多大的事, 要对骂才过得? 多大的事, 要对打才算完? 非夺妻之恨, 非杀父之仇, 朋友间, 夫妻间, 同事间, 亲疏间, 常有纠葛, 常闹矛盾, 这些纠葛与矛盾, 多半是小事耳。除了死生, 皆非大事。胳膊肘碰了一下, 无心之过嘛, 或竟是有意, 也不伤筋动骨, 不用两人打烂脑壳, 打残后半辈子; 一处阶檐, 各让三尺, 完事了, 如何一定闹得打烂两家关系, 结下百世之仇? 万里长城今犹在, 不见当年秦始皇; 一块羊肉, 没吃上就没吃上, 为这块羊肉, 宋国与郑国打起来了, 杀人一千, 自损八百, 太不值了吧; 在群里, 也就是一句话的事, 观点各自表达, 不必

操家伙。

小事，比小事大点的事，不是特别大的事，打声哈哈就过去了。一声哈哈过不去，那就打两声哈哈；打两声哈哈还过不去，那就打三声哈哈。是可忍孰不可忍？是可忍，孰都可忍了。人与人之间，真得有点哈哈精神。哈哈精神非阿Q精神。阿Q精神是，打得赢，他就打，打不赢，他就"我是虫豸，我是虫豸还不行吗？"哈哈精神是，不论打得赢，还是打不赢，都不开骂，都不开打。他不打架，他只打哈哈。

笑对人生，对笑人生，人生便对了，人生便笑了。

独　舞

管　萍

女人又来了。

依然是一袭黑裙，圆领变了 V 领，直身换成掐腰，显出柔软有致的曲线。

一个月了，女人一天不落地到这个广场上跳舞，衣裙总是不变的黑色。

女人长相并不惊艳，却让人过目不忘。

黑白分明。

黑裙，黑色尖头高跟，黑色披肩长发，眉毛浓黑，本就白皙的脸在重重黑色包围下愈加通透素净。一眼看去竟猜不出年龄，只有走近，方能感受到一份独属四十岁女人的成熟韵致。

广场在市政府南面，呈阶梯状长长铺展开去。一共三层，每层之间隔着巨大的草坪。草坪上跑着快乐的孩子，还有比孩子更快乐的各种狗，泰迪，拉布拉多，吉娃娃……亦步亦趋的狗主人嘴里宠溺地喊着狗的名字，可乐，不能吃石头! 豆包快过来，你的好朋友五花肉来了……

每一个阶梯都有固定的舞步。

老年人在第一方阵。简单的肢体动作，走几步甩下手或者屈个膝，围着幻想中的庙坛无限转圈，美其名曰佳木斯舞。

第二阵营是四十到五十岁的女人，秉承民族的才是世界的格言，各种神曲轮流上场，《小苹果》《哈萨克牧场》《桃花开了》……领舞的女人身形灵活，动作到位，腰肢柔软又充满弹性，抬手踢腿间仿佛安了弹簧。从暮气沉沉的第一台阶走到这儿，整个人才又活了过来。

跟前两个方阵女人占大多数不同，最后一个方阵的男人明显多了些，不时传来恰恰和探戈音乐。女人们穿着长及脚踝的裙子，男人们虽然没有燕尾礼服，但长裤短 T 规规矩矩，没有便便大腹，身材颀长。快三慢四探戈，舞步流转裙裾翩飞，一派潇洒风光。

女人每支舞都跳。

先去第二阵营，略一打量，便把每首歌曲对应的节奏和舞步掌握了大概。伸手，抬腿，转身，姿势优美娴熟，压根不像刚刚加入这支队伍。只跳两三支曲子，便在众多女人的啧啧艳羡中飘然而去。

没人注意她身后不远处的中年男子。

连佳木斯舞都不放过。夹杂在一帮胖瘦不一，动作迟缓的老年人中，女人俨然鹤立鸡群，格外扎眼。没有人问她，她的神情也拒绝了一切问询，微闭双眼，跟着队伍往前机械地走，自顾自转上五六圈，转身投入最后的方阵。

开始几天，女人只是站在场边看，静静地，像观摩，却又不挪动脚步加入。有热情的男人女人想要邀请她一起练习，她也不出声，只是面无表情地摇摇头。慢慢地，大家都不去搭理她，以为她不会跳，只能当个观众。也罢，这么高雅的舞姿也不是人人都能跳得美，甚至他们也需要观众呢。

有好事者在散场后发现了女人居住的小区，观海庭。这个小区以外地人居多，淄博的，东北的，北京的，尤以北京的多。

一个周末，天色微阴，雨似来非来。女人从佳木斯舞和《小苹果》中撤退下来，缓步走到第三方阵。翻飞的裙裾和长裤们正在跳最后一支快三，欢快激烈，汗水和笑容抛洒得到处都是，连草坪上的狗都跑得格外有劲。女人走过去，一反常态，抛开安静的看客身份，错身加了进去。

《蓝色多瑙河》跌宕连绵，女人仿若一叶小舟，随着河水不断漂流起伏。水势急，腰身软，那势竟也被她抚顺了三分一般。水势慢，脚步缓，更有一份从容浸润其中。黑色裙摆似风中荷叶，摇曳生姿。

没有舞伴，女人双手空抱，旁若无人地跳着，旋转着，全然不管周围人已经都停下来。男人眼神中满是欣赏，女人欣赏中夹杂着羡慕、嫉妒、鄙夷，还有交头接耳的私语。

跳得真好啊，那么有力量还那么轻盈。

不知道这个女人是哪里来的，一点也不合群。

会跳还藏着掖着啊，真矫情。

……

女人依然冷着一张脸，并未因众人的话语停下脚步赔上笑脸，众人也没有因为她的冷脸而离开。

女人沉浸在音乐中，他们沉浸在女人的舞姿中。

多瑙河水愈加激烈，不停旋转的女人速度并未减慢，谁也没发现她表情的异样。眉头紧皱，牙齿咬在下唇，左腿动作有些变形，似乎在强忍疼痛。

河中的小舟终于被风浪打翻，女人跌落在地。

没等大家反应过来，一个男人从人群中挤出，疾步冲上前蹲下身扶住，满脸焦虑心痛，却一言不发。

小小的雨滴零散落下，女人没有起身，坐在地上抱着跑过来的男人，神色木然，脸上全湿了，分不清是汗水雨水，还是泪水。

那天以后，女人就消失了。

落叶金黄，秋风渐盛，广场上依旧热闹非凡。少一个人多一个人，并不影响大家跳舞的心情。

女人再次归来已是两个月后，中年男子大大方方地站在身边。

女人来得很早，在交谊舞的场地。带了音响，以至于颇有些占地盘的味道。看到女人的时候，长裤长裙们有一瞬间的惊讶。有按捺不住的欲上前问，想及女人的一张冷脸便打住了。

女人却似换了一个人，端坐在椅子上，面带微笑，冲每一个看向她的眼神轻轻颔首。依旧是黑色紧身上衣，却搭了火红的长裙，裙摆上缝了层层叠叠的黑色饰边，颈间一条米色薄羊绒围巾，隐约闪露出红丝线绣制的几个字：北京……舞……院。

女人扭头看向身边的男人，男人微微一笑，打开音乐，西班牙吉他前奏响起，激情涌动的乐章随之铺泻开来。

女人挂在男人身上，腰肢灵动，手臂舒展，裙裾张扬。或双手叉腰，或单手捻出响指，击掌声和男人脚下踢踏声相呼相应，男人紧跟女人步伐，配合默契。

女人跳得淋漓尽致。生命的肆意、热情、狂放、忧郁、哀伤，全被融进这场激昂的弗朗明戈舞，燃出明亮炫目的光。

一曲终了，广场上响起前所未有的掌声，为女人的舞姿，为女人的态度，为女人仅剩的一条右腿。

总有一片晴天等着你

张燕峰

仿佛时间永远定格在 2005 年 7 月 6 日。

那一天，暗无天日。他遭遇了一个男人一生中最为惨烈的"滑铁卢"：公司破产，夫妻反目，爱子离散。

伤痛，刻骨铭心，无以复加。似乎空气中也弥漫着大朵大朵繁盛的忧伤。

绝望，如春草一般，在心灵之旷野中疯狂蔓延，蓬蓬勃勃地生长。

他走着，漫无目的。也许，只是为了逃离。

突然，前面出现了一条明如玻璃的带子——河！他的眼睛骤然一亮，很快就湿润了。

冥冥之中，似乎有什么神秘的力量召唤着他。原来，信步而行，不知不觉间，他回到了小时候生活的地方。

童年生活隽永得就像一幅明丽的画，一直悬挂在记忆的门楣上，清晰鲜艳，永不褪色：大河奔涌。岸边，爹娘在田间劳作，弯腰弓身，永不知疲倦。他戴一顶破草帽，在草丛中穿梭，逮蚂蚱，捉蝴蝶；在花海中徜徉，采一把缤纷的野花。困了，就枕着浓郁的花香和大河的歌声入梦，甜蜜，酣畅。

而今，爹娘就长眠在岸边的大树下，再也不用承受种种生之苦、活之难。劳作的艰辛、贫穷的困扰、疾病的折磨，也都化作悠悠白云，飘向天边。

活着的意义到底是什么呢？奋斗过，辉煌过，有过挣扎，也曾迷茫，最终一无所有，两手空空，就像赤裸裸，最初来到这个世界一样。他眉头轻蹙，一声长叹。

不如归去！回到爹娘身边，静卧在他们的脚下，守护他们，日日夜夜；陪伴他们，月月年年。凡俗尘世间的恩恩怨怨，是是非非，纷纷扰扰，奈得我何？

想到这里，他的神色不再悲戚，眉目之间竟暗藏了些许小欢喜。似乎去赴一个远年的爱之约会，他整整衣衫，向河中心走去，一步，又一步……

突然，胳膊被什么东西牢牢钳住了。回头，原来是岸边垂钓的老者，老人的手如同钳子，他虽用力挣扎，终究动弹不得。

像一头不甘被驯服的倔强驴子，在老人的牵制下，他跟跟跄跄被拖回岸上。

无言，长久地沉默。

"小伙子，我不知道你经历了什么。"老人喘息了片刻，率先打破了沉默，他指着岸边高低错杂的树说道，"你看那些树，一棵小树要长成参天之木，要经历多少狂风的摧折，要遭受多少暴雨的冲刷。可每次狂风暴雨之后，没有一棵弯身伏地，奄奄枯萎。相反，他们都努力挺直腰身，顽强地生长，把根扎得更深。因为它们的心中有坚定的信念：太阳会重新升起，总有一片晴天等着我。"

老人顿了顿，接着说："人犹树也。一切的困难挫折都是暂时的，就像云雾无法长久遮蔽太阳的光辉。挺过去，柳暗花明必将到来，总有一片晴天等着你。"

顺着老人的目光，他看见岸边葳蕤生长的那些树。棵棵精神抖擞，迎风而立，生机勃发，绿意葱茏。阳光洒在树叶上，是一个个迷离的光点，一闪一闪，似乎上面有无数个小精灵在欢笑，在雀跃，他们在热烈地吟唱着生之欢歌，甜甜蜜蜜地分享着彼此的生之欢欣。

瞬间，一如眼前奔流的大河，羞愧漫上心头，潮水般汹涌。他祭拜完爹娘，心中已是云淡风轻，海阔天空。他收拾行囊，远走他乡。

几年后，他的公司重新开张，有着上亿资产。各大媒体的记者趋之若鹜，他总要说起这段往事，说起那位睿智的老者，说起老人的那句富有哲理的话。

他经常说："没有一个人的成长是一帆风顺的。坎坷和磨难都是成功路上的障碍，生命之舟冲过激流险滩，前面必将是坦途浩荡，风光无限。过往虽留有伤痛，但伤痛终会被时间带走。记住：阳光总在风雨后，总有一片晴天等着你。"

像个孩子一样

胡美云

午间休息的时候，女儿的班主任私发来好几张班级外出研学时女儿的照片。照片上的女儿，欢乐阳光，笑颜如花。紧随照片的是一句：你家娃也太可爱了吧，有着孩子该有的样子！后面加了一串龇牙而笑的表情。短短几个字加表情，却让屏幕这头的我瞬间就感受到了她对女儿那种发自内心的喜欢，已然望见几公里之外，电脑屏幕前她眉眼皆笑的样子。

女儿的班主任其实也是个才毕业没几年的大孩子。她和班级的孩子们打成一片，深受孩子们喜欢，是她们口中共同的亲昵的"小白老师"。平时在家中我与女儿交流班级的事情时，说到老师，曾不止一次听到女儿开心地说着：我们小白老师啊，真像一个孩子呢！说时，那双躲在眼镜后面原本就小的眼睛，简直就只剩下了一条缝——皆被喜欢盛满。

"像个孩子一样"，多么熟悉，多么令人心生欢喜的一句话啊。光听在耳里，心就忽然温柔了起来，会想起人间四月天，想起和风轻抚的原野，柳枝轻摇，花儿静静地待放，满眼皆是美好，皆是喜欢。

想起两年前冬月回故乡，陪母亲在厨房里炸故乡小吃鱼丸子，刚出锅的金灿灿的鱼丸子，尚冒着热热的气，我迫不及待地捏起一个就急急地放到了嘴里，烫得龇牙咧嘴直围着母亲打转。母亲放了手上的事，靠近了过来，一面担忧一面大笑地说着：你呀，真还像个孩子一样。冷冷的冬月里，哈气成霜的冬月里，心忽然就温热了，潮湿一片。

像个孩子一样，多好。

想起许多年前，我已经成年时，每次出远门总要忙前忙后为我做足准备工作的父亲和母亲。趁着烈日早早晒好的被子一定会被母亲妥帖地套好被套，然后再由父亲叠得齐齐的压得紧紧实实的装到袋子里。到了我临出门的当天，父亲和母亲会起很早，母亲一边准备早餐，一边一再地检查着我要带的行李是否有遗漏，细致到只恨不能把她自己也打包了一起随我远行。一向少言的父亲也多了许多叮嘱的话语，陪着我穿过一道道蜿蜒的田间小道，到远远的镇上，到通往远方的汽车上。

细想一下，那时候的父亲和母亲似乎并没有朝我说着"你像个孩子一样"这样的话语，但是，那个时候，像孩子一样的幸福是那样的触手可握，是那样的真实而幸福。纵然此刻想起，依然满眼是笑，深深地沉溺其间。

一定是很喜欢着的，很爱着的啊。那个会对着你眉梢染笑，嘴角轻扬，情不自禁地说出"像个孩子一样"的人，那个即使你已经成年，已然中年，依然把你当孩子般牵挂担心，对着你脱口说出"像个孩子一样"的人，除了深深的爱，一定还有深深的包容，还有着这世间许许多多其他的发自内心的美好情感。

像个孩子一样，多么幸福。

放下昨天的痛苦

孟宪丛

前几日，在一次聚会上，遇见了一位多年未见面的同学。交谈中，得知她的一双儿女已经成人，读完了大学，还找了不错的工作。只是嘴里一直念叨自己嫁的丈夫不如意，婚姻不幸，羡慕其他同学色彩斑斓的生活，觉得一辈子很没面子，满是一副伤心欲绝的样子。

其实，人生在世，一路走来，既有苦涩，也有甘甜，既有鲜花，也有坎坷。与其自己沉溺在过去的痛苦中不可自拔，不如潇洒地挥手告别往事。我觉得，当这位同学在有了一双可爱的儿女后，就是人生的转折点，就该把婚姻不幸转化到尽情享受同学朋友友爱的阳光中，爸爸妈妈关爱的雨露中，拥有一双可爱儿女的自豪中。

每一个人都有思想、有情感，这就注定在人生道路上，不可能事事如意，处处称心，难免会滋生出这样那样的烦恼和忧愁，品尝这般那般的痛苦与不幸。面对所有的烦恼，我觉得最好的办法莫过于超脱一些，学会在人生道路的转弯处向后挥挥手，与往事告别。

抱住昨天的痛苦不放，只会使痛苦加剧。隐滞在心中的困苦，潜留在心中的委屈，内心难以平复的创伤，以及始终抹不掉的屈辱，都会给我们的心田投下重重的阴影，冲淡生活中许多原本可爱的东西。回忆已经逝去的故事，虽然其中甜蜜令人激动，但苦涩更是无法忘却。

如果一个人只知回忆却不懂得面对，那脚步只能永远停留在原地。其实，应该放下的就要及时放下，就算曾经是如何的刻骨铭心，过去的永远都已经过去，回忆的只是虚无的梦幻，只是对现有时光的浪费，对短暂人生的亵渎，因为人生本就不长，为何还要使它变得更短？

学会放下昨天的痛苦，不是让我们用多棱镜去窥破世风的丑恶，也不是让我们以伪装的脸孔学会尔虞我诈，更不是让我们变得人情冷漠、麻木，而是要忘记过去的痛，不再沉浸于其中无法自拔，重新振作，拥抱今天的煦暖的阳光和明艳的风景。

学会放下痛苦，是一剂医治身心衰老的良药，也是一种心智成熟的表现，更是一份处世的超然、冷静。学会放下痛苦，可以帮助我们维系住人间固有的单纯、至诚、激情，多一份人生的快乐，少一份心灵的羁绊；增一份奋进的力量，少一份事业上的萎靡。

朋友，放下昨天的痛苦吧，让我们把握今天，一直向前看，把生命中美好的东西拥紧点，拥紧点，再拥紧一点。

活成最好的自己

汤云明

生活中，不少人活在别人的阴影里、印象里，或者为"争一口气"，为比别人强势、比别人优越而活得很累，因不切实际的攀比造成的悲剧也不在少数。

有一年暑假，带孩子去省外旅游，在景区看到一个中国地图的模型，就指着地图教女儿认识东南西北方位以及各个省区的位置、相邻关系等，当讲到我们去过的省份时，附近的一个老太突然大声地把孙子叫过来，并且站在我旁边大声地指着地图说："我们去过……"她一连串就数了很多地方，这咄咄逼人的语气分明就是在向我宣战或比拼。

我一下子蒙了，我跟女儿讲话没有在公共场所大声喧哗，更没有半点卖弄或炫耀的意思，只是亲子之间的沟通教育，没想到会引起她那么大的反应和攀比心。也许这位老人家境殷实、时间又多，可以全家一起游遍大江南北、祖国各地，甚至环球旅行，但那是她的事，没必要在公共场所大声喧哗。

而我夫妻二人都是工薪阶层，想出去旅游一次都不容易，首先要选在女儿的假期，还要在夫妻二人都方便请假的时候，当然还要在经济条件允许的情况下。所以我们去的地方其实不多，但我跟女儿讲解绝对不会影响到其他人。

出门在外，平安是福，多一事不如少一事，况且，有自知之明最好。我再也没有说什么，只是平静地拉着女儿走出了那个展厅，当时女儿还是个小学生，她

当然不会感受到当时的尴尬。过后我想，要是那天老太遇到的是一个和她类似的人，也争着显摆，只要一言不合，极有可能发生争吵或不愉快。

再说，她一辈子去过很多地方也没什么了不起，也许就只是走马观花，增加阅历或谈资而已，而我不一样，我是一个热爱历史人文和自然山水的作家，每到一处，我都会写出不同主题的散文或诗歌作品，并且在报刊上发表。我活成了最好的、有价值的自己，而那些炫耀和卖弄的人，可能只是活在自己的虚荣心里。我认为，真正见过世面的人，会善待每一个人所处的高度。

拒绝攀比，承认普通，是最好的生存状态。在子女教育中也是如此，现在的许多家长，希望孩子成龙、成凤的心太切，从小就提出了过高的要求，除了正常的上学以外，天天这培训，那补课的，花了不少钱不说，还把孩子弄得"消化不良"，甚至产生了本末倒置或厌学的心理。

"不要让孩子输在起跑线上"只是成功的一个条件，坚忍不拔的意志和长期学习积累才是决定输赢的关键。有竞争意识是好事，但没有必要争强好胜，更没有必要只用孩子的不足去比别人的优点，而看不到孩子的优秀之处，这样只会让孩子感到自卑或不满。也有不少人由最初的攀比发展到产生嫉妒心理，最后造成心理健康问题，甚至危害社会。那些患抑郁症的，甚至不堪学习重负而产生轻生念头的孩子大多数都与不正确的家庭教育理念有关。

还有，要给孩子锻炼和成长的机会，作为家庭成员，要让他们从小树立家庭责任感和社会责任感，让他们主动地去接触和融入社会，不能一直在父母的翅羽下生活，否则可能会失去自食其力的生活能力，而成为不孝敬长辈、没有爱心和责任感的人，或者成为长期啃老的"巨婴"。

古人就已经总结了"人比人，气死人"和"比上不足，比下有余"的观点和经验，身处社会，人上有人，人下也有人，也许，你苦苦追求了一辈子的目标，还不及别人的起点那么高。我们需要当自己在人上时，把别人当人看待，当自己在人下时，把自己当人看待。人生在世，活成自己最好的、最有价值的样子就很好，没必要，也不可能人人都能成为最优秀的人或社会高层、各界精英。有一首歌就唱道："灿烂星空，谁是真的英雄，平凡的人们给我最多感动……把握生命里的每一分钟，全力以赴我们心中的梦。"

每天上下班，我经常会为街头那些平凡的小人物而感动着。一次，在下班回家的路上，人行道上因为修理破损地砖用锥形桶和彩带围起来一个区域，一个盲人用盲杖探着路缓慢地走了过来，在他即将绊到彩带的时候，我正准备过去帮

助，已经有一个过路的老人伸出手，把他拉到安全的地方。

一天早上去上班，那时天刚刚亮，晨光中正对面走来一对母子，年轻女子挑着满满一担子蔬菜正往农贸市场的方向赶，一头是茄子，一头是辣椒，因为担子比较沉重，她总是大步大步地走。只见她右手扶着肩上的担子，左手还拉着一个四五岁的小男孩。大人大步地走着，而那个几岁的小男孩几乎要跑着才能够跟上母亲的脚步。他们从远处走来，就在离我越来越近的时候，我听清楚了母子的对话，母亲说："走快点，到了市场我给你买油条吃。"小男孩喘着粗气说："嗯，我还想要根火腿肠。"瞬间，我被感动了，微笑着看了他们一眼，记忆却回到了几十年以前，这样的场景似曾经历，也肯定经历过，那个女子就好像是年轻时的我母亲，那个小男孩也就是童年时的我。

而不少看似风光无限的企业家说，他们拼命奋斗完全是因为一种社会责任，是没有退路的负重前行。甚至他们为社会交了税，解决了就业，创造了经济价值，但他们自己享用的公园休闲、城市基础设施、社会福利等公共资源却很少。从这点上讲，当个普通人、平凡人也没有什么不好，过平安的小日子，锻炼好身体，多享受一些平平淡淡的市井生活和天伦之乐。

在日常生活中也是如此，生活标准应该量力而行，一些家境不是太好的年轻人为了满足虚荣心和攀比心，借高利贷买手机、买包，甚至用于高消费娱乐、整容，最后因赔不出来而被逼上绝路。多年前，就有人因买苹果手机去卖肾，这种极端的做法还引起了社会长久的讨论。

有些人，总想着自己的身份高人一等或者家里有钱，别人就应该随时让着他，这与古代常说的"仗势欺人""为富不仁"一个样。工作和生活中，有点小摩擦或难以沟通、站在各自的立场上互相不理解本来无可厚非，可总是有人说"我们全家都是领导""我爸是某某""我就是专门管你们的""你的命不值我这个表的钱""老子拿钱砸死你""你一个清洁工时间不值钱，赶快让开，不能浪费我这个大学教授的时间"……这些极不和谐甚至是危言耸听的话立马会引起公愤，当然，说这些话的人大多也为自己的狂妄和不当言语付出了高昂的代价。

直到经历了很多人和事，我们才明白，并不是每一条鱼，都生活在同一片海洋里。你以为的见世面，也许只不过是见到这个世界很小的一面。而那些见过大世面的人，也只是见过相对大一些的世面而已。一个农夫来到城市不懂交通规则，他不是蠢，只是不太理解什么叫交通规则。一个城里人到乡下分不清麦子和韭菜，你也不能说他蠢，他只是不太了解农作物。一位著名作家就写过他小时候的亲身经历，有一个城里的学生转学来到农村，他说城里的电视机是彩色的，农村孩子却都认为他在撒谎和吹牛，几个人约起来把他揍了一顿，直到有一天，他们才发现，还真有彩色电视机这种东西。

所以遇到和自己观点不一样的人和事，要本着一种求同存异的心去相处，没必要生出优越感。繁华是一面，平凡也是一面，美好是一面，糟糕也是一面，荣华富贵是一面，饥寒交迫也是一面……所谓见世面，就是去见这个世界的许多面，然后能够包容许多面。

很多时候，只要在不违背社会公德和法律法规，也不危害别人的利益，不影响别人生活的情况下，认准自己的价值观和人生观，快快乐乐地活在自己的世界里，或者，承认不如人，然后默默地努力工作和学习提高，奋起超越自己，让自己变得更优秀，也没有什么不好。

我们的社会要正常运转，本来就需要各种各样工作岗位的人，在追求人生理想的奋斗中，尽力而为就好，能达到多高的层次都怡然自得，或者在普通、平凡的岗位上默默奉献也能实现人生的价值。

承认不如人，是一种解脱，也是一种放下。而身居高位还能俯身大地，低调廉洁，体恤民情，明辨是非更是一个人的修养、担当和道德。

喜鹊敲打着我的窗棂

王子君

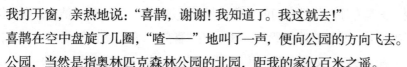

窗外，一只喜鹊飞来飞去，不时地用喙敲打着窗棂，"嘎嘎嘎""喳喳喳"，叫声响亮。我一眼认出了它。

我打开窗，亲热地说："喜鹊，谢谢！我知道了。我这就去！"

喜鹊在空中盘旋了几圈，"喳——"地叫了一声，便向公园的方向飞去。

公园，当然是指奥林匹克森林公园的北园，距我的家仅百米之遥。

不知从什么时候开始，每当我有五六天不去公园散步的时候，窗前就会出现一只喜鹊的身影，就像今天早晨一样，在我的窗前飞着，叫着，甚至还敲打着窗，直到我看到它并和它打招呼。我发现了这个规律后，欣喜异常。我觉得我和喜鹊之间建立起了某种神秘的情感联系。

我住到奥森北园旁边来，不过三年时间。最初被奥森北园吸引，是缘于它的绿。站在高楼上往奥森看，我看见绿从北园蔓延开去，绿满了整个奥森公园。绵延的绿闪着银光，明媚自如。当我走进北园时，才发现它不只是绿，不只有绿树。它有很多花草，有大大小小的河流湖汊，有星盘似的小岛，还有很多的鸟类。鸟类中，最多最打眼的，是喜鹊。

记得第一次走进北园，是夏末秋初。从北门进去，不到七八十米，便遇见了喜鹊。它们从这棵树飞到那棵树，从那棵树飞到草地，又从草地飞回树上，不时发出"嘎——嘎嘎喳喳"的叫声。见到人来，它们便往树林中间飞。那灰白分明的羽毛，将影姿衬托得与众不同，它们的身子自前往后依次呈现紫色、蓝色、绿色等光泽，在阳光下越发油亮多彩、轻盈梦幻。我一下子就记住了这些喜鹊，它们的形状、叫声和飞翔的体态。

喜鹊是报喜鸟、吉祥鸟，一进园就见到喜鹊，我心里自然高兴，便忍不住问候它们："喜鹊，飞翔快乐！"

去北园的次数多了，见到的喜鹊也多了。清洋河东岸一片树林混生着高大的白杨、银杏、榆树，那里喜鹊最常见。渐渐地，喜鹊不再像初见时那样飞开去，而是不惊不乍，停在草地上安闲地啄食，或在树杈上浅吟低唱。每次见到它们，我都会愉悦地喊："喜鹊！"

有一次，我一喊"喜鹊"，它们便"嘎嘎——"了几声，我以为它们是在回应我，不由得心花怒放，童心大发。我指着不远处的一栋高楼："喜鹊喜鹊，我是你们的邻居哩！我家的阳台上，摆着一高一矮两盆景，高的是木瓜树，树叶像风火轮；矮的是牛油果树，叶片青绿发亮，都漂亮得很。"

喜鹊是留鸟，冬天留守公园。因为它们，森林公园在寒冷萧瑟中仍然有那么一些生气，让人忽略了冬天的枯寂。

前年初冬，突起暴风雪。风雪停后，我去北园，见到七八只喜鹊在雪地里使劲啄刨，很是专注，仿佛它们的宝藏被暴风雪埋到了雪下。雪地洁白，喜鹊刨雪的样子很可爱。我轻轻跺一跺脚，喊一声："喜鹊！"它们受惊般跳到树杈上，机警地看了看。随后，又跳到雪地里，朝我行走了几步，喳喳地叫，唱歌一样。

清风不识字，鸟儿却认人。喜鹊仿佛认识了我，这让我开心。

我去外地一个多月，回来后去北园散步。还没到河边，便听到一阵叫声。循声加快步子，很快看见了喜鹊，它们错落有致地停在几棵白杨树枝头，头一致地向着我的方向，仿佛在为我的归来歌唱。大概是久久未见，我见到的喜鹊好像肥硕了一些。它们站在花间，站在树上，或者飞起来，都更加醒目、优美。

因为疫情，我经常好几天不出门。一天早晨，我在厨房听到了喜鹊的叫声。探头一看，阳台那个木瓜树花盆上，站立着一只喜鹊。它让我惦记起北园的喜鹊，便去散步。那天，喜鹊的叫声好像格外欢畅，腾跃飞翔也格外来劲。

接下来，我又是一周没有下楼，喜鹊又来敲打我的窗户。它在我窗前飞着，敲打着窗子。有一次，我还打开窗让它飞进来。它在我的沙发上跳来跳去，又飞到花盆上啄了几下牛油果树，然后"喳——"的一声，飞了出去，那声音欢快极了。

我突发奇想：这常来窗前飞叫、敲打我家窗棂的喜鹊，是否就是北园的喜鹊，来喊我去北园散步，去和它们说话呢？

待喜鹊再来时，我拿出家里久已不用的 30 倍望远镜观察。果然，在镜头里，它飞进了北园，飞进了我常看见它们的那片树林。我心里有些激动，喜鹊，或许真的听懂了我的话，找到了我的家！

以后每次去北园，我就会和喜鹊说："喜

鹊，我家的木瓜树又长高一毫米了，牛油果叶子更绿了哩!"或者，我会说一些别的新鲜事，像和亲密的朋友聊天。

树叶将黄未黄的时候，我去北园散步。园内游人明显少了许多，也清静了许多。到了河边，我听见鸟儿的吵闹声。抬头一看，一棵高大的白杨树上，两只喜鹊正在打闹。它们互相啄着，啄一下，彼此跳飞起来，停在枝头上，少顷又冲上去啄对方，其间发出"喳""喳喳"的叫声，仿佛气恼。很快，它们吵累了，分开了，一只停在原地，一只飞到另一枝树杈上，背影相对，长长的楔形尾巴翘得老高，身子一颤一颤，生气地朝树外望着。可是过不了几秒钟，它们又都转过身去，相互凝看，好像在赌气等待对方的原谅。终于，那只飞走的喜鹊受不了了，飞回原来的树枝，两只喜鹊亲热地叫着，交颈错项，又黏在了一起。

这是一对喜鹊夫妻。我拍下几幅照片，记录它们吵架、分开、和好的过程。我放大照片看它们，觉得它们这样吵吵闹闹的样子，和人世间夫妻的生活差不多，但似乎又比人世间夫妻的生活要幸福、简单得多。

今天，这个春天的早晨，我又一次受喜鹊的提醒与召唤，来到北园散步。阳光照在新生的芦苇上，照在河水上，照在河岸上，透亮清爽。我冲下河岸拍芦苇，不想惊飞了一群鸟，它们飞到几十米外一片高高的树上。看它们的身姿，是喜鹊。我往前走，它们往前飞，那份喜悦欢畅，感染得周围的一切都葳蕤生光。

我录了一段喜鹊的叫声，又拍了两张喜鹊飞翔的照片，发给远方的朋友。

朋友兴奋地问，这是你常说起的奥森北园吗? 一大早看见喜鹊，多么美好。

幽谷清泉自在流

马笑泉

云山的好处就在于它的清静，翠云峰尤甚。仿佛一位养在深闺的玉人，它还没有消受到众多仰慕者和更多观光客的打搅，因而纯是一种天然风光，一派幽寂本色。

说是峰，其实是谷。两旁山丘如锦绣屏障，随形就势，曲折逶迤。入谷即闻流水声，潺潺有如隐士在谷中伴琴闲坐从容拂弦。走二十余步即过一小桥。桥以青石砌就，弯拱如月，不事雕琢，自有一种朴拙之趣。蝴蝶随处可见，皆小巧玲珑，金翅黑斑；双宿双飞，人近之亦不惊慌，似无防备，远没有城市蝴蝶的警惕。我虽然热爱它们的美丽飘逸，却绝没有动手制作蝴蝶标本的企图——我以为它们的韵味就在于那份自在飞舞的灵动。顺便说一句，如果有哪位昆虫尸体爱好者硬是忍不住要动手的话，最好把一对都捉去，省得另一只因失去爱侣，伤心哭泣，落得个憔悴而死的下场——再前行数百步，即见一小湖。湖中之水来自更远的山上，未受一点人工的污染，真正当得起澄净两个字。这样一描述，翠云峰几近神仙境地了。我也确有此感，但同时要提醒一下，谷口有一户人家，家中养狗一只，见生人则狂吠不止，大有上前练习相扑的意思。尽管如此，一有空闲我还是要来谷中，而且，一待就是半天——我需要谷中的清幽之气宛如夏天需要洗澡。洗澡能去掉身上的污垢，到这里来却能洗净心中的尘埃。

星期六上午，我在梯云桥那家著名的粉店吃了碗普粉，出来后买了瓶矿泉水——当然，瓶里装的很可能是自来水。没有坐车，田间小路也不可能让三轮摩托耀武扬威。大约一个小时后，我就晃进了山谷。眼前一切依旧：绿草还没有遭删刈，蝴蝶还没有被捉光，售票亭也还没有找到这里来。但我知道其实一切都在静谧中悄悄变化着：比如上次碰到的那只蚂蚁可能已无声老去，而一朵我不认识的山花将微笑着绽放它最初的风姿。无论是消失还是诞生，都是谷中生命的福分：它们完全遵照自然的秩序，平静度过生命中的每分每秒，既无须费力跟上潮流的超快节奏，也不必挖空心思服用各种补品进行各种手术来逃避自然的衰老。选一处静静坐下，我尽量不去打搅它们——在这里，我只是一个心存羡慕的旁观者，被它们宽容地接纳着——自个儿看云容水态，听风过山林，吐纳草木灵气，体悟生命之道。没有带书来看——这里存在着太多文字无法表现的东西，需要亲身来感受，以心去体悟。也没有带表——山中无甲子，这里的时光从容流淌，是不需要去计算的。这种状态，真好。

直到阳光从西边斜照过来，我才起身，拎着个空瓶子到泉边汲水洗脸。是谷中唯一的泉水，从不可窥测的小岩洞中流出；浅浅的一摊，空明如月光；细沙铺底，两三痕小虾悠游其中。水的冰手自不待言——它才是真正从远古岩层中逸出来的灵物。洗了后，不忍即行，蹲在泉边看虾。一块石头翠生生地逼入眼中。想都没想就探手入水中抓起，生怕谁跟我抢似的，也没注意到小虾们险些被吓晕。果然是块好石，纹理深浅有致，宛如云霞缭绕。我只奇怪先前怎么没有发现。幸亏谷中少人来。站起来走开几步，却莫名其妙地犹豫起来，仿佛做了什么亏心事。我晓得这块石头许多年前就卧于泉中，日日受其滋润，饱蕴山川灵气，已与此泉此谷融为一体，也就是说，这里是它最佳的所在。现在我未经它同意就想把它带回宿舍，摆在书架上以供观赏，以为炫耀，恐怕有点自私哦。如果说是因为我钟爱它，就可以随便给它换地方，那么要是有人说钟爱我，因此要把我塞进展览馆的橱窗里呢？想必我是万难接受的。所以这个理由也不成立。但把它放回去，我又实在有点舍不得。其实带它出谷也不会遇上什么硬性阻拦，但我明了这里的每一棵草每一朵花都在看着我，我不能无视它们的目光。眼前蝴蝶掠过。蝴蝶飞舞的姿势总是灵动飘逸，而把它制作成一件僵硬的标本实在是罪过，因此我从不捕捉蝴蝶，正如我从不摘取鲜花——鲜花的美丽和它的根息息相关。把一朵鲜活的生命与它的根强行分离再供在家中的瓶子里而自称为爱花者，在我看来那是残忍而虚伪的。那么把一块山石擅自带走呢？带到充满汽油味与辐射波的滚滚红尘中去，让它陪我一起受罪？一块石头当然不会开口说话，把它从泉中取出也不会像蝴蝶一样死去，如鲜花一般凋零。但我深信每一种存在都是一个生命，每一个生命都渴求活在最佳的状态中。我难道不是一直在追求这种最佳状态并深厌他人的干扰吗？那我又怎能擅自去移动一块不会抗议的石头，使它与泉水生离，跟山谷惜别呢？一块静卧在幽谷清泉中的石头无疑是幸福而安宁的，而我竟要因一己之私去破坏它最圆满的生存状态。这样看来，我跟那些捕蝶者和折花人又有什么本质上的不同呢？

感到愧疚了。轻轻把石头送回水中，小心地放它于原来的位置。

最后带走的是一瓶泉水。我相信清泉默许了，因为这无损于它自在澄明的本质。而尘世间正需要这样真正的、纯净的、蕴含着自然灵气的泉水。

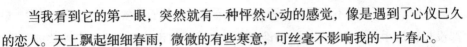

一夜春风李花白

徐光惠

多年前，一个初春的早晨，我无意间闯进了观音岩，与漫山遍野的李花不期而遇。

当我看到它的第一眼，突然就有一种怦然心动的感觉，像是遇到了心仪已久的恋人。天上飘起细细春雨，微微的有些寒意，可丝毫不影响我的一片春心。

进入沟口，环顾四周，一路上的李花开得热闹喧嚣，泼辣辣地无所顾忌。看那一枝枝的白，一树树的白，一串串的白，一团团的白，湿漉漉的白，清亮亮的白，晶莹剔透的白，层层叠叠，相拥成团，如云似雾，霎时，迷乱了双眼。人还在老远，便觉缕缕香气扑面而来，清新淡雅，不着痕迹。田间地头、农舍边、沟溪旁，随处可见李树的身影，枝枝丫丫上全是盛开的李花，热情似火，美而不妖，将整个村庄装扮成一个娇羞的新娘，楚楚动人，风姿绰约。

"李花怒放一树白，遥望疑是春飞雪。"从山脚远远望去，山间芳草萋萋，雪一样白的李花漫山遍野，宛若天际撒下的飞雪，绵延整座山头，俨然一片白雪皑皑的雪域高原。雨，时下时停，漫步在弯弯曲曲的小路上，置身于雪白的花海，愈发多了几分朦朦胧胧的诗意，如梦似幻。

"姿容清丽厌奢华，淡淡平平不自夸。"一朵朵小花薄如蝉翼，仿若凝脂，柔柔的，粉粉的，滑滑的，嫩嫩的，花瓣上挂着晶莹剔透的水珠。它们在枝头勾肩搭背，不时交头接耳，挤眉弄眼，竞相展露自己的芳容。全开的花儿像成熟的少妇，仪态万方，半开的花儿像害羞的姑娘，犹抱琵琶半遮面。还有一些花骨朵儿刚刚冒出头，怯生生地打探着外面的世界。

千树万树的李花枝枝蔓蔓，密密匝匝，将空寂的小道挤了个水泄不通，稍不留神，就与花儿撞个满怀，俏皮地挠挠你的发梢，或亲吻一下你的脸颊。忽而，一缕春风荡漾，花树摇曳暗香浮动，片片花瓣轻舞飞扬，飘飘荡荡，满地落英缤纷，花香夹杂着泥土的香，青草的香。

"妈妈，快看，好多花呀，真好看。"一小女孩开心地叫着，笑得像一朵花儿。不少游人拿着手机在花树前咔嚓咔嚓拍个不停，满眼笑意，一行的文朋诗友漫步在"李花雨"中，触景生情，吟诵起历代称颂李花的诗句来。

宋朝诗人朱淑真的《李花》诗云："小小琼英舒嫩白，未饶深紫与轻红。无言路侧谁知味，惟有寻芳蝶与蜂。"诗句描写了李花的冰清玉洁，赞扬了李花的淡泊与高洁。诗人汪洙有一首《李花》："枝缀霜葩白，无言笑晓风。清芳谁是侣？色间小桃红。"表现了李花的纯净与孤傲。还有唐朝诗人贾至在《春思》中描写道："草色青青柳色黄，桃花历乱李花香。"桃花红艳、瑰丽，李花素雅、含蓄，各有千秋，但一个"乱"字，却让桃花相形见绌。

一路追逐"白云"上了山，从山上往下看，那美更是摄人心魄，惹人春心荡漾。远看，碧绿的田野纵横交错，粉嘟嘟的桃花，黄灿灿的油菜花为满山李花镶上金边，掩映着青瓦泥墙，炊烟袅袅。近处，山间沟壑溪流淙淙，满眼飞雪，薄薄的雨雾氤氲，俨然一幅水灵生动的山水田园画，浓墨重彩，相得益彰，而看花的人在画中。那一瞬间，莫名地感动，整颗心被浸润、融化。

记忆中，儿时的春天总是来得很早。在故乡的山坡和村民的房前屋后，栽种着许多果树，杏树、桃树、李树、梨树、樱桃树。当第一缕春风拂过土壤，一场淅淅沥沥的春雨过后，樱桃花才谢，李花便急急地赶来了。不经意间，便探出一枝李花来，起初还是那般单调，过一日，又有三两枝斜插在青瓦的边儿上。

一觉醒来，在初春暖阳的抚弄下，一个一个花骨朵儿冒出来，一朵挨着一朵，千朵万朵的花们争风吃醋般地绽放在枝头，亮闪闪的，袅袅婷婷，叽叽喳

喳，将沉寂的春天叫醒。成群的蜜蜂在花间吸浆吮蜜，嘤嘤嗡嗡不绝于耳，好不热闹，孩子们披一身花香满村满坡乱跑。李花一枝独秀，花枝招展，点缀着一望无际的田野和村庄，烂漫了整个春天。

李花凋谢，嫩绿的叶子迅速占领枝头，不经意间，密密麻麻的果子便从枝条下冒了出来，一天一天长大。到了端午前后，李树的枝丫被压得越来越低，一个个青涩的李子开始由青转黄，渐渐变得金黄饱满，晶莹剔透，吃起来果肉脆嫩，香甜可口。

"长亭外，古道边，芳草碧连天，晚风拂柳笛声残，夕阳山外山。"在

观音岩绵延起伏的青山绿水之间，有一条狭窄的青石板路，那是历史悠久的千年古驿道，也是古代大足至内江的必经之路，当年商铺、客栈、茶水铺、酒肆、马槽等一应俱全，曾是客商过往的繁盛之地。

直到 20 世纪 60 年代，还有不少村民在这里开小卖部、酒家、旅馆，生意非常红火。如今，踏上这条斑驳的古驿道，依然可以想象和感受到当年的兴盛繁荣，仿佛穿越千年时光，置身在历史的长河中，见证着巴蜀大地的繁华过往和历史变迁。

翻过山梁，踏上古驿道，林间古木苍翠，道旁长满墨色苔藓和杂草，四周寂静，凉风习习，慢慢掀开那段尘封已久的岁月。侧耳聆听，耳边仿佛响起嗒嗒的马蹄声，挑夫的吆喝声，来往的脚步声，不知上演了多少惊心动魄的故事，留下了多少悲欢离合的沧桑。

在千年古驿道的侧面，还隐藏着一条绵延千米的石崖，各种碑文、题记刻于悬崖峭壁下，历代文人墨客纷纷在此立碑题记。题记碑刻或是描绘沿途所观所想，或是为官心得体会，或是人生哲理，内容丰富，与青山绿水浑然天成。

时光流转，古道绵延，多少亭台阁榭消失在历史的尘烟里，漫漫古道历经千年风雨沧桑，静卧在苍茫的群山沟壑间，虽然荒凉空寂，被腐叶层层覆盖，但古道上的每一块石碑，每一级石梯，甚至每一缕风，每一粒尘土都是有生命的，渗透着历史的余温，永不消失。

一年之计在于春。观音岩的父老乡亲日出而作，日落而息，年复一年在这片土地上繁衍生息。观音岩村青山环抱，气候温润，李树在阳光雨露的沐浴下，在乡亲们的殷殷期盼下，丰硕的果实一枝一枝挂在蓝天上，饱满圆润，闪着碧玉的光，散发出成熟的甜香。

近年来，观音岩村着力打造乡村旅游建设，加快产业发展，如今，路面宽了、直了，交通畅通，修建了停车场，村里开起了农家乐，李花更美李子更甜了。每年开花结果时节，远远近近的游客如约而至，络绎不绝，前来观音岩赏花摘李，休闲娱乐，重走千年古驿道。坐在农家小院的李花树下，吃着纯天然的农家饭菜，细品李子美酒，鸟语花香，自在惬意，这不是神仙过的日子吗？

观音岩李花静静绽放，浸润着大地芬芳，让人远离尘世喧嚣，化解心中浓浓乡愁。乡亲们不负春日好时光，种下幸福和希望，过上了红红火火的好日子。

幸福的程序

胡美云

　　周六早上送六年级的小丫头到舞蹈班上课，春意正浓，清风从面上轻轻撩过，瞬间将晨起时的困怠打扫得干干净净的，心情理所当然地好起来。没话找话地和小丫头闲聊着：丫头啊，好好享受你的童年时光啊。多么无忧的童年时光啊，童年是最幸福的了。就像这春天，就像这清晨。

　　一面说着一面还沉浸在这番话所塑就的幸福感里。小丫头倒是挺给力的，适时点头给予赞同，并配以满脸笑意。我却忽地灵光一现有了别的想法：刚刚的话何其的片面啊。

　　遂立即和丫头更正：不对不对。童年固然有单纯无忧的幸福，但是，长大有长大的快乐啊。你看，有成为大学生的意气风发。成年了，就可以光明正大地谈恋爱了。恋爱是多么幸福的事啊。怦然心动，两情相悦，古往今来的人写就了多少优美的诗句篇章。

　　然后呢，幸福的恋爱之后当然是水到渠成的结婚呀。热闹喜庆，接受所有亲朋好友的祝福，和相爱的人组成一个家，所以，结婚当然是幸福的啊。

　　小丫头也来了兴致，一双单眼皮的小眼睛里溢满了笑意，跟着接上：结婚后就会成为爸爸妈妈，会有属于自己的粉粉嘟嘟的可爱娃娃，想想就好可爱，当然也是幸福的事啊——小丫头是个极温暖的孩子，幼儿园时公开宣告的理想就是长

大了当妈妈。

顺着小丫头的话，很自然地想起自己初为人母时，怀里抱着出生没多久的大丫头，隔三岔五地给远在安徽的母亲打电话时，那怎么也诉说不完的满腔喜悦与幸福。

陪伴孩子成长的时光是忙碌而悠长的，所以，成为父母的幸福也是持续感最长的了。那些幸福，来自那个粉嘟嘟的小婴儿成长的每一个新奇的第一次里：第一次发声叫出妈妈或爸爸，第一次蹒跚迈步，第一次握箸夹菜，第一次背上书包留下欢快的背影……

在成长的喜悦里，不知不觉中年将近。关于中年人，当前倒是有个极流行的说法：最是疲惫中年时。之前看白岩松的《白说》，即使成功如他，书中一句"中年是一个前不着村后不着店的地方"，怕是也戳中了不少中年人的痛点。中年时，想的莫不是身边至亲：老已老，幼尚幼。但是，换个角度想一想，上能养吾老，下能抚吾幼，忙忙碌碌便也有了忙忙碌碌的意义与幸福啊。

直至孩子上了大学长大成人走上社会，然后结婚生子，日子忽地安静了下来，这时候，倒是要调整好心情，学着享受娴静人生了，或者三五成群去爬未爬过的山，游未游过的水。

最后，便是到了真正老了动不了的那一天，享受着子女后辈"上能养吾老"的幸福，安然老去。

原来，人生的每个阶段里，幸福的程序早就设定好了啊。所以，那些成长里生活中偶尔的涟漪和风波还有什么可怕的呢？

桃花依旧笑春风

张孺学

初春，故乡那片桃林的桃花盛开了，红红的桃花在春风中摇曳，如诗如画，美得让人陶醉。

那片桃花盛开的地方，是我心中最美的风景。初春时节，春意盎然，不经意间，满坡的桃花就悄悄地开放，忽如一夜春风中，桃花就开得格外地红，红得像诗，红得像画。那朵朵带着露珠的桃花，似乎吮吸了山水灵气，犹如翩翩起舞的仙女，含情脉脉，阳光洒在花瓣上，使它们更加娇艳动人。每当这个时候，我总会有一种冲动，想要走近它们，细细欣赏这如诗如画的美景。

那片桃林以前是生产队的果园，后来承包给一户人家，不管是以前还是现在果园都管理得很好。小时候，这里成了我们最好玩的地方，每到桃花盛开时节，我总会和伙伴们一起去到那片桃花林中，却不是去欣赏美丽的桃花，只觉得在这里玩很开心。于是，在开得十分艳丽的桃花的掩映下，我们追逐、嬉戏、捉迷藏……笑声在桃林中回荡，这片大大的桃林带给我们童年的欢乐，那红红的桃花赋予了我们的天真和美好。

远远望去，桃树在山间连成一片，在四周绿水青山的陪衬下，那开得红红的花朵十分耀眼，就像一片片红色的海洋，在"海洋"之中，偶尔有一些嫩绿的叶子将桃花映衬，真是"万红丛中一点绿"，美极了！走近一点，桃花的形状一目了然，有的才展开两三片花瓣儿，有的全展开了，有的还是花骨朵儿，这么多的桃花，一朵有一朵的姿势，看看这一朵很美，看看那一朵也很美，把整个山间描绘成一幅山水画，更是把春天抒写成一首诗。

长大后，觉得这片桃林就是青春和梦想，也许是因为我读过唐代诗人崔护的《题都城南庄》的诗："去年今日此门中，人面桃花相映红。人面不知何处去，桃花依旧笑春风。"或者听过蒋大为的歌《在那桃花盛开的地方》："在那桃花盛开的地方，有我可爱的故乡，桃树倒映在明净的水面，桃林环抱着秀丽的村庄……"每到桃花盛开，我总是去到桃林里走走，或者独自坐在桃林里，闻着桃花那淡淡的幽香，寻找一种情感的寄托，一种心灵的慰藉。

尤其是在夜晚，明净如水的月光映照着小院，四周显得宁静而充满春天的气息，田野里时不时传来蛙声和小鸟的叫声。难以入眠的我，总是站在小窗前，而小窗外恰好对着对面山间的那片桃林，在夜色的浸润下，这时的桃花变得特别地美，那淡淡的芳香也在风中飘散。我想着桃花一样的女孩走进我的梦中，明亮的眼睛里含着柔情，美丽的微笑里充满着遐想，点缀着我一个又一个不眠之夜。

如今，在县城里生活了多年的我，依然对桃花情有独钟。每到桃花盛开时，总要利用周末回到乡下老家，去欣赏那片桃园里的桃花。前几年，这片果园被流转给了搞农业开发的公司，在原来的基础上扩大了桃花规模，增加了一些花色品种，公路修到了桃林外，供游客吃住的农家乐开到了村里，让这里变成了人们春游观光的好去处。每年桃花盛开，便吸引了四面八方的游人来这里踏青赏花。

正如明代诗人唐寅在《桃花诗》中说："清醒只在花前坐，酒醉还来花下眠，花前花后日复日，花开花落年复年。"故乡那片桃林里的桃花，争奇斗艳，姹紫嫣红，与春天里的百花比美。那粉红色、淡红色、浅红色、深红色的桃花，在春阳的照射下，显得格外美丽迷人。阵阵清香迎面而来，撩拨心弦，思绪飞扬，任人遐想。

故乡的那片桃林里的桃花，开得格外红，桃花依旧笑春风，朵朵诗一样的桃花美了山间，缕缕沁人肺腑的花香醉了乡村。

书籍是心灵的

快乐之源

- S P R I N G -

阿长与《山海经》

鲁 迅

长妈妈，已经说过，是一个一向带领着我的女工，说得阔气一点，就是我的保姆。我的母亲和许多别的人都这样称呼她，似乎略带些客气的意思。只有祖母叫她阿长。我平时叫她"阿妈"，连"长"字也不带；但到憎恶她的时候——例如知道了谋死我那隐鼠的却是她的时候，就叫她阿长。

我们那里没有姓长的；她生得黄胖而矮，"长"也不是形容词。又不是她的名字，记得她自己说过，她的名字是叫作什么姑娘的。什么姑娘，我现在已经忘却了，总之不是长姑娘；也终于不知道她姓什么。记得她也曾告诉过我这个名称的来历：先前的先前，我家有一个女工，身材生得很高大，这就是真阿长。后来她回去了，我那什么姑娘才来补她的缺，然而大家因为叫惯了，没有再改口，于是她从此也就成为长妈妈了。

虽然背地里说人长短不是好事情，但倘使要我说句真心话，我可只得说：我实在不大佩服她。最讨厌的是常喜欢切切察察，向人们低声絮说些什么事，还竖起第二个手指，在空中上下摇动，或者点着对手或自己的鼻尖。我的家里一有些小风波，不知怎的我总疑心和这"切切察察"有些关系。又不许我走动，拔一株草，翻一块石头，就说我顽皮，要告诉我的母亲去了。一到夏天，睡觉时她又伸开两脚两手，在床中间摆成一个"大"字，挤得我没有余地翻身，久睡在一角的席子上，又已经烤得那么热。推她呢，不动；叫她呢，也不闻。

"长妈妈生得那么胖，一定很怕热罢？晚上的睡相，怕不见得很好罢？……"

母亲听到我多回诉苦之后，曾经这样问过她。我也知道这意思是要她多给我一些空席。她不开口。但到夜里，我热得醒来的时候，却仍然看见满床摆着一个"大"字，一条臂膊还搁在我的颈子上。我想，这实在是无法可想了。

但是她懂得许多规矩；这些规矩，也大概是我所不耐烦的。一年中最高兴的时节，自然要数除夕了。辞岁之后，从长辈得到压岁钱，红纸包着，放在枕边，只要过一宵，便可以随意使用。睡在枕上，看着红包，想到明天买来的小鼓，刀枪，泥人，糖菩萨……然而她进来，又将一个福橘放在床头了。

"哥儿，你牢牢记住！"她极其郑重地说，"明天是正月初一，清早一睁开眼睛，第一句话就得对我说：'阿妈，恭喜恭喜！'记得么？你要记着，这是一年的运气的事情。不许说别的话! 说过之后，还得吃一点福橘。"她又拿起那橘子来在我的眼前摇了两摇，"那么，一年到头，顺顺流流……"

梦里也记得元旦的，第二天醒得特别早，一醒，就要坐起来。她却立刻伸出臂膊，一把将我按住。我惊异地看她时，只见她惶急地看着我。

她又有所要求似的，摇着我的肩。我忽而记得了——

"阿妈，恭喜……"

"恭喜恭喜! 大家恭喜! 真聪明! 恭喜恭喜!"她于是十分喜欢似的，笑将起来，同时将一点冰冷的东西，塞在我的嘴里。我大吃一惊之后，也就忽而记得，这就是所谓福橘，元旦辟头的磨难，总算已经受完，可以下床玩耍去了。

她教给我的道理还很多，例如说人死了，不该说死掉，必须说"老掉了"；死了人，生了孩子的屋子里，不应该走进去；饭粒落在地上，必须拣起来，最好是吃下去；晒裤子用的竹竿底下，是万不可钻过去的……此外，现在大抵忘却了，只有元旦的古怪仪式记得最清楚。总之：都是些烦琐之至，至今想起来还觉得非常麻烦的事情。

然而我有一时也对她发生过空前的敬意。她常常对我讲"长毛"。她之所谓"长毛"者，不但洪秀全军，似乎连后来一切土匪强盗都在内，但除却革命党，因为那时还没有。她说的长毛非常可怕，他们的话就听不懂。她说先前长毛进城的时候，我家全都逃到海边去了，只留一个门房和年老的煮饭老妈子看家。后来长毛果然进门来了，那老妈子便叫他们"大王"——据说对长毛就应该这样叫——诉说自己的饥饿。长毛笑道："那么，这东西就给你吃了罢!"将一个圆圆的东西掷了过来，还带着一条小辫子，正是那门房的头。煮饭老妈子从此就骇破了胆，后来一提起，还是立刻面如土色，自己轻轻地拍着胸脯道："阿呀，骇死我了，骇死我了……"

我那时似乎倒并不怕，因为我觉得这些事和我毫不相干的，我不是一个门房。但她大概也即觉到了，说道："像你似的小孩子，长毛也要掳的，掳去做小长毛。还有

好看的姑娘，也要掳。"

"那么，你是不要紧的。"我以为她一定最安全了，既不做门房，又不是小孩子，也生得不好看，况且颈子上还有许多灸疮疤。

"那里的话？!"她严肃地说，"我们就没有用么？我们也要被掳去。城外有兵来攻的时候，长毛就叫我们脱下裤子，一排一排地站在城墙上，外面的大炮就放不出来；再要放，就炸了！"

这实在是出于我意想之外的，不能不惊异。我一向只以为她满肚子是麻烦的礼节罢了，却不料她还有这样伟大的神力。从此对于她就有了特别的敬意，似乎实在深不可测；夜间的伸开手脚，占领全床，那当然是情有可原的了，倒应该我退让。

这种敬意，虽然也逐渐淡薄起来，但完全消失，大概是在知道她谋害了我的隐鼠之后。那时就极严重地诘问，而且当面叫她阿长。我想我又不真做小长毛，不去攻城，也不放炮，更不怕炮炸，我惧惮她什么呢！

但当我哀悼隐鼠，给它复仇的时候，一面又在渴慕着绘图的《山海经》了。这渴慕是从一个远房的叔祖惹起来的。他是一个胖胖的，和蔼的老人，爱种一点花木，如珠兰，茉莉之类，还有极其少见的，据说从北边带回去的马缨花。他的太太却正相反，什么也莫名其妙，曾将晒衣服的竹竿搁在珠兰的枝条上，枝折了，还要愤愤地咒骂道："死尸！"这老人是个寂寞者，因为无人可谈，就很爱和孩子

们往来，有时简直称我们为"小友"。在我们聚族而居的宅子里，只有他书多，而且特别。制艺和试帖诗，自然也是有的；但我却只在他的书斋里，看见过陆玑的《毛诗草木鸟兽虫鱼疏》，还有许多名目很生的书籍。我那时最爱看的是《花镜》，上面有许多图。他说给我听，曾经有过一部绘图的《山海经》，画着人面的兽，九头的蛇，三脚的鸟，生着翅膀的人，没有头而以两乳当作眼睛的怪物……可惜现在不知道放在那里了。

我很愿意看看这样的图画，但不好意思力逼他去寻找，他是很疏懒的。问

别人呢，谁也不肯真实地回答我。压岁钱还有几百文，买罢，又没有好机会。有书买的大街离我家远得很，我一年中只能在正月间去玩一趟，那时候，两家书店都紧紧地关着门。

玩的时候倒是没有什么的，但一坐下，我就记得绘图的《山海经》。

大概是太过于念念不忘了，连阿长也来问《山海经》是怎么一回事。这是我向来没有和她说过的，我知道她并非学者，说了也无益，但既然来问，也就都对她说了。

过了十多天，或者一个月罢，我还很记得，是她告假回家以后的四五天，她穿着新的蓝布衫回来了，一见面，就将一包书递给我，高兴地说道：

"哥儿，有画儿的'三哼经'，我给你买来了！"

我似乎遇着了一个霹雳，全体都震悚起来；赶紧去接过来，打开纸包，是四本小小的书，略略一翻，人面的兽，九头的蛇……果然都在内。

这又使我发生新的敬意了，别人不肯做，或不能做的事，她却能够做成功。她确有伟大的神力。谋害隐鼠的怨恨，从此完全消灭了。

这四本书，乃是我最初得到，最为心爱的宝书。

书的模样，到现在还在眼前。可是从还在眼前的模样来说，却是一部刻印都十分粗拙的本子。纸张很黄；图像也很坏，甚至于几乎全用直线凑合，连动物的眼睛也都是长方形的。但那是我最为心爱的宝书，看起来，确是人面的兽；九头的蛇；一脚的牛；袋子似的帝江；没有头而"以乳为目，以脐为口"，还要"执干戚而舞"的刑天。

此后我就更其搜集绘图的书，于是有了石印的《尔雅音图》和《毛诗品物图考》，又有了《点石斋丛画》和《诗画舫》。《山海经》也另买了一部石印的，每卷都有图赞，绿色的画，字是红的，比那木刻的精致得多了。这一部直到前年还在，是缩印的郝懿行疏。木刻的却已经记不清是什么时候失掉了。

我的保姆，长妈妈即阿长，辞了这人世，大概也有了三十年了罢。我终于不知道她的姓名，她的经历；仅知道有一个过继的儿子，她大约是青年守寡的孤孀。

仁厚黑暗的地母呵，愿在你怀里永安她的魂灵！

入厕读书

周作人

郝懿行著《晒书堂笔录》卷四有《入厕读书》一条云：

"旧传有妇人笃奉佛经，虽入厕时亦讽诵不辍，后得善果而竟卒于厕，传以为戒，虽出释氏教人之言，未必可信，然亦足见污秽之区，非讽诵所宜也。《归田录》载钱思公言平生好读书，坐则读经史，卧则读小说，上厕则阅小词，谢希深亦言宋公垂每走厕必挟书以往，讽诵之声琅然闻于远近。余读而笑之，入厕脱裤，手又携卷，非惟太亵，亦苦甚忙，人即笃学，何至乃尔耶。至欧公谓希深言平生所作文章多在三上，乃马上枕上厕上也，盖惟此尤可以属思尔，此语却妙，妙在亲切不浮也。"郝君的文章写得很有意思，但是我稍有异议，因为我是颇赞成厕上看书的。小时候听祖父说，北京的跟班有一句口诀云，老爷吃饭快，小的拉矢快，跟班的话里含有一种讨便宜的意思，恐怕也是事实。一个人上厕的时候本来难以一定，但总未必很短，而且这与吃饭不同，无论时间怎么短总觉得这是白费的，想方法要来利用他一下。如吾乡老百姓上茅坑时多顺便喝一筒旱烟，或者有人在河沿石磴下淘米洗衣，或有人挑担走过，又可以高声谈话，说米几个铜钱一升或是到什么地方去。读书，这无非是喝旱烟的意思罢了。

话虽如此，有些地方原来也只好喝旱烟，于读书是不大相宜的。上文所说浙江某处一带沿河的茅坑，是其一。从前在南京曾经寄寓在一个湖南朋友的书店里，这位朋友姓刘，我从赵伯先那边认识了他，那年有乡试，他在花牌楼附近开了一家书店，我患病住在学堂里很不舒服，他就叫我住到他那里去，替我煮药煮粥，招呼考相公卖书，暗地还要运动革命，他的精神实在是很可佩服的。我睡在柜台里面书架子的背后，吃药喝粥都在那里，可是便所却在门外，要走出店门，走过一两家门面，一块空地的墙根的垃圾堆上。到那地方去我甚以为苦，这一半固然由于生病走不动，就是在康健时也总未必愿意去的，是其二。民国八年夏我到日本日向去访友，住在一个名叫木城的山村里，那里的便所虽然同普通一样上边有屋顶，周围有板壁门窗，但是他同住房离开有十来丈远，孤立田间，晚间要提了灯笼去，下雨还得撑伞，而那里雨又似乎特别多，我住了五天总有四天是下雨，是其三。末了是北京的那种茅厕，只有一个坑两垛砖头，雨淋风吹日晒全不管。去年往定州访伏园，那里的茅厕是琉球式的，人在岸上，猪在坑中，猪咕咕的叫，不习惯的人难免要害怕，哪有工夫看什么书，是其四。《语林》云，石崇厕有绛纱帐大床，茵蓐甚丽，两婢持锦香囊，这又是太阔气了，也不适宜。其实我的意思是很简单的，只要有屋顶，有墙有窗有门，晚上可以点灯，没有电灯就点白蜡烛亦可。离住房不妨有二三十步，虽然也要用雨伞，好在北方不大下雨。如有这样的厕所，那么上厕时随意带本书去读读我想倒还是呒啥的吧。

谷崎润一郎著《摄阳随笔》中有一篇《阴翳礼赞》，第二节说到日本建筑的厕所的好处。在京都奈良的寺院里，厕所都是旧式的，阴暗而扫除清洁，设在闻得到绿叶的气味青苔的气味的草木丛中，与住房隔离，有板廊相通。蹲在这阴暗光线之中，受着微明的纸障的反射，耽于瞑想，或望着窗外院中的景色，这种感觉真是说不出地好。他又说：

"我重复地说，这里须得有某种程度的阴暗，彻底的清洁，连蚊子的呻吟声也听得清楚地寂静，都是必须的条件。我很喜欢在这样的厕所里听萧萧地下着的雨声。特别在关东的厕所，靠着地板装有细长的扫出尘土的小窗，所以那从屋檐或树叶上滴下来的雨点，洗了石灯笼的脚，润了踮脚石上的苔，幽幽地沁到土里去的雨声，更能够近身地听到。实在这厕所是宜于虫声，宜于鸟声，亦复宜于月夜，要赏识四季随时的物情之最相适的地方，恐怕古来的俳人曾从此处得到过无数的题材吧。这样看来，那么说日本建筑之中最是造得风流的是厕所，也没有什么不可。"谷崎压根儿是个诗人，所以说得那么好，或者也就有点华饰，不过这也只是在文字上，意思却是不错的。日本在近古的战国时代前后，文化的保存与创造差不多全在五山的寺院里，这使得风气一变，如由工笔的院画转为水墨的枯木竹石，建筑自然也是如此，而茶室为之代表，厕之风流化正其余波也。

佛教徒似乎对于厕所向来很是讲究。偶读大小乘戒律，觉得印度先贤十分周密地注意于人生各方面，非常佩服，即以入厕一事而论，后汉译《大比丘三千威仪》下列举"至舍后者有二十五事"，宋译《萨婆多部毗尼摩得勒伽》六自"云何下风"至"云何筹草"凡十三条，唐义净著《南海寄归内法传》二有第十八"便利之事"

一章，都有详细的规定，有的是很严肃而幽默，读了忍不住五体投地。我们又看《水浒传》鲁智深做过菜头之后还可以升为净头，可见中国寺里在古时候也还是注意此事的。但是，至少在现今这总是不然了，民国十年我在西山养过半年病，住在碧云寺的十方堂里，各处走到，不见略略像样的厕所，只如在《山中杂信》五所说：

"我的行踪近来已经推广到东边的水泉。这地方确是还好，我于每天清早没有游客的时候去徜徉一会，赏鉴那山水之美。只可惜不大干净，路上很多气味——因为陈列着许多《本草》上的所谓人中黄。我想中国真是一个奇妙的国，在那里人们不容易得着营养料，也没有方法处置他们的排泄物。"在这种情形之下，中国寺院有普通厕所已经是大好了，想去找可以瞑想或读书的地方如何可得。出家人那么拆烂污，难怪白衣矣。

但是假如有干净的厕所，上厕时看点书却还是可以的，想作文则可不必。书也无须分好经史子集，随便看看都成。我有一个常例，便是不拿善本或难懂的书去，虽然看文法书也是寻常。据我的经验，看随笔一类最好，顶不行的是小说。至于朗诵，我们现在不读八大家文，自然可以无须了。

请和我的书聊聊

崔修建

朋友是一位文学发烧友，还是一位藏书家。走进他那书籍琳琅满目的书房，一行特别醒目的字，瞬间便令我如坐春风："感谢有缘相识，请和我的书聊聊。"

红尘喧嚷，屏蔽周遭的嘈杂，取一本书，坐下来，轻轻抚摸那些有温度的文字，静静地与陌生的作者聊聊，或与书中某个喜欢的人物聊聊，关于逝水流年、人间草木、生活琐事，甚至一些理不清的心绪，因一份缘展卷，敞开心扉，倾听或倾诉，一如面对心心相握的朋友。

我怀恋与书亲密相拥的少年时光，那份纯净的浑然忘我，像珍贵的老照片。

彼时，在书籍匮乏的乡村，一辈子种地为生的老叔，偏偏爱上了读书，不知他花费了多少辛苦，不知他花了多少钱，他居然拥有两大箱子藏书，既有名著，也有流行的武侠小说。他每年还会订阅十多种杂志，随时倾听八面来风，遍览天下风景。

我始终认为，老叔是乡村里真正的富翁，他在雨天里倚窗而读的剪影，是一幅油画的样子，也是一首诗的样子，是我一直欣赏的美。

犹记得，北方漫长的冬日，屋外飘着洁白的雪花，天地间一片苍茫，室内火炉子上，铝水壶冒着热气。坐在暖暖的土炕上，我与老叔各捧一本书，沉浸于色彩斑斓的文字世界。

不知不觉间，冬夜已深，我揉揉生出倦意的眼睛，仍恋恋地不肯释卷。

这时，老叔递给我一只外焦里嫩的烤土豆，让我补充点儿能量，问我是不是又想彻夜不眠地读下去。

我眼不离书："这么好的书，不一口气读完，我根本睡不着啊。"

老叔笑了："好书多得很，你永远也读不完，再读一会儿，就赶紧躺下吧，你不困，书还困呢，书也要休息呢。"

"书困? 书也要休息?"这是我第一次听到对书如此体贴的关心。

让书休息了，我与老叔习惯性的卧谈又开始了，从书中随便拎出一个话题，就像从线团上扯出一个线头，你来我往，东连西接，七转八转，我俩既是在闲聊读书的感受，也是在与那本暂时放下的书畅聊。

与一本书聊聊，也许是一次探访，也许是一次找寻，也许是一场切磋，也许是一番争论，正如一位诗友所言，那是"与书的美好纠缠"。

著名作家麦家在杭州开了一间书屋，起了一个叫人浮想联翩的好名字——理想谷。天南海北喜欢读书的人，谁都可以走进来，浏览麦家亲自挑选的各类佳作，抽取一本自己喜欢的，或临窗而读，或席地而读，或倚书架而读，自由而轻松，只消将自己交与手上这一卷，与之倾心交谈，或许是历史风云地理风貌，或许是山川草木花鸟鱼虫，或许是人间冷暖爱恨情仇，或许是玄奥哲学妙趣逻辑……每一本书都有思想、有感情，像我们的朋友，有的睿智，有的博学，有的深邃，有的朴素，有的风趣，有的多情……与之敞开心扉畅聊，会开阔视野，会有思想碰撞，会有情感共鸣，会获得新知，会陶冶性情，其间之乐，其间之美，有时"只可意会不可言传"。

去省图书馆查资料，我遇见一位年过九旬的老教授，见他正翻阅一本有关建筑学的厚书，惊讶地问他，还在搞学术研究? 他笑答: 不搞研了，但忍不住过来翻一翻，就当是跟老朋友们见个面，在一起聊聊天。

我心生感动: 原来，可以一生聊天的朋友，也可以是一本自己喜爱的书。

很欣赏那样美好的阅读景象: 怀一份好奇，怀一份渴望，走近书，走进书，再走出书，饶有兴致地与书倾心交流，新知也好，老友也罢，风花雪月也好，柴米油盐也好，只要聊得惬意就好。

摊开自己

李建明

人到中年，多事之秋。生命的叶子零星地开始落了，隔几天就有亲人朋友离世的噩耗，请柬和发丧的纸钱一样多，看不惯官场的钩心斗角，却也不得不混迹其中；看不惯商场的尔虞我诈，却也硬着头皮乱闯；看不惯情场的喜新厌旧，却也对糟糠眉头紧锁。

心晦暗了，日子就变得纠结，人也变得拧巴。

一日闲逛，在一小摊前要了一份鸡蛋灌饼。几张圆圆的饼，把热腾腾的锅填得满满的。每一张饼，都尽可能地摊开自己，贴着油润的锅面，本来无味的面食，在热与油的煎熟中得到升华，变得焦黄，变得香喷喷的。做饼的师傅把饼翻个个儿，另一面亦全然地摊开，热切地贴着锅面，一会儿，做饼的师傅在饼上划开一个口子，灌入鸡蛋，待饼熟后，又在饼面上撒调料、抹上酱，加上菜叶后一卷，递给我，吃在嘴里，美上心头。

我仔细回味那个过程：饼在锅面上的时候，是全然地摊开的，摊开自己，才能让油、热、鸡蛋和调料均匀地进入自己，然后，变成一顿美味；饼若是拧巴、疙瘩在一起，它也很难被煎熟，鸡蛋、调料也很难被它吸收、融合，因为饼是摊开的、柔软的，所以，油和各种调料的滋味才能浸入、融合到它的内层，进入它的心里。

这和人活着的道理多么像啊！人有时候痛苦、纠结，就是把自己活成了一种拧巴、疙瘩的状态，自己的思维与不喜欢的人、不如意的事儿拧巴、纠缠在了一起，成为一团疙瘩，感受不到生活中的种种乐趣。如果，人能摊开自己，变得柔软，热情地去贴近生活，生活中的各种滋味，才能润泽自己的表面，浸入到自己的心里。

人的双手，握紧的时候，就会紧张、吃力和紧绷，而摊开的时候，就会感受到轻松、自在和舒展。人与人相处也一样，小时候，可能都是双手摊开的状态，没有顾忌，没有心结，和小伙伴是一种轻松的玩乐关系。长大后，在各种关系中，人的双手已不能完全地摊开，让对方看见自己手里都有什么，人的手开始回拢，

开始握紧，开始掩藏，握着的手中，有着不愿与人袒露的心事，握着的手里，有了心防，有了戒备。人与人，越来越难以享受到彼此摊开的快乐。

有时候，对身边的人，对家人和朋友有误会和不满的时候，若是没有摊开心扉，不理解、不满就会在心中发酵，酝酿更大的不满和暴风雨。若能摊开自己的心结，各种误会就会在沟通中逐渐消除，让彼此的关系更为融洽。

章鱼，摊开自己，才能获得最大的捕猎空间；狮子，摊开自己，才能更好地休息，为了更有效地捕猎储备体能；云，摊开自己，才能变得更轻盈舒展。

拧巴自己，是把生活之味排斥在了心外；纠结自己，是在聚合更大的烦恼；摊开自己，烦恼方可散去；摊开自己，心结方可打开。

摊开自己，生活里的酸甜苦辣，才能入味；摊开自己，尘世里的人情冷暖方可入心。

且做书虫偷懒

冯剑芳

微博上看到 19 世纪德国浪漫主义艺术家卡尔·施皮茨苇格的一幅作品：一间昏暗的藏书室里，四壁都是直达天花板塞满书的书架。一位衣着寒酸，白发苍苍的老先生，略伸脖子，探出头来，眼睛紧盯着左手摊开的书，隆起的鼻尖似乎就要贴住书页；右手的书还没来得及合上却因为失宠向下倾斜，双腿间夹着的厚厚的书册更是醋意大发，悄悄地加大重量，老人不得不膝盖略弯，上身略向前倾，似乎早已忘记自己站在一人多高的梯凳上。明亮的阳光透过天花板照在老人和他面前的书上。

这样一幅静穆安详的画，法国学者将画名译为"图书馆里的老鼠"，它指的是那些整天埋头读书的人。那些强迫自己大量阅览的博学者就这样被比作为"图书馆里的老鼠"。老鼠过街——人人喊打，即使是在文明古国的我国，跟鼠一沾边准没好事——"耗子啃书——咬文嚼字"就用来嘲讽那些故意卖弄自己学识的人。但是怎么能用"图书馆里的老鼠"来比喻那些博学多识之人呢？

南朝齐藏书家陆澄，江苏苏州人，好学博览，行、坐、食手不释卷，是当时的大学问家，世人有不明之事，皆求教于他。时，王俭与其交谊最深，他与陆澄谈论文史数百条，皆无遗漏，王俭乃叹服自不如，戏道："陆公，书橱也！"

明朝江苏常熟陈济，自幼强学博记，读书过目能诵。口诵手抄，经史百家无不贯通，明成祖以布衣召他担任编纂《永乐大典》的总裁，执笔者凡遇到疑难问题就请教陈济，他应答如流，相当于我们现在的"小度"吧！明成祖称其为"两脚书橱"，还让他做五位皇子的老师。

即便是朋友戏称，帝王御赐，私下觉得这"书橱"之称谓略显呆板木讷，未若"书虫"谓之亲切可爱。

"书虫"者，一纵一伸，驰骋于古今中外之间，纵横于万千气象外。

它亦俗亦仙，"嚼梅咽雪"，"朝饮木兰之坠露兮，

夕餐秋菊之落英"，无不可也！它匍匐在板桥郑燮阶前的竹叶上随晚风摇曳，赏"满身凉露一天星"；随落花落在王安石的衣襟上"缓寻芳草得归迟"；伏在王蒙的《黄庭》下，闻"紫藤花落鸟相呼"；在窗棂间看杜耒"晓起旋收花上露，窗间闲写夜来诗"；与侍僧饶节"挽石枕头眠落叶，更无魂梦到人间"；蜗居于白菊之内，窥司空图"此生只是偿诗债，白菊开时最不眠"；栖息在西湖苏堤的梅树上"不为繁华易素心"，在董其昌的《兰》里轻嗅"习习香从纸上来"。

它跟着朱生豪"在茅亭里看雨，假山边看蚂蚁，看蝴蝶恋爱，看蜘蛛结网，看水，看船，看云，看瀑布，看宋清如甜甜地睡觉"。

它要在鲁米的诗歌里化成向死而生的飞蛾，因为"一团生的火焰，胜过一千个死的灵魂"。

它在杏花树的枝丫上，一朵杏花把它含在唇齿间，因为画家黄永玉写给沈从文的信里说："三月间杏花开了，下点毛毛雨，白天晚上，远近都是杜鹃叫，哪儿都不想去了……我总想邀一些好朋友远远的来看杏花，听杜鹃叫。"它等他们。

流沙河写给妻子："我只想有你和我在一起，劳碌终日，自食其力，谢繁华，绝交游，乐淡泊，甘寂寞，学那拙技的鹪鹩，营巢蓬蒿之间，寄迹桑榆之上，栖不过一枝，飞不过半里，啾啾唧唧，唱完我们的一生。"它情愿在它们搭巢的"蓬蒿之间，桑榆之上"，孵万万千千的虫卵，让这对贫贱夫妻顿顿饱餐。

汪曾祺说："文求雅洁，少雕饰，如春初新韭，秋末晚菘。""晚菘"，第一次听到大白菜还有如此铿锵之气的英名，它要在脆生生的菜叶里安度一冬。

木香……春末新叶生蕾，初夏开花，花开高架，满栅生香，亦称锦栅儿。"花开高架，满栅生香"，单听着就美啊！"嗯——我伸个懒腰，爬过就好。"它轻轻蠕动着它的小脚丫。

做个"书虫"真好！——"独与天地精神往来而不敖倪于万物，不谴是非，以与世俗处。"

是夜，天高夜晚，残月云舒卷。抛下俗尘都不管，且做书虫偷懒！

墨 香

曹淑玲

墨的香，很小众，不腻，不浮，静静地幽居在书房里，不善抛头露面。

小时候，我常闻墨香。

父亲好书法，常躲在一间小屋子练习。我觉得那屋子狭窄荫蔽，一脚踏进去，仿佛掉进一眼干涸杂乱的深井里，里面堆满母亲放的旧衣物、破盆罐等杂物。一天，父亲从大队部视若珍宝似的搬来一张覆满灰尘的旧桌椅，仿佛一阵风吹来，都要散了骨架。母亲像迎娶待嫁的新娘，擦洗拾掇了小半天，后又刷上一层枣红色的油漆，放在院中通风，晾晒。几日后，这张桌椅的残破人生像被上帝亲吻过，散发着一种温暖与仁慈的光芒。

一个阳光灿烂的正午，父亲把焕然一新的桌椅搬进屋内，挤在东墙一隅之地，似供奉神明一样虔诚地把笔墨摆上。从此，寂寞冷清的屋子迎来了主宰它的王，缕缕墨香之气如淡弱的烛光一般跳跃在小屋内，蛰伏陈年之久的霉尘之味烟消云散了。

盛夏的夜晚，当我们因燥热烦闷的天气怨气冲天，被溽热逼迫着，不得不拿着蒲扇跑到屋外乘凉时，唯独父亲像古刹高僧一样静坐在书桌前，执笔，蘸墨，墨色洇在粗糙的宣纸上，也洇在我年少的心上。我甚至遥想，某个夜色笼罩之时，会不会像聊斋故事里讲的那般，当父亲俯身习练书法时，也有一个蛾眉淡扫，衣袖着香的女子飘进来。

过年了，村里很多人都要请父亲写春联，父亲总是满口应下来，然后去集市上挑选质地最好的大红纸。一张张灿若红霞的纸，一缕缕清雅幽然的墨香，让父亲的小屋添了明艳的色泽。看墨在纸上透迤远走，忽然觉得父亲真的是一位得道的老僧，不管人生几经风起云涌，总是秉承宽容豁达之意，笃定自信地行走……

墨香染了父亲的骨，父亲懂了墨香的魂。

阳光大好的时候，父亲会带着我，去各个人家送春联，看着父亲亲手写就的春联贴到门上，墨的香似一条清浅的小溪在我年少的生命里淙淙流淌。

父亲老了，如一块老墨，独自幽居在老屋，几次劝解，都不愿与我们同住，他说有母亲留下的老屋，有墨有笔，就够了。

习墨久了的人，墨早已化身最终的陪伴和最真情的知己罢，墨度己也度人。

想起黄永玉年少的故事。有次，他无意间走进一处院子，满满一院子的玉兰花，像几千只灯盏那么闪亮，全长在一棵树上。他大着胆子爬上树，想摘了几只，刚上得树去，底下站着一位秃了顶，留着稀疏胡子的老和尚。黄永玉顽劣，丝毫不惧，对自己摘花之事并无悔意。老和尚邀请黄永玉进屋子玩，极简朴肃疏的屋子，靠墙一张桌子，桌子上摆着几个笔筒，几支笔，一块砚台，一堆纸张。年少轻狂的黄永玉冲口就说，你还写字送人？这字不好，没有力量。可当得知丰子恺，夏丏尊竟然是老和尚的学生和朋友时，少年心里隐隐怀了无限的钦佩，求老和尚为他写一幅字。几日后，老和尚走了，留下一幅字"不为自己求安乐，但愿世人得离苦"，少年号啕大哭，心上纵横的沟壑被老人留给他的墨色荡平。

也曾想执笔习墨，让墨香染进生活里，可又深知，墨太重，己心太躁，还浸不到墨色里去。便长长久久期待着，多年之后，自己老成一块墨，在人生泛黄的纸页上奔涌、延宕。

那个二楼书店

刘草心

在留港的最后一天，去了旺角，打算买几本港版书。从地铁里出来，就被拥挤的人群给震惊了。

马路狭窄，两边是令人眼花缭乱杂乱无章的店铺。因为铺面租金太贵，每个店铺拥有的空间并不多，于是拼命地向上发展，各店牌在空中一个挨着一个地延伸到马路中间。在旺角，仰望星空这类带有哲学意味的活动可能变成仰望店牌的商业行为了。整条街充斥的是疯狂的物质欲求和金钱欲望，那么书店，你又在哪里？

从花花绿绿的招牌里终于看到一线清新风景，顺着店牌指引，在冠冕堂皇的店铺空隙间，找到只容两人擦身而过的楼道。扶摇而上，发现楼上原来聚集着各种杂七杂八的小店，而书店安静地立在一个小角落里。店门没有过多的装潢，普通的家居式铁门上面也没有店牌，只是用大海报贴在铁门上起个指示作用。推门而入，恍惚间像是步入另一个世界。书店好似用旧民房改造的，20平方米的空间，一排排书架紧紧贴在墙上，满满地摆着一本本书，中间的过道也被充分利用，两个书架与墙壁平行，留下的空隙极小，只能让两人侧身而过，如果你的身体体积稍微庞大点，那么对不住了，绕回去吧。书的摆放并不像内地一样规规矩矩，因为空间的狭小，地面上也会随意放着一沓书，所以书架是书，过道是书，地面还是书。香港的书店大多是以台版书和港版书居多，也有一些外文原版书。台版

书是大头，特别是在前几十年，由于与内地的隔绝，香港的中华文化启蒙几乎全部倚赖台湾。

梁实秋、林语堂、余光中、李敖等都是令无数读书人顶礼膜拜的台湾文化名人。所幸如今的香港也有了如陈冠中、马家辉一类的本土文化人。这些人正是当年从"二楼书店"里汲取营养，而毅然走上文学这条光荣的荆棘之路的。

其实，开个书店真的不容易，特别是在寸土寸金的旺角，绝佳的铺位早已被大牌和时尚霸占，那么书店只有颠沛流离、无奈地搬去"高处不胜寒"的二楼、三楼甚至六楼、七楼，连"二楼书店"这个令人心酸的名字都无法保全。

高度的商业文明生产出的是一群群对品牌潮流和廉价商品趋之若鹜的消费者，缺乏的是甘于寂寞的灵魂净化者。可是，尽管前路渺茫，总有那么一些"大傻"们坚持着，用他们的一生来坚守。青文书屋的主人罗志文先生，香港二楼书店的泰斗级人物，不管是在文学光荣还是不光荣的时代，都始终对书保持着一颗赤子之心。步履维艰地坚持了20年的他就像是德拉克洛瓦——《自由女神领导着人民》画中那位挥舞旗帜的自由女神，纵使前方是荆棘铺地，纵使会成为炮灰，可依旧昂然挺立着，指引着后辈前行。2008年，这位理想主义者，香港二楼书店的核心，在他一手创办的青文出版社的陈列室里逝去，是被20箱书给压死的。得知这个消息，心中一阵悲凉。战士死于战场，书生葬于书籍，是宿命，是定数，是悲哀还是幸福？对这样一个把一生奉献给书的人，最终在书的怀抱里逝去，我希望答案是后者。

书店里顾客背对背在狭迫的空间默默地读书，但是一颗颗纯洁、渴望知识的心却得以无限地延伸。尽管楼下喧嚣声不断，尽管金融风暴仍然肆虐，尽管时尚瞬息万变，但是通过那一道道回环往复的楼梯，把日常生活中种种琐碎和烦恼通过攀登这种仪式渐渐地释放出去。在这一方小小的天地气定神闲地取一本书，读一本书。《小王子》中，有这样一句话："沙漠之所以美丽，是它在什么地方隐藏着一眼井。"或许香港就是那个神秘而美丽的沙漠，而逐渐失去领地的"二楼书店"就是那隐藏得深深的一口井。

在图书馆"读"万年青

何志坚

最近常常泡在图书馆。当我坐在铺满细碎阳光的藤椅上，畅游书海时，内心的幸福感满满。

角落边上的万年青，如人一般高，特别是葱郁的绿意让人感受它的生机勃勃，翠绿色的叶子向四面八方恣意伸展，贪婪地吮吸着初夏的甘露，仿佛一块块剔透无瑕的翡翠。靠近它，就像靠近蓬勃的生命，你会像它一样充满力量，永不凋零，无论面临的是寒风暴雪，抑或阳光雨露，依然昂然而立，欣欣向荣。

不知道为什么会选择在图书馆里放万年青，而不是其他植物，我想应该是它的生命力比较旺盛，而且比较好管理，不用时常施肥淋水，照样能活得好好的，似乎没有什么可以让它枯萎。只要还有空气和光，它就能存活。也许是它和知识一样，能丰润人的灵魂与思想，激励我们要积极向上，热爱生命，那份葳蕤的绿看着就让人怦然心动，浑身充满克服一切艰难险阻的斗志与力量。

我喜欢甚至迷恋图书馆的氛围。仿佛每个沉迷于书香的读者都是一道迷人的风景线。我喜欢待在露天的自学厅里看书，在那可以身披和煦的阳光，与碧绿的万年青为伴，空气舒畅，环境温馨而静谧，知识与自然的契合，使之弥漫着浓厚的人文气息。阳光透过顶层的玻璃，稀疏地散落，飘浮着，"绿"与"光"成了图书馆里永恒的主题。

大厅中间疏落有致地摆着几张圆桌与仿藤椅。四周是宣传栏，展现家乡的起源来溯、历史人文与风土人情的介绍，以及党的百年辉煌与光辉历程。厅正中挂

着一幅异常醒目的横幅"倡导全民阅读，建设书香社会"，侧墙则是一排耀眼的红字"阅读改变命运，知识创造幸福"。厅四角是四盆绿意盎然的万年青，靠阅览室一侧是饮水机和小型书架，上面摆放着色彩斑斓的杂志。另一侧的白板上贴满各种书籍的推荐语及大意提纲。

"人类生活的蓝色家园是生机盎然，充满活力的。在动物界，人们经常用'朝生暮死'的蜉蝣来比喻生命的短暂和易逝。因此野生动物从不'迷茫'也不会'抱怨'，只会按照自然的安排，去走完自己生命的历程……"我的目光在白板上睃寻着，《荒原生命的奇迹》这本书的简介深深吸引了我。

犹如醍醐灌顶，我忽然顿悟，在图书馆里放置万年青的缘由。这象征着一种精神与品格。生存是残酷的，但也是美好的，我们每一个人都在演绎着自己独特的生命传奇，即便身处困境，也要活成一道沟渠里最亮的光，即便是朝生暮死般短暂，也可以活成一抹最葱茏的绿，如万年青般。

"读"万年青，就像读一本好书，让人心灵澄澈，豁然开朗。恍若读青、读绿、读和谐、读静谧。读那"山路元无雨，空翠湿人衣"的韵，读那"陵岭耸逸峰，遥瞻皆奇绝"的险，读那"古木无人径，深山何处钟"的幽，读那"一水护田将绿绕，两山排闼送青来"的趣。

读书累了时，眼睛一触碰到那抹葳蕤的绿，便完全没有了倦意，身上的病痛也飞到了九霄云外。仿佛看到青山碧水，听到清冷的泉音及啾啾的鸟鸣。心中更是如"呦呦鹿鸣，食野之苹"，浑身畅快，心旷神怡。

我爱图书馆，也爱万年青！

与书为伴，温暖前行

才春新

喜欢读书，喜爱文字，每当自己的小文散发着墨香绽开笑脸的时候，一朵朵幸福的小浪花，就会在心海间一层层地荡漾开来，那种感觉美极了。

与书结缘，特别感谢大姐。

我家在一个偏僻的小山村。那年母亲生病，大姐初中没毕业就辍学了。大姐那时是班里数一数二的好学生，记得老师还来家里劝学，但她说自己是家里的"大头顶"，理应为父母分忧。

其实大姐特别喜欢上学。即便弃学务农，她也非常喜欢读书。记忆最深的一个场景，就是绿草如茵的山坡上，微风习习，毛驴在树下悠闲地吃草，大姐坐在土坡上，手里捧着一本书聚精会神地看。那场景就像一幅画，总挥之不去地印在我的脑海里。

最初，大姐的书是从镇上图书馆借来的，大姐逢集时顺路去借书，因为图书馆就在离学校不远的路上，所以归还的时候，我就成了大姐的小跑腿。那实在是一件美差！我也喜欢这些书，虽然有的书根本看不懂，但也压制不住心中的好奇。大姐怕我耽误功课，叮嘱要尽快归还。所以，我只能在半路上偷偷地扫几眼，匆匆地翻几页，到图书馆的门外还忍不住嗅嗅书香，然后恋恋不舍地送进去。那时，心中就像种下了一颗种子，萌生了读书的渴望。

大姐看书范围广，不仅有国内作家的，还有国外名著，清晰地记着几个外国书名，有《基督山恩仇记》《包法利夫人》《钢铁是怎样炼成的》等等。

后来，伴随党的惠农政策，家里的日子渐渐有了起色。果园里的果子成熟时，大姐骑上自行车，和爸爸一起去周边各个集市上卖。大姐个子不高，路又不是很好走，她来回都是满头大汗，很辛苦。果子卖钱买油盐酱醋等家用，有些宽裕的时候，爸就说给她买件新衣服吧，大姐总是摇头，直到后来爸爸答应给她在邮局订了两本杂志，她才开心地笑起来。那杂志一本叫《人民文学》，另一本叫《启明星》。

我只记得《人民文学》是一本很厚的书，而《启明星》是一本略薄的书。家里有了书，就有方便条件，我也可以在空闲时翻上一翻。当然，那时还是不太懂，

但总能记住一两句好听的句子。大姐写日记，我便也偷偷地看，她日记中好听的话也时常被我窃来，然后堂而皇之地用在自己的作文里。所以，我的作文在班里常常被老师夸奖。我想，正是从那时开始，读书的兴趣变得越来越浓。

生活是一条漫长而又曲折的路，路上有草绿，有花开，也有杂生的荆棘。那年"耗子花"开的时候，我和姐姐奔跑在阳光下，我和姐说，这花真美！姐说秋下它就变成"白头翁"了。那年"白头翁"随风摇曳的时候，姐的眼里有一丝莫名的忧郁，我听见她轻轻地说："叹今生谁舍谁收？"一辆小毛驴车拉着大姐出嫁了！大姐带走的只有简单的两套行李，而给我留下了一摞书，还有我曾经偷看的那本日记……

流光一闪很多年。大姐的日子一直过得很艰辛，她经历了很多凄风苦雨。如今，尽管鬓发如霜，尽管背脊微驼，但她从来没有向命运低头，一双泥渍渍的手，不辞辛苦地为亲人撑起一片蓝天。

姐姐曾坦然地说，有时真的很累，甚至怀疑自己到底是在努力奋斗，还是一直在不停地挣扎。而她也说，每当怀疑人生的时候，心底便升起一丝不屈的信念，那正是曾经的书籍，在她心底燃起一簇不熄的篝火，给她温暖，给她希望，给她勇气！

我虽然没有什么成就，但是每一篇被心灵焐热的文字，像一朵朵朴素的小花开放在广阔的原野上时，不仅能够带给我无限感动，也带给大姐很多欢喜，因为她一直是我最忠实的读者。

人生的路上，难免有风风雨雨，但无论途经多少困难，我和姐姐都感谢书籍给我们带来安抚和力量。与书为伴，用文字取暖，坚信冬天再冷，生命的春天必定如约而至。

镜中岁月书中人生

战 鹰

读书，于我而言，仿佛是一场跨越时空的旅行。在文字的海洋中，我寻觅着前人的足迹，聆听着古人的心声，感受着世间的百态。

记得儿时，村外的田野上，我背着书包，踏着夕阳的余晖，手中紧握着那本破旧的《背影》。朱自清的笔触细腻而深情，我仿佛看到了那位默默付出的父亲，在岁月的长河中渐行渐远。那时，我尚未懂得生活的艰辛，但已懂得感恩与分担。

鲁迅的《阿Q正传》则带给我对社会的深刻思考。阿Q的形象跃然纸上，他的盲目自大、胆小虚荣，以及那个封建社会的缩影，都在我幼小的心灵上留下了不可磨灭的印记。我为他的命运惋惜，更为那个时代的百姓叹息。

随着岁月的流转，我步入了初中的校园。那时的我，怀揣着对文学的热爱，竟不自量力地开始写诗。每一字每一句，都寄托着我对生活的理解与憧憬。那些寄往报社的稿件，如今想来，或许只是青涩岁月中的一份美好回忆。

如今，阅读的条件已今非昔比。纸刊、电子刊、公众号……各种文体应有尽有。在这个信息爆炸的时代，我仍然钟爱于那一本薄薄的纸质书。喜欢在淅沥的小雨中，或是飘雪的夜晚，或是寂静的深夜，手捧一本书，品味其中的韵味。

书，犹如一面镜子，映照出生活的多姿多彩。在《百年孤独》中，我见证了布恩迪亚家族的兴衰荣辱，感受到了时间的无情和人生的无奈。在《家》《春》《秋》中，我看到了旧中国的没落与腐朽，封建家庭礼教的残酷与黑暗，以及年轻人的彷徨与抗争。这些文字，如同历史的见证者，让我更加深刻地理解了那个时代的人们。

参加工作后，我开始阅读名人传记，如《曾国藩家书》《王阳明传》等。这些书籍不仅增长了我的生活智慧，更让我在忙碌的工作中找到了一丝宁静。而网络小说和散文，则成为我放松心情的良药。在文字的海洋中遨游，我仿佛置身于一个远离尘世的仙境。

读书，让我领略了草木的深情："孤村落日残霞，轻烟老树寒鸦，一点飞鸿影下。青山绿水，白草红叶黄花。"读书，让我感受到了岁月的静好："看山看水独坐，听风听雨高眠。客去客来日日，花开花落年年。"这些文字，如同一个个美丽的画面，在我的脑海中浮现，让我陶醉其中。

在书中，我观斜阳舟横，看楚天舒展，叹山川巍峨。我领略着坚守信念的魅力，感受着为官者的忧国忧民，为民者的仁爱之心。这些文字，如同一盏盏明灯，照亮了我前行的道路，让我在人生的旅途中更加坚定。

镜中岁月，书中人生。在文字的海洋中，我不断寻觅、思考、感悟。愿这份对文学的热爱，能伴随我走过每一个春夏秋冬。

老派读书人

马笑泉

不知不觉间，我在还不算老的年龄段，成了一个老派读书人。其实说不知不觉，是有些与事实相悖的，在认识到此点时，简直可用惊觉二字来形容。只是在此之前，委实是不知不觉。

枕边人靠在床头，捧着一枚阅读器，兰指轻滑，上百万字的网络小说竟可于无声无息间翻过。这是十年之前的事了。当初出于新奇感，我也用过那枚阅读器，于参加别人婚宴等待开餐时掏出来消解无聊，确实轻便，而且经济。网上有海量的电子书籍可供下载，这巴掌大的一枚，竟抵得上半个小图书馆。然而，这种阅读对我而言，是难以进入的。同样的文字，在纸上是带着体温的，出现在电子屏幕中，就变得冷冰冰，仿佛被阅读器的材质给同化了。我很快把阅读器还给了她，继续捧读纸质书籍。单从这读书的形态来看，并排靠在床头的两人，一个是现代，一个是古代。只是这古代人还理直气壮地占据了家中书柜大部分空间，出门旅行，也要往箱中塞上厚厚的两大本。其实我出外还要带上笔记本电脑的，里面也存着一些电子书籍，那是因为难以买到纸质版，从网上下载的。我把它们打印了出来，装订成册，再裁张两指宽一指半长的宣纸，用毛笔题上书名和作者名，贴在封皮上。这是更老的做派了，我却不惮其烦，并从中享受到一份幽微的乐趣。这种幽古行径，在那些连阅读器都不用，直接于手机上阅读的人看来，恐怕是近于腐朽。手机阅读越来越盛行，等到微信一出，在地铁上举目四顾，满是低头看朋友圈和公众号的人，独我手捧一卷，显得甚为打眼。偶尔也能碰到另一个如我般阅读的人，相视一笑，复各自埋头。我在心里说：我不以手机阅读为非，也请诸君莫以我还在捧读纸质书为异。只是在这样的大势中，突然有一天，我不得不承认：我已是一个老派读书人了。

老派读书人无可救药地迷恋纸质书，不但迷恋其内容，还迷恋其形式。一书入手，倒不急于领略文字，而是先对装帧、纸张、版式细细玩味一番，仿

佛自己真是这方面的专家。实际上，品鉴得多了，不是专家也能慢慢地看出些门道来。窃以为这是电子阅读无法具备的一番乐趣。当然，还有另一些情趣也是老派读书人的专利：比如翻动新书时倾听那令人愉快的脆响；比如多次阅读一本心仪的书，慢慢地将它看熟、看软，看到雪白的纸张泛出微微的黄色；比如为一本书选一枚适合它的书签，仿佛为一位美人插上能够与其容颜相互映发的簪子；比如并没有阅读具体的书，只是坐在书房中，看着满墙的书也看着人，竟觉得两相欢喜、长久不厌……

当然，有些情趣、嗜好是高度个人化的，也是在逐渐变化中养成的。先前我虽喜囤书，但对于袁子才那句"书非借不能读也"，也是认可的，在与朋友的互相借阅中读了不少书。但慢慢地，除非情不得已，我只读自己买的书，也不太愿意出借了。母亲也是爱书之人，有时来我书房巡视，看到喜欢的书，便欣然出手。我自然是不敢吝惜的。非但不敢吝惜，还把书送给了她老人家。现在我买书时，如果觉得这书母亲也会喜欢，便会买上两本，一本送给她，一本留待自己慢慢看完，再在前环衬盖好藏书印，在后环衬写上某年某月某日阅于某地，有时也会附上两句读后感。也就是说，我之所以越来越习惯阅读自己买的书，是因为喜欢在书上留下自家印记。就算什么都不盖、什么都不写，我的气息也会逐渐浸润其中。这样的书，是有生命体征了，而这体征是我慢慢细细养出来的。此中微妙感觉，非有同受者不能共语。

读纸质书的另一个妙处，在我，是能够于文字随着目光徐徐展开中随时提起笔来写下批语。四百年前，金圣叹先生很可能就是用这种方式写出了他那一系列出色的批评著作。随着年龄的滋长，我不再习惯像少年和青年时期那样在洁净工整的印刷文字旁边涂抹了，而是煞有介事地于书边摊开笔记本，但凡有心得浮出，便录于其上，年深日久，竟也积微成多。不消说，这也是在追慕一种古老的读书做派。起初是模仿，待到坚持有年，便感到自己融入一种悠久的传统中。在这种传统中，闪烁着王夫之、顾炎武、钱穆和钱钟书等人卓异的身影。虽不敢望这些前贤项背，但终归是在践行这种极有必要延续下去的读书传统。我现在有时也看看朋友圈和公众号，那里有许多即时涌现的信息，也包含了不少好文章，从效率上来说，显然更高。但是，从阅读入心这点来考量，老派的做法有着无法比拟的效果。所以手机阅读尽管逐渐成为常态和主流，我还是只把它作为一种辅助阅读方式。那些在时光淘洗中慢慢凸显的经典之作，是必须以纸质的方式去阅读的。如果说这是一种老派的方式，那我宁老勿新，虽落伍而无悔。而在总体上，对于书籍而言，永远是老的比新的可靠。

　　前一阵，我去四川李庄参加《十月》文学周活动，返回时和一些作家、编辑家上了同一架飞机。这些作家、编辑家中有蔼然宽和的长者、大哥，有和我一样微近中年者，也有青春气质仍勃发的潮男潮女。下飞机后，有人在群里传了两张照片，照片上几乎人手一册，在机舱中构成了一道古老又年轻的风景。当时沉迷于阅读中，并未觉察到这道风景的形成。过后来瞅，不禁莞尔。看来不管年长年少，同道中还是以老派读书人为主嘛。这样的风景在这样的时代，是有着别样意味和动人力量的，也让我相信，即便再过五十年，老派读书人也还是会端坐在世界的各个角落，捧读着眼前一卷，任它时势翻滚，我自风轻云淡。

爱与幸福是

生命的归宿

- S P R I N G -

婆婆话

老 舍

一位友人从远道而来看我，已七八年没见面，谈起来所以非常高兴。一来二去，我问他有了几个小孩？他连连摇头，答以尚未有妻。他已三十五六，还作光棍儿，倒也有些意思；引起我的话来，大致如下：

我结婚也不算早，做新郎时已三十四岁了。为什么不肯早些办这桩事呢？最大的原因是自己挣钱不多，而负担很大，所以不愿再套上一份麻烦，作双重的马牛。人生本来是非马即牛，不管是贵是贱，谁也逃不出衣食住行，与那油盐酱醋。不过，牛马之中也有些性子刚硬的，挨了一鞭，也敢回敬一个别扭。合则留，不合则去，我不能在以劳力换金钱之外，还赔上狗事巴结人，由马牛调做走狗。这么一来，随时有卷起铺盖滚蛋的可能，也就得有些准备：积极的是储蓄俩钱，以备长期抵抗；消极的是即使挨饿，独身一个总不致灾情扩大。所以我不肯结婚。卖国贼很可以是慈父良夫，错处是只尽了家庭中的责任，而忘了社会国家。我的不婚，越想越有理。

及至过了三十而立，虽有桌椅板凳亦不敢坐，时觉四顾茫然。第一个是老母亲的劝告，虽然不明说："为了养活我，你牺牲了自己，我是怎样的难过！"可是再说硬话实在使老人难堪；只好告诉母亲：不久即有好消息。君子一言，驷马难追；一透口话，就满城风雨。朋友们不论老少男女，立刻都觉得有做媒的资格，而且说得也确是近情近理；平日真没想到他们能如此高明。还普遍而且最动听的——不晓得他们都是从哪儿学来的这一套？——是：老光棍儿正如老姑娘。独居惯了就慢慢养成绝户脾气——万要不得的脾气！一个人，他们说，总得活泼泼的，各尽所长，快活的忙一辈子。因不婚而弄得脾气古怪，自己苦恼，大家不痛快，这是何苦？这个，的确足以打动一个卅多岁，对世事有些经验的人！即使我不希望升官发财，我也不甘成为一个老别扭鬼。

那么经济问题呢？我问他们。我以为这必能问住他们，因为他们必不会因为怕我成了老绝户而愿每月津贴我多少钱。哼，他们的话更多了。第一，两个人的花销不必比一个人多到哪里去；第二，即使多花一些，可是苦乐相抵，也不算吃亏；第三，找位能挣些钱的女子，共同合作，也许从此就富裕起来；第四，就说她不能挣钱，而且多花一些，人生本来是经验与努力，不能永远消极的防备，而当努力前进。

　　说到这里，他们不管我相信这些与否，马上就给我介绍女友了。仿佛是我决不会去自己找到似的。可是，他们又有文章。恋爱本无须找人帮忙，他们晓得；不过，在恋爱期间，理智往往弱于感情；一旦造成了将错就错的局面，必会将恩作怨，糟糕到底。反之，经友人介绍，旁观者清，即使未必准是半斤八两，到底是过了磅的有个准数。多一番理智的考核，便少一些感情的瞎碰。双方既都到了男大当娶，女大当聘之年，而且都愿结婚，一经介绍，必定郑重其事的为结婚而结婚，不是过过恋爱的瘾，况且结婚就是结婚；所谓同居，所谓试婚，所谓解决性欲问题，原来都是这一套。同居而不婚，也得两人吃饭，也得生儿养女；并不因为思想高明，而可以专接吻，不用吃饭！

　　我没了办法。你一言，我一语，说得我心中闹得慌。似乎只有结婚才能心静，别无办法。于是我就结了婚。

　　到如今，结婚已有五年，有了一儿一女。把五年的经验和婚前所听到的理论相证，倒也怪有个味儿。

　　第一该说脾气。不错，朋友们说对了：有了家，脾气确是柔和了一些。我必定得说，这是结婚的好处。打算平安的过活必须采纳对方的意见，阳纲或阴纲独振全得出毛病；男女同居，根本需要民治精神，独裁必引起革命；努力于此种革命并不足以升官发财，而打得头破血出倒颇悲壮而泄气。彼此非纳着点气儿不可，久而久之都感到精神的胜利，凡事可以和平解决，夫妇而可成圣矣。

　　这个，可并不能完全打倒我在婚前的主张：独身气壮，天不怕地不怕；结婚气馁，该瞅着的就得低头。我的顾虑一点不算多此一举。结了婚，脾气确是柔和了，心气可也跟着软下来。为两个人打算，绝不会像一人吃饱天下太平那么干脆。于是该将就者便须将就，不便挺起胸来大吹浩然之气，恋爱可以自由，结婚无自由。

　　朋友们说对了。我也并没说错。这个，请老兄自己去判断，假如你想结婚的话。

　　第二该说经济。现在，如果再有人对我说，俩人花钱不见得比

一人多，我一定毫不迟疑的敬他一个嘴巴子。俩人是俩人，多数加 S，钱也得随着加 S。是的，太太可以去挣钱，俩人比一人挣得多；可是花得也多呀。公园，电影场，绝不会有"太太免票"的办法，别的就不用说了。及至有了小孩，简直的就不能再有什么预算决算，小孩比皇上还会花钱。太太的事不能再作，顾了挣钱就顾不了小孩，因挣钱而把小孩养坏，照样的不上算；好，太太专看小孩，老爷专去挣钱，小孩专管花钱，不破产者鲜矣。

自然小孩会带来许多快乐，作了父母的夫妻特别的能彼此原谅，而小胖孩子又是那么天真可爱。单单的伸出一个胖手指已足使人笑上半天。可是，小胖子可别生病；一生病，爸的表，娘的戒指，全得暂入当铺，而且昼夜吃不好，睡不安，不亚于国难当前。割割扁桃腺，得一百块！幸亏正是扁桃腺，这要是整个的圆桃，说不定就得上万！以我自己说，我对儿女总算不肯溺爱，可是只就医药费一项来说，已经使我的肩背又弯了许多。有病难道不给治么？小孩真是金子堆成的。这还没提到将来的教育费——谁敢去想，闭着眼瞎混吧！

有人会说喽，结婚之后顶好不要小孩呀。不用听那一套。我看见不少了，夫妻因为没有小孩而感情越来越坏，甚至去抱来个娃娃，暂时敷衍一下。有小孩才像家庭；不然，家庭便和旅馆一样。要有小孩，还是早些有的为是。一来，妇女岁数稍大，生产就更多危险；二来，早些有子女，虽然花费很多，可是多少能早些有个打算，即便计划不能实现，究竟想有个准备；一想到将来，便想到子女，多少心中要思索一番，对于作事花钱就不能不小心。这样，夫妇自自然然的会老成一些了，要按着老法子说呢，父母养活子女，赶到子女长大便倒过头来养活父母。假如此法还能适用，那么早有小孩，更为上算。假如父亲在四十岁上才有了儿子，儿子到二十的时候，父亲已经六十了；说不定，也许活不到六十的；即使儿子应用古法，想养活父亲，而父亲已入了棺材，哪能喝酒吃饭？

这个，朋友，假若你想结婚的话，又该去思索一番。娶妻需花钱，生儿养女需花钱，负担日大，肩背日弯，好不伤心；同时，结婚有益，有子也有乐趣，即使乐不抵苦，可是生命至少不显着空虚。如何之处，统希鉴裁！

至于娶什么样的太太，问题太大，一言难尽。不过，我看出这么点来：美不是一切。太太不是图画与雕刻，可以用审美的态度去鉴赏。人的美还有品德体格的成分在内。健壮比美更重要。一位爱生病的太太不大容易使家庭快乐可爱。学问也不是顶要紧的，因为有钱可以自己立个图书馆，何必一定等太太来丰富你的或任何人的学问？据我看，结婚是关系于人生的根本问题的；即使高调很受听，可是我不能不本着良心说话，吃，喝，性欲，繁殖，在结婚问题中比什么理想与学问也更要紧。我并不是说妇人应当只管洗衣作饭抱孩子，不应读书作事。我是说，既来到婚姻问题上，既来到家庭快乐上，就乘早不必唱高调，说那些闲盘儿。这是个实际问题，是解决生命的根源上的几项问题，那么，说真实的吧，不必弄一套之乎者也。一个美的摆设，正如一个有学问的摆设，都是很好的摆设，可是未见得是位好的太太。假若你是富家翁呢，那就随便的弄什么摆设也好。不幸，你只是个普通的人，那么，一个会操持家务的太太实在是必要的。假如说吧，你娶了一位哲学博士，长得也顶美，可是一进厨房便觉恶心，夜里和你讨论康德的哲学，力主生育节制，即使有了小孩也不会抱着，你怎办？听我的话，要娶，就娶个能作贤妻良母的。尽管大家高喊打倒贤妻良母主义，你的快乐你知道。这并不完全是自私，因为一位不希望作贤妻良母的满可以不嫁而专为社会服务呀。假如一位反抗贤妻良母的而又偏偏去嫁人，嫁了人又连自己的袜子都不会或不肯洗，那才是自私呢。不想结婚，好，什么主义也可以喊；既要结婚，须承认这是个实际问题，不必弄玄虚。夫妻怎不可以谈学问呢；可是有了五个小孩，欠着五百元债，明天的房钱还没指望，要能谈学问才怪！两个帮手，彼此帮忙，是上等婚姻。

有人根本不承认家庭为合理的组织，于是结婚也就成为可笑之举。这，另有说法，不是咱们所要谈的。咱们谈的是结婚与组织家庭，那么，这套婆婆话也许有一点点用，多少的备你参考吧。

志摩日记（节选）

徐志摩

八月九日

"幸福还不是不可能的"，这是我最近的发现。

今天早上的时刻，过得甜极了。我只要你；有你我就忘却一切，我什么都不想什么都不要了，因为我什么都有了。与你在一起没有第三人时，我最乐。坐着谈也好，走道也好，上街买东西也好。厂甸我何尝没有去过，但哪有今天那样的甜法；爱是甘草，这苦的世界有了它就好上口了。眉，你真玲珑，你真活泼，你真像一条小龙。

我爱你朴素，不爱你奢华。你穿上一件蓝布袍，你的眉目间就有一种特异的光彩，我看了心里就觉着不可名状的欢喜。朴素是真的高贵。你穿戴齐整的时候当然是好看，但那好看是寻常的，人人都认得的。素服时的眉，有我独到的领略。

"玩人丧德，玩物丧志。"这话确有道理。

我恨的是庸凡，平常，琐细，俗；我爱个性的表现。

我的胸膛并不大，决计装不下整个或是甚至部分的宇宙。我的心河也不够深，常常有露底的忧愁。我即使小有才，决计不是天生的，我信是勉强来的；所以每回我写什么多少总是难产，我惟一的靠傍是刹那间的灵通。我不能没有心的平安。眉，只有你能给我心的平安。在你完全的蜜甜的高贵的爱里，我享受无上的心与灵的平安。

凡事开不得头，开了头便有重复，甚至成习惯的倾向。在恋中人也得提防小漏缝儿，小缝儿会变大窟窿，那就糟了。我见过两相爱的人因为小事情误会斗口，结果只有损失，没有利益。我们家乡俗谚有"一天相骂十八头，夜夜睡在一横头"，意思是说好夫妻也免不了吵。我可不信，我信合理的生活，动机是爱，知识是指南针；爱的生活也不能纯粹靠感情，彼此的了解是不可少的。爱是帮助了解的力，了解是爱的成熟，最高的了解是灵魂的化合，那是爱的圆满功德。

没有一个灵性不是深奥的，要懂得真认识一个灵性，是一辈子的工作。这工夫愈下愈有味，像逛山似的，惟恐进得不深。

眉，你今天说想到乡间去过活，我听了顶欢喜，可是你得准备吃苦。总有一天我引你到一个地方，使你完全转变你的思想与生活的习惯。你这孩子其实太娇养惯了! 我今天想起丹农雪乌的《死的胜利》的结局; 但中国人，哪配! 眉，你我从今起对爱的生活负有做到他十全的义务。我们应得努力。眉，你怕死吗? 眉，你怕活吗? 活比死难得多! 眉，老实说，你的生活一天不改变，我一天不得放心。但北京就是阻碍你新生命的一个大原因，因此我不免发愁。

我从前的束缚是完全靠理性解开的; 我不信你的就不能用同样的方法。万事只要自己决心; 决心与成功间的是最短的距离。

往往一个人最不愿意听的话，是他最应得听的话。

八月十日

我六时就醒了，一醒就想你来谈话，现在九时半了，难道你还不曾起身，我等急了。

我有一个心，我有一个头，我心动的时候，头也是动的。我真应得谢天，我在这一辈子里，本来自问已是陈死人，竟然还能尝着生活的甜味，曾经享受过最完全，最奢侈的时辰。我从此是一个富人，再没有抱怨的口实，我已经知足。这时候，天坍了下来，地陷了下去，霹雳击在我的身上，我再也不怕死，不愁死，我满心只是感谢。即使眉你有一天（恕我这不可能的设想）心换了样，停止了爱我，那时我的心就像莲蓬似的栽满了窟窿，我所有热血都从这些窟窿里流走——即使有那样悲惨的一天，我想我还是不敢怨的，因为你我的心曾经一度灵通，那是不可灭的。上帝的意思到处是明显的，他的发落永远是公正的; 我们永远不能批评，不能抱怨。

八月十一日

这过的是什么日子! 我这心上压得多重呀! 眉，我的眉，怎么好呢? 刹那间有千百件事在方寸间起伏，是忧，是虑，是瞻前，是顾后，这笔上哪能写出? 眉，我怕，我真怕世界与我们是不能并立的，不是我们把他们打毁成全我们的话，就是他们打毁我们，逼迫我们去死。眉，我悲极了，我胸口隐隐的生痛，我双眼盈盈的热泪，我就要你，我此时要你，我偏不能有你，喔，这难受——恋爱是痛苦，是的，眉，再也没有疑义。眉，我恨不得立刻与你死去，因为只有死可以给我们想望的清静，相互的永远占有。眉，我来献全盘的爱给你，一团火热的真情，整个儿给你，我也盼望你也一样拿整个，完全的爱还我。

世上并不是没有爱，但大多是不纯粹的，有漏洞的，那就不值钱，平常，浅薄。我们是有志气的，决不能放松一屑屑，我们得来一个真纯的榜样。眉，这恋爱是大事情，是难事情，是关生死超生死的事情——如其要到真的境界，那才是神圣，那才是不可侵犯。有同情的朋友是难得的，我们现有少数的朋友，就思想见解论，在中国是第一流。他们都是真爱你我，看重你我，期望你我的。他们要看我们做到一般人做不到的事，实现一般人梦想的境界。他们，我敢说，相信你我有这天赋，有这能力；他们的期望是最难得的，但同时你我负着的责任，那不是玩儿。对己，对友，对社会，对天，我们有奋斗到底，做到十全的责任! 眉，你知道我近来心事重极了，晚上睡不着不说，睡了就来怖梦，种种的顾虑整天像刀光似的在心头乱刺，眉，你又是在这样的环境里嵌着，连自由谈天的机会都没有，咳，这真是哪里说起! 眉，我每晚睡在床上寻思时，我仿佛觉着发根里的血液一滴滴的消耗，在忧郁的思念中黑发变成苍白。一天二十四时，心头哪有一刻的平安——除了与你单独相对的俄顷，那是太难得了。眉，我们死去吧。眉，你知道我怎样的爱你，啊眉! 比如昨天早上你不来电话，从九时半到十一时我简直像是活抱着炮烙似的受罪，心那么的跳，那么的痛。也不知为什么，说你也不信，我躺在榻上直咬着牙，直翻身喘着哪! 后来再也忍不住了，自己拿起了电话，心头那阵发的狂跳，差一点叫我晕了。谁知你一直睡着没有醒，我这自讨苦吃多可笑。但同时你得知道，眉，在恋中人的心理是最复杂的心理，说是最不合理可以，说是最合理也可以。眉，你肯不肯亲手拿刀割破我的胸膛，挖出我那血淋淋的心留着，算是我给你最后的礼物?

今朝上睡昏昏的只是在你的左右。那怖梦真可怕，仿佛有人用妖法来离间我们，把我迷在一辆车上，整天整夜的飞行了三昼夜，旁边坐着一个瘦长的严肃的妇人，像是命运自身，我昏昏的身体动不得，口开不得，听凭那妖车带着我跑，等得我醒来的时候有人来对我说你已另订约了。我说不信。你带约指的手指忽在我眼前闪动。我一见就往石板上一头冲去，一声悲叫，就死在地下——正当你电话铃响把我振醒，我那时虽则醒了，但那一阵的凄惶与悲酸，像是灵魂出了窍似的。可怜呀，眉! 我过来正想与你好好的谈半点钟天。偏偏你又得出门就诊去，以后一天就完了，四点以后过的是何等不自然而侷促的时刻! 我与"先生"谈，也是凄凉万状。我们的影子在荷池圆叶上晃着，我心里只是悲惨。眉呀，你快来伴我死去吧!

爱的小橘子

鲁小莫

一枚硬币只有两面。她却向空中抛了无数次。分手? 不分? 这个问题想得她脑子疼。最后她决定,去见他一面。

坐上西去的列车,一年前的情景犹在眼前。他去边区支教,说好一年后回来,俩人在车站拥抱分别。一年后,他的消息渐淡,偶尔通电话,说起归期,总是支支吾吾。曾经的承诺仿佛已随风消散。

她深一脚浅一脚地走在乡间小路上,经人指点,远远看见那所破旧的教室,她的心,猛地跳动起来。一群孩子在教室外的空地上,吵吵嚷嚷,大声笑闹。一个扎两条羊角辫的女孩,穿一件花棉袄,手里举着一个小橘子,尖着嗓子喊:"谁还想闻?"一群孩子,流着鼻涕,争先恐后地叫:"给俺闻,给俺闻。"女孩将小橘子凑在大家的鼻前,每个人都认真地抽抽鼻子。冷不防,一个男孩伸手将橘子抢了去。男孩与女扭打成一团。终于,女孩得胜。女孩将将垂下来的头发,将橘子放在身后,得意地说:"这是俺姑姑捎来的,你们谁也甭想吃。"

当她站在这群孩子中间时,孩子们一下子安静下来。他们瞪着懵懂的眼睛,仿佛她是天外来客。她将头扭向教室,一瞬间,眼睛湿润了。他出现在教室门口,黑瘦,头发乱蓬蓬的,披一件黄旧的军大衣。他也怔住了,不相信似的看着她,眼里有惊喜掠过。

两人的谈话是艰涩的。门外的北风呼呼狂叫,门缝不时吹进细细的黄沙。那天晚上没电,一支蜡烛隔在中间,烛光飘忽不定。他的谈话断断续续:"是说好了一年……这里的一切刚刚就绪……刚收了十多个学生……"他说不下去时,就起身给她烧热水。他将热得快的插头插进插座里,这才想起来,今晚没电。她舔着干渴的嘴唇,忽然觉得连眼泪都懒得流了。

"笃,笃",轻轻的敲门声,让人感觉门外有只怯怯的小鸟。他起身开门,狂风卷着沙子呼啸而进,一个女孩,仿佛也被风吹进来。她看清楚了,是白天那个扎着羊角辫的女孩。女孩看了她一眼,眼睛里有些许敌意。她一怔。女孩将手

从背后伸出来，递到他面前，说："老师，给你。"是一只黄澄澄的小橘子。他笑了，推回女孩的手，说："老师不要，你自己留着吃。"女孩不容分说，将橘子放在他手里，转身就走。走到门口又停下来，女孩眼巴巴地看他，问："老师，你会跟这个阿姨走吗?"他笑了，说："不要乱想，快回去吧。"

他看看手里的橘子，无声地叹口气。他将橘子放在她面前，说："你吃吧，解解渴。"她想起白天那个女孩将橘子高高举过头顶的情景，认真地看了看他。她将橘子推回去，说："学生送给你的，你也渴，你吃吧。"他又将橘子推回来。她推过去。一只小小的橘子，闪着晶莹的光泽，散发着淡淡的清香，在两个人面前推来推去。她发现，橘子上有一个白色的斑点，那是腐烂的痕迹。他看看她，看看橘子，轻轻地笑了，她和自己一样倔强。他拿起橘子，剥开，取出一瓣放在嘴里，其余的送给她，说："好了，我吃了，剩下的你吃。"他的动作极快，但她还是看得很清楚，他将腐烂的一瓣放进嘴里。她也掰下一瓣，放进嘴里，慢慢咀嚼着，橘汁在嘴里溢开，甘甜地滋润着她干渴的味蕾。一个小小的橘子，告诉了她，为什么他无法离弃这里的孩子，为什么自己无法离开他。

清晨，他送她回程。推开门，两人愣住了。淡淡的晨曦中，站着十多个孩子，晨风吹得他们瑟瑟发抖，他们的眼睛，却如星闪亮。有孩子问："老师，你会离开我们吗?"他笑了，牙齿闪着晶莹的亮光。他转头看她，她微笑着说："阿姨下次来，给你们带很多很多的橘子，好不好?""好!"一阵童稚的欢呼声中，太阳一下子从云后跳出来，一瞬间，光芒四射。呵，多好的天空。

我依着你，你赖着我

王亚琴

公公临终时，已经无法出声了，肿瘤压住他的声带，他只能张嘴，却无法出声。他拉住我的婆婆，在她手心写字，写一个婆婆念一个，念到最后，合成一句话——"下辈子，我还去找你，还做一家人。"婆婆隐忍了大半辈子的眼泪，终于落了下来。

婆婆是二十岁时经人介绍嫁给公公的，公公家很穷，结婚当天，用一个平板车把婆婆接过来。无法想象婆婆当时的心情，该是怎样的心酸呢？

公公教书，挣不了仨瓜俩枣，家里比脸还干净。而婆婆自打娘胎出来就生了一个怪病，有时候胃胀胀的，啥也不能吃。每天，公公都会给婆婆按摩，在胸肋上不停地推压，直到婆婆不停地打几个饱嗝，疼痛感才消失了。

公公有空就帮婆婆干家务活，烧火、做饭、收拾家，他们的饭简单至极，婆婆蒸一锅像新生儿戴着的地主帽一样的馒头，这就可以吃一个多月了，几乎每顿饭都在不停地热馒头，最后那个馒头热得软塌塌的，难吃极了。可是婆婆胃有毛病，就喜欢这样软的食物，公公就陪着她吃，婆婆吃什么公公吃什么，两个人最后都闹了个严重营养不良。

婆婆晕车，坐不成火车、大巴、小车，据她说，除了自行车，电动三轮车当然还有平板车她不晕，其他都晕。公公平生最大的心愿就是去天安门看毛主席，可是婆婆晕车，公公没办法带她去，自己又不能一个人走，因为婆婆太依赖他了，没有他，甚至于自己火都点不着，更别说吃到饭了。

可是公公病了，几个儿子强行领着他去了北京。我请假去陪婆婆住几天，婆婆每天准点就睡，恨不得头还在空中做落体运动时，鼾声就起来了。我实在没忍住，就问婆婆："你担心我爸吗？""担心呢。""那您倒头就睡？"婆婆得意地看着我："你爸每天给我打电话，说他没事！"我当时

的理解是，婆婆一点也不爱公公。

所有的医院都拒绝治疗了，他们扛了一蛇皮袋中药回来了，到了后来，公公虚弱到走路都困难，要靠别人搀扶，婆婆却对公公大声喊："你给我自己走!"公公挣脱开旁人，努力地自己走几步，然后就靠着墙大口喘气。

公公最后还是走了，婆婆一滴泪都没掉，反倒是二姨趴在棺材上哭得气也上不来，一直重复着一句话："姐夫，你拔腿走了，我姐咋办呀?"在大家看来，公公是婆婆的依靠，是分不开的一个整体，现在，一个走了，另一个该怎么办呢?

后来，二姨告诉我们，婆婆一直不掉泪，不只是家里最艰难时不掉，包括他们的兄弟、父母走时，婆婆也没有掉一滴泪。可是他们不知道，公公在婆婆手心里写下那几个字的时候，婆婆的泪水像开了闸的洪水，仿佛把一生的泪都流了出来。

公公是婆婆的依赖，婆婆又何尝不是公公的依赖呢?

依赖，就是我依着你，你赖着我。这样的爱情是把对方镌刻到自己的灵魂当中，极简但也是极爱。

最珍贵的一课

鲁小莫

他做梦也没想到，这把最爱的胡琴，有一天会成为谋生的工具。是的，谋生。这样想的时候，他的心，隐隐作痛。音乐曾是他的梦想，胡琴是梦想的载体。他无数次幻想，他坐在高等音乐学院的教室里，如痴如醉地听老师讲课……这一切，随着那场可怕的车祸，永远地画上句号。

许多时候，他坐在闹市区，或地下通道的路口，胡琴架在腿上，发出咿咿呀呀的声响。胡琴对他来说，只是一个道具。因为他发现，仅仅对着一只破旧的搪瓷缸子，一天下来，收入寥寥无几。而有了胡琴，人们往搪瓷缸里投掷的硬币明显增多了。

胡琴咿咿呀呀响着，他随心所欲换着曲目，无人认真倾听。眼前的行人是匆忙的，冷漠的，甚至投来的硬币，"咣当"一声，也发出嘲弄的声音。他习惯了这些。他甚至挽起空荡荡的裤脚，不无恶意地露出半截腿骨……

那天心血来潮，他拉起《相逢是首歌》。这支曲子，他曾经代表学校，参加市里的音乐比赛，获过优秀奖。往事如梦，却历历在目，他一边拉着，眼角一边沾上泪滴。他沉浸在自己的情绪中，忽然听到一个严厉的声音：音调高上去！

他抬头。一位女人，穿着白色风衣，站在眼前，看着他，脸上不苟言笑。他一愣，一股说不清的滋味涌上心头。居然有人注意他！他抹一把眼睛，认真拉起来。女人轻轻打着节拍。许久，她点点头，说，不错。转身走了。

他看着她的背影，有些疑惑。人们总是唯恐避他不及，居然有人来主动指点！这是个什么样的女人？她看起来高贵沉静，打拍的手势娴熟优美。他深呼吸一口，体内仿佛有新鲜的血液注入。

他开始注意来往行人。他发现，那位穿白色风衣的女人，每星期三下午，总会从这里经过，然后，在他面前驻留片刻，静静倾听，或指点一两句。于是，每星期三下午，他总是雷打不动地待在这里，卖力地拉着。

那个下午，他照例来到老地方。风很大，天很冷，女人迟迟未来。他迟疑着，想离开。这样的鬼天气，行人少，收入更少，待在这里，简直是白受罪。正犹豫不定时，女人出现了。她依然穿着白色上衣，面色白皙得近乎苍白。他心里一喜。女人照例听他拉了一会儿，然后，轻打节拍，让他随着节拍拉。

让他欣喜不已的是，在女人的节拍下，他以前很难拉上的音调，居然平稳地滑过。女人或点头，或摇头，或说一两句鼓励的话。他用心拉着，恍惚间，仿佛坐在一座音乐的殿堂，天为梁，地为座，他与老师徜徉于音乐的海洋。

一支曲子不知拉了几遍，也不知过了多久，他的头上冒着热气腾腾的汗。汗水流进眼睛，他腾出手抹一把时，才发现，女人的身边多出一个红衣女孩，女孩为女人高高举着一把雨伞。天空居然不知在何时，下起了极细极细的雨丝。

女人让女孩把雨伞举到他的头顶。他慌忙摇头。女人却不容分说，将女孩轻轻推过去，说，我穿着风衣呢，湿不透的。女孩不情愿地站在他身边，举着伞。

他感觉她累了，有些喘息，便停了下来。然后，她对他说了一句令他终生难忘的话，定定地看着他的眼睛，片刻，转身离开。

以后的日子，他仿佛变了个人，他再也不敢将胡琴拉成咿咿呀呀的声响。他用心拉着每一支曲子。常有行人在他面前驻留，搪瓷缸里，钱币总能装得满满的。可这些，无法安抚他一颗焦躁的心，他许久没有见到那个女人了。每个星期三下午，他的眼神急切地在行人中穿梭，却再也寻不到那个亲切的身影。

直到有一天，红衣女孩出现在他面前。女孩面容沉静，像在沉思，又像在倾听。许久，女孩转身离开。转身的瞬间，他看见她眼角有泪。他喊住她，嗫嚅着，问，那位老师，你见过她吗？

女孩停下来，缓缓地说，她是我们音乐学院的教授，那个星期三下午，她为我们授完课，又来你这里……她得了绝症，上了手术台，再也没下来。那一次，是她最后为我们上课……女孩的眼泪夺眶而出，嗓子哽咽着，再也说不下去。

他一怔，十指僵住，胡琴声戛然而止。

他不敢再随便动琴。每一支曲子，必用心弹拉。红衣女孩成了他的朋友，不时来看他，给他指点，或说一些琐碎的话。那天，他正拉着一支曲子，一个敦实的男人在他面前站了很久，而后，递给他一张名片，问，你愿意到我这里干吗？

那个敦实的男人，是这个城市有名的向伟乐队的老板。

他成了向伟乐队的顶梁柱。每一次演奏中，他都拉得如痴如醉，台下观众也听得如痴如醉。不时有人献花，他赢得如雷掌声。观众们用崇拜的眼神看着他，为他身残志不残而感动，而鼓舞。

而他，一心一意拉着胡琴，抬眼中，仿佛又见那次特殊的课堂：天为梁，地为座，细雨是帷帐，他的老师，一次一次为他打着节拍……

他永远忘不了她说的话：只要心不荒芜，你的人生，就会绿意葱茏。

而他绿意葱茏的心里，是她，撒下了爱的种子。

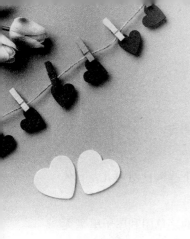

父母的爱情

侯淑荷

　　周日回家看望母亲，看见母亲正在抚弄一些老照片和父亲从前的各种证书。我顺手拿起一张，是父母的结婚照，将近七十年的老照片，相纸已经泛黄，少了清晰，透着岁月斑驳的印记。照片上的父亲清瘦高大，围着一条格子围巾，真有点文艺男青年的味道。他身边的母亲，梳着两条粗粗的麻花辫，眉眼弯弯，笑意盈盈，清丽可人的样子。那一年父亲二十，母亲十八。

　　母亲出生在富贵之家，姥爷曾经富甲一方，城里有商铺，乡下有田产，还经营一家很大的酒坊。解放的时候，姥爷理所当然被列入地主行列。父亲出生在平常人家，父母经媒人介绍相识结婚，婚后母亲跟随父亲远离了家乡。

　　母亲说她结婚以后，有很多年都未回过娘家。因为交通不便，也因为那是个百废待兴的年代，父亲在县城粮食局做财务工作，要常年下乡帮助新成立的单位建立账目，母亲也要工作，还要照顾孩子和老人，聚少离多忙碌而清苦的生活，母亲是没有时间回娘家的。

　　一天，母亲正在单位食堂发饭票，门卫把一位瘦骨嶙峋的老头领到母亲面前，母亲半天才认出那是姥爷。曾经的姥爷温文尔雅面色红润，可眼前的姥爷蜡黄的脸上带着菜色，俨然就像个乞丐。母亲看见姥爷有气无力的样子，想姥爷一定是饿了，就在食堂打了饭给姥爷吃。当母亲把玉米面饼子和玉米面粥放到姥爷面前时，只见姥爷迫不及待地拿起饼子，狼吞虎咽几口就吃掉了，一大碗粥也转眼落肚，姥爷连续喝了三碗才恋恋不舍地放下了粥碗，感觉有了些力气。

　　下班以后，母亲把姥爷领回家中。进门没一会，姥爷对母亲说："闺女，你再给我做点吃的吧。"母亲疑惑地问："刚刚吃过了，怎么又饿了呢？"姥爷说："这两年是大灾之年，我下放的那个小村庄，村里人都挨饿吃不饱，我这个三天两头要戴高帽挨批斗的人，就更没有粮食吃了。"那是一个吃集体伙食的年代，是不允许在家里做饭的，母亲等到天黑以后悄悄地又给姥爷做了些吃的。

　　姥爷说他想在我们家多住些日子，这样就可以省下些粮食给他的孩子们吃了。可是姥爷在我们家只住了半个月，就接到家里发来的电报，让他速速回家，若不回家，他一家每人每日三两的粮食就要停止发放了。

　　姥爷走的时候，父亲把家里仅有的二十斤粮票和想办法买到的五斤煤油，连同家里的余粮都让姥爷带走了，以缓解一下姥爷家的困境。

姥爷走后不到一年，父母接到姥爷发来的电报，说他病重，让父母回去。父母赶到姥爷住的小村庄的时候，姥爷已经撒手人寰。

到了才得知，姥爷其实并没得什么大病，只是为了省下些粮食给妻儿，日久天长体力不支饿死了。

再看姥爷留下的家，那是怎样的家呢？两间摇摇欲坠的茅草屋和屋子里毫无劳动能力的孤儿寡母。

姥爷曾经娶了三房太太，母亲是大太太所生，母亲的亲生母亲已经去世，现在茅草屋里住的是母亲同父异母的弟妹，和姥爷娶的那房小太太。

父亲看到姥爷一家的困境以后，就省吃俭用想尽办法，甚至从几百里外的家这边，买了铁钉等盖房子的材料，一路上几次辗转倒车加步行，背到姥爷家的小村庄，帮助小姥姥盖了两间草房，小姥姥一家终于有了遮风挡雨的住处了。

在以后的岁月里，父亲每年都揣着粮票，背着口挪肚攒的粮食，陪母亲去看望小姥姥一家。小姥姥一家在父亲的倾力帮助下，终于渡过了难关。

时光的脚步一路向前，那些困难的岁月一去不复返。我是父母最小的女儿。那个艰苦的岁月，我并未经历过。我儿时的记忆，每到学校放假，我都要到小姥姥家里住些日子，小姥姥和舅舅姨妈们对我特别宠爱，想方设法给我做好吃的。没有人看得出那个小姥姥并不是母亲的亲生母亲。舅舅和姨妈们总说："在几个姑爷当中，小姥姥最偏爱父亲。"年少的我不明就里，但是小姥姥对我的好，我是实实在在能够感受到的。

时光荏苒，父亲到了退休的年龄，我们兄妹也都长大成人，工作结婚。父亲退休以后，因为他业务精湛，是当地小有名气的会计师，很多单位纷纷聘请父亲去工作，我们兄妹和母亲都觉得他辛苦了大半生，退休了就该在家享享清福，况且父亲身体也不是很好，不赞同他再去工作。可是父亲却执意不肯，后来听母亲讲了父亲执意工作的原因，让我们感动不已。父亲对母亲说："孩子们都有自己的生活，我们老了，尽量别去打扰他们，别给他们增添负担。我身体不是很好，有

可能会走在你的前面，我现在出去工作加上退休工资，就可以多存些积蓄，有一天我真的先走了，你也能衣食无忧地安度晚年，我也就放心了。"

没想到父亲的话竟然一语成谶，父亲在他六十八岁那年病逝。那是个灰色的夏日，我们痛失慈父，母亲痛失所爱。父亲病逝的那天，所有的亲人都赶来了，姥爷功成名就的儿子长跪在父亲灵前，一边痛哭一边说："没有姐夫，就没有我的今天，是姐夫每个月省出的生活费，供我读了书，才有今天的我！"最小的姨妈更是伤心地哭诉："姐夫像父亲，支撑起我们支离破碎的家，没有姐夫，不知道我们能不能活到今天。"从小姨妈那里，我们得知了很多父亲曾经怎样帮助小姥姥一家的事情。

此时，回忆起小时候在小姥姥家所受到的各种宠爱，才知道，并不是因为自己多惹人喜欢，而是父亲为母亲的亲人付出了太多。小姥姥把对父亲的感激，转嫁到他的孩子身上了。

有时候我在想，世界上什么才是最好的爱情呢？父母的这种平凡人的相濡以沫，算不算最好的爱情？在我成长的记忆里，父母间说话总是和颜悦色，我从来没见到父母面红耳赤地吵过架，母亲对父亲在生活上照顾得无微不至，他们在共同生活的岁月中相互依赖、患难与共、不离不弃，在我眼中，就是最好的爱情。父亲是幸福的，貌美如花的母亲，无怨无悔地跟着父亲，把所有的青春年华都奉献给了父亲，为他生儿育女，照顾老人，一生只爱父亲一人。母亲更是幸福的，也许，父亲穷其一生，也没对母亲说过"爱"字，但父亲用实际行动书写了什么是"爱"，爱你就是拼尽全力护你周全，让你心安。

父亲走了二十一年了，母亲说她从来没觉得父亲离开了她。她经常会在梦里见到父亲，梦里的父亲，多数都不讲话，只是重现一些旧时光里的日常。

母亲说她不怕死，因为天堂里有父亲在那里等着她，有什么可怕的呢？母亲说她要好好地活着，这是父亲所希望的，她要替父亲守护好儿女们，看着家族一天天枝繁叶茂。如今的母亲已经八十八岁，四世同堂，身体很好，每天种花养草，儿孙环绕，她感到很幸福。她说她要把父亲缺席的这许多年，世界所发生的新鲜事和儿女们的点滴故事，等到在天堂见到父亲的时候，一点一点讲给父亲听。

一株金银木点燃了冬天

安 宁

一个寂寞的雪天，我从快要将我五脏六腑颠出的地铁里走出，一脚踏进石景山路。夏天时遮天蔽日的高大的白杨，被一场大雪洗去了铅华，此刻，在淡蓝忧郁的天空下，现出洁净素雅的美。枝头的树叶，在刚刚过去的风雪之夜，彻底放逐了自己。昔日枝蔓芜杂的树干，变得清瘦起来。人们看向天空的视线，便愈发地开阔空旷。仿佛这世间的隐秘与喧哗，全都消失不见。于是天空清洁为天空，大地回归为大地。

大道两边的草坪上，积满了雪，阳光穿过层层的枝杈，洒落在哪里，哪里便银光闪烁，散发出奇幻之美。树下的积雪稀薄，枯草便顶着冰冻的雪粒，在冷风中瑟缩着身体。灌木的枝条被雪压得很低，眼看着快要撑不住了，忽然一只喜鹊扑棱棱飞过，翼翅扫过枝条，积雪四溅开去，宛若一场突如其来的绚烂的烟火。

雪松，柳杉，刺槐，白蜡，银杏，圆柏……一株株形态各异的树，在雪地上错落有致地静立着。被一场大雪过滤后的空气，氧气充足，让人迷醉。这清寂无边的午后，让人心里空荡荡的，冷清清的，好像需要去哪儿寻找一簇火焰，点燃这沉默却又鼓荡的激情。

然后，我便在一条巷子斜伸出来的拐角，看到了那株正在燃烧着的绚烂的金

银木。为了这惊鸿一瞥，它似乎等待了很久，又蕴蓄了一整个夏天的激情。那时，它还是开满白色花朵的一株树木，在喧嚣的街头，安静地站在一排白杨的身后，好像它们在烈日下投在草坪上的无足轻重的影子。夏日的花朵太繁盛了，它们热烈地拥挤着，吵嚷着。在大地上争奇斗艳，又在半空中暗香浮动。它们直白地向这个世界呈现着自己，却又因万物皆生机勃勃，而被世人忽略。在这场浩浩荡荡的绽放中，没有人会注意一株金银木，它的花朵并不张扬，甚至在色彩缤纷的夏日，这黄白间杂的颜色，被密密匝匝的树叶遮掩着，会被人忘了这是一株正在开花的树。事实上，它们只能被叫作灌木，而不是树木。它们介于花草与树木之间，在街边的花园或者远郊的小树林里，它们纷乱的枝条，与高大的法桐、水杉或者松柏相比，缺乏动人心魄的力量；而跟小巧婀娜的花草相比，它们了无章法的散乱身姿，又不能唤醒人们内心的柔情。

每天有无数匆匆忙忙的上班族，从这株金银木身旁经过，他们连看也不会看它一眼。它漫溢的芳香，好似山间清浅的溪水，被城市巨大的轰鸣声淹没。每一个白日与夜晚，骑单车的人，开豪车的人，快步跑的人，慢步走的人，还有地上奔跑的公交，十几米以下疾驰的地铁，万米高空上正穿过云朵的飞机，他们都会经过这一丛灌木，但如同经过一片荒原，这株努力向着星空生长的金银木，并不曾被某个人记住它瞬间的芳华。它所站立的地方，拥挤喧哗，又形同虚设。

夏天很快过去，迎来万物肃杀的秋天，树叶雪花般纷纷扬扬地从枝头飘落，天地日渐现出眉目清晰的轮廓。这株像樱桃树一样浑身挂满红色小灯笼的灌木，开始跳入人们的视野。当秋风卷起满街的树叶，哗啦哗啦地在大道上奔跑，或者绕着皮鞋布鞋运动鞋高跟鞋飞旋的时候，这株金银木只是安静地站在那里，像一个羞涩的新娘，或者孕育着婴儿的幸福的母亲。没有什么能打扰它的宁静。路过的云朵投下一小片阴影，却也只是让它的一部分隐匿其中，它更绚烂夺目、晶莹剔透的红，在秋天高远的天空下，静静闪烁，不张扬，也不卑怯。那一刻，它是天地间自由诗意无为的存在。

风愈发地紧了。风将硕果累累的秋天赶走，并将自己从一条紧贴地面的冰冷的青蛇，变成席卷了整个城市的呼啸的游龙。风带走了酸枣、银杏、山楂、沙果、葡萄、板栗、毛榛，风带走了一切坠向大地的果实，却让金银木的枝头，以愈发浓烈的红，在小巷与大道相交的拐角，火一样燃烧。

风还带来了一场又一场雪。大雪将世界变得洁净，昔日的喧哗与躁动，被冰封成琥珀，在阳光下闪闪发光。一切都是悄无声息的，即便发出声响，也是一只喜鹊落在雪地上，跳跃时惊起的雪落的细微声音。风缓缓吹过，杨树枝干上的积雪，便梦幻般扑簌簌地落下，仿佛一场新的飞雪，又忽然轻盈地降临人间。

住在东六环与住在西六环的人，都走到这里。同样途经此地的，还有一个外地的打工者，一个定居北京十年的新移民，以及偶然途经北京的我。人们都停下脚步，被这雪后满树热烈的红色吸引。风在这个时刻，没有了声息，似乎为了这一簇炫目的红，它悄然消失在崇山峻岭般的高楼大厦之间。天空是清澈透明的蓝，空气中弥漫着积雪洗过的清冽充裕的干枯植物的气息，这气息来自顶着雪花的干草，沉睡的树木，沧桑的松柏，埋藏在雪下的红隼的羽毛，雨燕干燥的粪便，以及鸟雀热爱的金银木酸甜可口的果实。

在寒冷的冬天，日日被觅食的鸟儿们环绕的金银木，并未现出稀疏苍老的面容。它像傲雪的一束火，在洁白的草坪上不熄地燃烧着。每一个路过的人，都会放慢脚步，看一眼这熊熊燃烧的火把，而后被缀满枝头的"小灯笼"映红了的疲惫的脸上，便会溢出一抹轻松的微笑。那微笑仿佛依偎着炉火许久，散发出一抹橘红的暖意。

就在这个时刻，那些在北京奔波谋生的人，他们每日被轰隆轰隆的地铁碾压过的心，忽然发出一声声深情的呼唤。他们想称呼这一株雪中怒放的金银木，叫它母亲、爱人、姐姐、妹妹，甚至故乡。它是他们的亲人，他们在这个人间的一切哀愁、希望、悲欢，都被这一簇火焰点燃。他们因此觉得幸福，仿佛在这个城市奔波劳碌的一切岁月，都具有了崇高的意义。

我驻足停留了片刻，确认已经将这一簇永不熄灭的火，植入了心里，便微笑着继续向前。

爱要独立行走

范宝琛

> 一扇心灵的门,遭岁月的剥蚀早已锈迹斑斑,当生命的代价一瞬间超越,人生,终于看到精彩的一页。
>
> ——题记

结婚半年了,我始终没有心情正视一眼身边的妻子,尽管她的身材和容貌那样的无可挑剔。可我的心,如同平静的湖面丢下一粒细微的石子,不曾荡起丝毫的涟漪。

我和妻子的婚姻是在父母的威胁下才结合的,没有爱,只有怜悯和太多的无奈。

小时候,我们家比较贫穷,父母膝下六个孩子,三男三女。父亲眼看着无力拉扯下去,只好把我送人一般寄养在李伯家里。李伯就是我现在的岳父,而我,名正言顺成了人家所谓的"童养女婿"。

上学那阵子,为了摆脱贫穷,我拼命地读书,期待有一天能够飞出这个穷山沟,追寻新的生活。

然而善变的生活往往令我无法选择。

考大学的几年,家里一直靠未来岳父的资助得以度日。于是,我的意识里,无形中增添了许多难以偿还的情债,尤其父亲的临终遗言,让我不得不去接受生活的洗礼,违心地娶一个十足的"乡下妹"为妻。

几年大学生活,促使我对爱情和婚姻产生了更多认识。妻子没有文化,只有一颗多愁善感的心,那样的人做朋友还可以,一旦生活在一起,未免无法进行正常的情感交流。

妻子不喜欢看书,除了上班,大部分时间待在屋子里看那些枯燥无味的泡沫剧,有时候兴奋地哈哈大笑,偶尔也会随着剧情的发展潸然泪下。

居住的城市不像农村,可以随便串门聊天,我们生活里缺少的,恰恰就是这种温馨的氛围。于是,我开始逃避,屋子里烦闷的空气几乎令人窒息。

还是离婚吧!新婚不久,我就开始后悔。

每次夜里归来,我不止一次向缩在沙发上的妻子唠叨,恪守一份没有爱的婚姻,双方都不会幸福!每当那时,妻子就轻轻地啜泣起来,嘤嘤的哭泣是她默默发出的抗议。

无聊的日子，除了拼命工作，我尝试着去外面游荡，或者干脆躲进"网吧"里消磨时间，然后醉醺醺地回家。我想，只要妻子的身心感到劳累了，一定会主动地离开。

　　没想到游戏没有结束，一次偶然的机会，我买彩票中奖了，顿时身价倍增。那一刻，我立即掏出大把的钱扔在妻子面前，吁一口气，终于可以替自己"赎身"了，这些钱，足够妻子享受一辈子了。

　　妻子怔怔地望向我，不迭地摇头。她说自己不会离开的，刚结婚就离了，村里人会认为她是个怎样的坏女人！为了自尊，她要死死地撑下去。

　　沮丧之余，我更加疯狂地醉酒，借以麻醉失落的灵魂。不料过度地酗酒，反而导致一场大病，差点让我永远爬不起来。

　　虚弱地躺在家里，眼前晃动的全是妻子关注的眼神和忙碌的身影。三天三夜了，妻子没有合眼或者休息片刻，她红肿的眼睛始终不肯离开我蜡黄的脸。

　　妻子流露的关心和怜惜让我突然感到震撼，像触电一般，从身体里快速划过。我的意志开始动摇，真想从此和深爱自己的妻子平平淡淡地走完一生。然而随着身体的康复，片刻的感激随之悄然隐去。我重新回到原来的生活圈子里，依旧满身酒气地回家，带回来一缕缕浓浓的香水味。我的心灵深处，依然不想放弃最初的原则。

　　妻子还是原来的样子，对我的挑衅无动于衷，甚至不去看一眼我故意丢弃的那沓票子。日复一日，我已经没有借口再对妻子大呼小叫，生命里只剩下了等待，等待漫长岁月无情地碾碎她的守候梦。

　　有时候，生活喜欢故意捉弄。几天后，我突然遭遇一场祸事，身子处于瘫软状态，一直无法控制自己的肢体，只有大脑是清醒的。许多天过去了，远在异地他乡，亲人的照顾显得苍弱无力。那阵子，妻子毅然地辞去工作，专心留下来陪护我。

　　病房里的灯光很虚弱，映照着妻子因劳累而变憔悴的脸，她焦灼的目光和心疼的眼泪，搅得我心乱如麻。

　　我终于感到了后悔，油然发觉妻子柔柔软软的一颗心，她无疑是人生路上最贴心的伴侣，那份刻骨铭心的爱和牵挂，如此的坦荡无私，而我，竟然没有好好地珍惜。

　　享受妻子无微不至的关怀，我在心底不断地告诫自己，这一次，如果能够康复，我希望珍惜这段畸变的姻缘，弥补曾经亏欠的那份情感。

然而命运之神并没有幸运地垂青自己，也可能是上天的故意惩罚吧！数月后，医生果断地下了诊断通知书，已经不抱有任何希望了，病人以后的日子，可能继续躺在病床上度过。

回到家，真正感到了绝望的滋味。一个人，如果需要一生躺在床上，该是怎样残酷的事实！

这不是我想要的生活。我苦苦地哀求妻子，与其这样浑噩地活着，不如让我从此安详地离去，摆脱精神和肉体的摧残。

妻子的眼泪像一场细雨，润湿我的脸颊，让我的心疼痛不已。我再次绝望了，用乞求的眼神盯紧她的脸，催促她尽快离开，我不想拖累她，以前，我曾经是那样地对不起她！

我错了，一次次错得一塌糊涂。妻子坚定的目光告诉我，一切会好起来，就算生活变得残酷几倍，她也要一生一世留下来。

一年多了，我的病情没有丝毫起色，妻子好像厌倦了这种日子，心与躯体疲惫之余，只好请了保姆回来。而她，整天打扮得漂漂亮亮，轻松地坐在对面与保姆聊天。

保姆是个年轻男人，虽然无法转动脑袋，我还是清晰地听到他们谈话时暧昧的腔调，甚至感受到他们彼此挑逗的眼神。我突然明白她的心迹，妻子耐不住寂寞了，却舍不得放弃我们共同拥有的财产。现在，她是在报复我曾经的所作所为。原来一个人，随着环境的改变，可以不断地改变自己。就像我，突然明白得太迟，想弥补，已经没有了机会。

妻子的表现越来越炙热，大白天和男保姆拉着手满屋子转悠。我躺在冰冷的床上，瞪大眼睛看天花板的花纹，一圈一圈如同生活的年轮，很苍白。静下心，想努力摒除杂念，却办不到，此时此刻真正感到生不如死的滋味。

对于妻子的行为，我惊讶自己的宽容，竟然没有产生丝毫的怨恨。一切都是我欠下的，是我播种了苦涩的果实。如果，现在手里有一把枪，我会毫不犹豫地结束自己的生命。然而，我几乎连翻一下身的力气都没有。

妻子的恣意玩乐仿佛忽略我的存在，好几次忘记给我喂食。我尝试着扭动麻木的头颅，一次一次，想看清楚这个男人的嘴脸。

终于可以侧一下头，房间里空荡荡的，唯独靠近沙发的上方，悬挂着一把匕首。过去是用它防身用的，现在，只想把它当成自杀的工具。

我开始挣扎，尝试着让手脚动起来，一旦有了知觉，就可以摆脱这种绝望的生活。

过了一段日子，我发觉体内的血液流速加快，妻子时常提了大包的东西出门，回来，再取走一些，反反复复。那些东西，过去属于我，现在，即将随着妻子的离去落进另一个男人手里。

妻子企图逃走了！我痛苦地闭上眼睛，世间还有什么伤痛可以超越现在的心情！

空下来的屋子显得静寂，我清晰地听到一把大锁"咣当"锁住房门的声音，一切过去了，唯有耳边留下心碎的划痕。

一瞬间，我感到体内气血上涌，挣扎着蠕动身子，突然从床上翻落下来，我没有丝毫停歇，继续向前爬着，每蠕动一下，都要付出极大的艰辛。

终于，我在靠近沙发的边缘停下，不停地喘息。那把匕首距离咫尺之遥，如今想要触及，却显得那么遥远。

咬着牙，扶着沙发，慢慢地挺直身子，手指触到了那把匕首，拔出鞘，毫不犹豫地刺向自己的胸膛，我期待鲜血流出，体会那股痛彻心扉的滋味，可以从此摆脱。

此时，门被适时地打开，妻子和男保姆微笑着站在门口。

回来看笑话吗，还是遗落了什么值钱的东西？我咆哮着发泄着心头的郁闷。

妻子眼里的泪汩汩地溢出，脸上的表情错综复杂。她的手惊讶地指向我的双腿，然后匍匐在我的脚下。

你终于可以站起来了！妻子怔怔地抬起头，满脸挂满泪花。

我惊愕地低头，腿还在不停地战栗，自己竟然坚持了这么久没有倒下，胸膛也没有鲜血流出，那把匕首，不知何时换成了一把塑料的，软软地歪在胸前。

男保姆如释重负地喘了口气，从容地接过妻子递过来的那沓票子，向我们深深地鞠躬，转身飘然而去。他拿到了属于自己的酬劳，原来一切都是假的！妻子，用心良苦地制造了一场家庭闹剧，只为了激发隐藏在我心底的那股潜力。

不记得搂着妻子多少次说对不起了，反正那一瞬间，我知道从前的自己已经死去，留下来的，只是一具空空的躯壳。而有血有肉的生命，需要重新酝酿。

再次获得新生，一扇心灵的门终于被打开，却恍如隔世。人生，能有多少时光可以重来？我默默无语，只有眼里的泪流淌着一遍遍冲刷心灵的窗户。

人间幸福刚刚好

王亚琴

天空像蓝水晶，好似被这料峭的春寒冻住，好几天都不变一点颜色。

今年姥姥的身体不太好，一个冬天基本都窝在家，每天太阳西斜时，就盯着夕阳坠落的地方，很久很久，那里埋葬着姥爷。姥姥对着夕阳说："你姥爷来接我了。"姥爷活着的时候，他们一直吵一直吵，临了，姥爷最丢不下的就是姥姥，一直听到会好好照顾姥姥，他才不甘地闭上眼睛。他们本来商量好了，姥姥先走，姥姥性格不好，不讨人喜欢，姥爷处理好一切再去找她。姥爷那么睿智的一个人，怎么能不知道生死是自己掌握不了的，他只是放不下。

姥姥、姥爷的爱也是有声有色、有光有影的。多希望再回到一起在夕阳下吃饭的时光：院里的鸡有的在矮桌底下叫着，有的时不时抬起头，往桌子跟前凑，姥姥拿着筷子来回挥舞着赶走前来啄食的鸡，姥爷端起面前那满杯酒抿一小口，身后就是栅栏圈起的菜园子，里面的小黄瓜吊着黄花，高兴地探头瞅着，这个时候吃了黄瓜，是会被骂的，因为太小了，辣椒也一嘟噜一嘟噜长得喜人……谁家的炊烟依然袅袅，远处一轮巨大的夕阳，染红了姥姥的发丝，姥爷的脸……姥姥眼前也会经常浮现这个场景吧，"你姥爷只有太阳快落山时，才闲下来……""闲下来就吵"，我笑了，姥姥瞪我一眼……时光定格吧，不要再往前走了，我想。

一样的夕阳，不一样的情愫。前两天从网上看到一个护士推着一个 87 岁的病人做 CT，老人说一个月都没有看到夕阳了，于是他们在这短暂的路途中停了下来，顺着老人手指处，一轮巨大的太阳，挂在高楼上，像是被点亮的街灯，远远地，满是希望和暖……老人刚生病的时候情绪特别低落，在医护人员无微不至的帮助下，这个曾经的爱乐乐团的小提琴手深受感动地说"出院时为大家演奏《何日君再来》"。人生几何能悠然地欣赏落日，哪怕几秒，护士驻足等待的那几秒是奢侈豪华的，又是安静祥和的，也是细碎温暖的，是对生命的尊重也是对美的热爱。谁说"夕阳无限好，只是近黄昏"，我觉得夕阳正好，不热烈得过火，也不温婉得虚伪，在该来时从容到来，该走时收走最后一缕光，不谄媚不悲哀……

闺密年前才做完手术，幸好那个疙瘩没有大碍，只是年年得复查，病房其他姐妹纷纷祝贺她。她知道，只有与死神擦肩而过才能体会生命的宝贵，这些姐妹还在苦苦地与死神搏斗。前两天她给我发了一段视频，夕阳像是给玻璃镀了层金外套，干枝梅也都攒足了劲儿，一朵一朵又一朵地绽开红色的容颜，她说："夕阳真好，生命这个样子真好！"我也觉得真好，想着此时的她，一定望着窗外，一定有一个灿若繁花的笑容。

乌海湖的红嘴鸥回来了，一大片一大片满是的，与往年不同，欢迎指数降为最低，当然它不会知道大多数的人在电视上、在手机上欣赏它们，偶尔有一两个人从堤岸上走过，它们也不躲。没有被人打扰的红嘴鸥，依然还在翩翩起舞，或高飞或俯冲，或是与朋友互相嬉戏，或淡淡地栖在小洲上……最喜欢一张图片，巨大的落日镶嵌在黄河对面，河水像跃动的金子，白色的海鸥也被染成金色，在水面上尽情欢娱，祥和安宁……世界这个样子真好，各行其路，不必打扰，不互相厮杀。

村上春树说："刚刚好看见你幸福的样子，于是幸福着你的幸福。"夕阳再好，也比不上人间的温暖，几秒的等待，定格的画面，灿若春花的笑容，互不打扰的尊重……

爱和幸福

蔡 静

哲人常说：生活总是让我们收获无尽的感动，这不只是爱和幸福，也是一种高贵的美的艺术。

品味话语背后蕴含的哲理，让我想起不久前在一本书上看到的一则小故事。

说是在一处花园中，有一株小小的海棠，和一只翩翩起舞的美丽蝴蝶，它们自从朝夕相处后，很快便成了无话不谈的好朋友。

每当旭日东升、霞光万道时，伴随着灿烂的朝霞，美丽的蝴蝶就会如约而至，晨曦中，它快乐地围绕着海棠花，迎着风儿，轻盈的身子开始翩翩起舞。

有善解人意、舞姿曼妙的蝴蝶陪伴，一树繁花的海棠也感觉自己的生活充满了快乐的味道，每天早晨，它都无比期待蝴蝶的到来。

可是在一天早晨，当小海棠像往常一样迎着阳光张开花蕊，寻找着小蝴蝶的身影时，却意外地发现，小蝴蝶竟然躺在了自己身下的土壤上面，早已经死去多时了。

看着心爱的朋友离世，小海棠别提多难过了，从那之后，它茶不思，饭不想，没过多久就消瘦了，娇艳的花蕊也因此慢慢凋零枯萎，一片片随风散落，飘向远方，伤心过度的小海棠，仿佛整个生命都充满了灰暗的色调。

这天，一只小松鼠不知从什么地方蹦蹦跳跳地跑了过来，它从小海棠身边路过的时候，看到对方萎靡不振、郁郁寡欢的样子，就赶忙追问其中的原因，得知是因为小蝴蝶的去世，才使得小海棠成了这番模样。

小松鼠听了原委之后，赶忙安慰小海棠说："你别难过了，我还以为是什么事情呢！生死荣枯，其实呀，小蝴蝶就是这么长的寿命，等到来年夏天来临的时候，当你的枝头开满了更多的花蕊，那时还会有无数漂亮迷人的小蝴蝶，一起跑过来和你成为朋友呢！现在你不要伤心，更不要担心，你需要做的，就是要让自己好好地活下去，度过最为严寒的冬天，未来你一定会拥有更多知心好友的。"

小海棠听了小松鼠的劝说和解释，满脸的忧愁一扫而光，心情也一下子变得美丽了起来。精神重新焕发的它，叶子也渐渐由黄转绿，尽情舒展，芳香的花蕊也再次迎风开放了。

显然，小海棠和美丽的花蝴蝶之间拥有真挚的情谊，这是感动我们的地方，

也是一种高贵美的艺术的体现。

进一步思考，小海棠和小蝴蝶之间的小故事，还告诉了我们一个什么样的道理呢？从更深层次讲，作为芸芸众生中的小小个体，无论在任何时候都要让我们的内心深处，拥有美，也拥有爱，美和爱，就像那甘甜的泉水一般，时刻滋润着我们的心田，也唯有如此，我们的生活才能处处充满快乐与美好的味道。

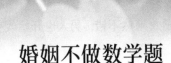

婚姻不做数学题

刘云利

半年前的一个午夜，同事姚媛打电话向我倾诉，说她的婚姻即将走到终点，现在的婚姻生活太累了，经受不起男人的折磨了。

折磨？我有些纳闷，他们可是好多同事艳羡的对象啊。女人是中职学校的数学老师，工作稳定，端庄秀美，勤俭持家。男人是一家国企的中层领导，处于职业上升期，年轻有为，未来可期。

姚媛叹息地说道，如果用"折磨"还好听一点，其实就是家庭冷暴力。结婚五年来，他彻底露出真面目了，变得沉默寡言，不守承诺，甚至都夫妻分床了。

用姚媛的话说，在外面我们是朋友眼中的好夫妻，在家里我们是同居一个屋檐下的好邻居。

难道爱情一旦走进婚姻真的会基因突变吗？姚媛继而说道，他婚前是精于算计的数学老师，婚后却是善于打太极的哲学老师。

姚媛开始罗列他的种种"劣迹"。比如，下班让他买菜回家，他忘得一干二净，理由还一大堆；结婚纪念日、妻子生日近几年连连记错，他的手机上根本没有重要节日提醒；跟朋友约好吃饭，他好几次爽约，让她异常尴尬。最可气的是，就连一点小事也做不好，让他看着炖鸡煲汤，脑子不知跑哪里去了，都能把汤炖煳锅了。

为此，姚媛开始嘟囔他，埋怨他，嫌弃他。可他倒好，不仅不进行针尖对麦芒的夫妻斗争，还玩起了冷暴力，经常单位有聚会，下班刻意晚回家，回家后保持缄默，完全一副"兵来将挡水来土掩"的架势。

听着姚媛的描述，我知道这只是婚姻生活中的小插曲，谁家的男人不犯类似的错误呢？姚媛是数学老师，数学本来就是靠逻辑思维来推演的，可对待婚姻却不能如此刻板，不能只做数学题，还要做哲学题。

我质问她说，你的学生喜欢拖堂吗？她回答道，当然不喜欢啦。我说，男人也是如此，他们不想听妻子的唠叨，更不愿意和妻子做复杂的数学题，你不妨降低对男人的分数阈值试试。比如，约会吃饭允许他迟到半个小时；让他捎带的东西多提醒几次；生日前多几次温馨暗示；等等。只要阈值降低了，幸福感就提升了。

姚媛照着此法一试，成效果然不错，男人也开始改变自己，两人的婚姻生活变得宛若初恋，甜蜜如糖。

白岩松说过："恋爱是喜欢对方的优点，婚姻是包容对方的缺点。"其实，婚姻不是 1+1=2 的数学逻辑，而是沉淀后的哲学思辨，多几分互相包容的站位与思考，婚姻才能越来越幸福。

住在隔壁的爱情

朱　泓

真是过了重阳无时节，不是风来就是雪，这天说下就下，刚还大日头。詹老太轻轻咕噜了一句，一只手扶住门框，从门口的板凳上缓缓起身，蹒跚着回屋取了件长袖褂披在肩上，又缓缓走到门口坐下。她每天都要在门槛边坐上好久。

詹老太有多大年纪，连她自己都记不得了，村里与她差不多年纪的人，除了进城失联的都住山坡上了。有几年了，该轮到自己了吧！詹老太看着对面日益增高的楼房想。

詹老太作息很有规律，每天早上五点起床，晚上九点睡觉，这习惯从老倌去世后就养成了。

"你怎么打的伞？你看看，我衣服都淋湿了！"门前有一对年轻人经过。詹老太认识，是隔壁的小曹和小蓉夫妻俩。此刻，小蓉绷着个脸不开心地嚷着。她背着小挎包，皮肤白皙，长发飘逸，涂得鲜红的嘴唇，真的很漂亮。

小曹腾出右手想搂着媳妇，小蓉生气地将肩头一扭，哎呀，将人家头发弄乱啦！他只好收手把伞斜了过去，詹老太看见他整个后背都被雨水轻抚着。

看着两人的背影，詹老太心想，这小蓉之前说话嗲嗲的，柔得能挤出水，这当妈以后，脾气越来越大，不是说生娃的女人才有女人味的吗？

凤春，你靠紧点，雨大。男人手中的油布伞完全笼罩着身边女人。叫凤春的女人听男人这样讲，连忙侧转头，你呀，看看，半边身子都湿透了。女人说着，停了下来，拿出手绢给男人擦拭头发和脸上的雨滴。男人伸手握住了女人的手，女人羞涩地想将手抽出来，但男人那双手却异常有力而且特别温暖。女人的脸像扑上了胭脂，胸口像钻进了头小鹿，扑通通直跳。她娇嗔着说，别这样，被人看见不好哩。男人听女人一说，虎眼迅速扫了下四周，没人哩，你现在已是我的媳妇了，咱不怕人笑哩。这一年詹凤春才十八，那天是她和老关新婚回门的日子。

詹老太想起往事，嘴角不自觉地上扬，脸上每一道褶皱里似乎都洋溢着甜蜜。

老公，我去打牌，你把碗洗下。小蓉的声音清脆而急切。

去吧，亲爱的，早点回来。小曹的声音透着浓浓的爱意与关切。

"咚咚咚"，一阵高跟鞋的声音，漂亮的小蓉带着一股好闻的香气从詹老太眼前飘了过去。年轻真是好！詹老太看着小蓉窈窕的背影，心里感叹着。这时，一辆黑色轿车从拐角处开出来，停在小蓉身边，小蓉回头看了看，然后快速地钻了进去。

哎呀，这里不用你弄，你看看大宝睡醒了没，一个大男人老钻厨房，瞧你那点出息！詹凤春将手在围裙上擦了擦，把男人推出了厨房。

帮自己媳妇分担点家务，怎么就没出息了？

不用哈，饭菜一会就好。詹凤春一边忙碌着，一边嘴里哼起了小曲。歌声伴着锅碗瓢盆碰触的声音以及饭菜的香味，飘出了厨房，馋得小黄狗围着灶台打转，诱惑着圈里的大花猪嗷嗷直叫。

离吧，这日子过得太憋屈了！小曹的声音虽然压抑着，但依然能感受到他的愤怒。

离就离！就你尿包样，在机关混了四五年还是个小职员，和你一同参加工作的，你看看，哪个比你差？

我承认我没出息。可是你，你呢？天天除了打牌就是逛街购物，孩子你问过几回？

我之前就这样，你怎么不说！现在娶到手了，就又一套说辞。孩子，孩子你之前说我只管生，养的事，交给你。

之前，之前，你别提之前！之前你就是下午去玩玩，现在呢？一整天连个鬼影子也见不着！

你要是有本事，我会那样吗？离，不离，就是小狗！小蓉的声音尖锐得有点刺耳。

詹老太摇头笑了笑，小夫妻俩这样的争吵，她已经听过不知多少回了，每次都是小曹服软赔罪，或者买礼物哄小蓉开心。谁家夫妻不吵架？不都是床头吵架床尾和嘛。

嗳？我和老关那一次争吵是为了啥来着？詹老太使劲往记忆深处搜索着。想起来了，是为大宝逃学的事。记得那天一早，老关去县城买肥料，顺便送大宝去上学（大宝刚上学才两天）。明明看着父子俩一起走的，哪晓得，不到半晌的工夫，大宝独自跑回来了，说学校不好玩，他不想念书。她哄了半天，大宝死活不肯去学校。她没辙了，心想，孩子还小，过一两年再说吧。

老关带着肥料回来已是下午两点多了，进门看见大宝，就问她咋回事。她刚把自己的想法一说，老关立刻横眉立目，你平时那么明白的一个人，怎么就犯糊涂哩？这事能由着孩子？我们当年是没条件，现在有条件了，还不赶紧让孩子念书？难道你希望儿子将来和我一样当个泥腿子？说完，拽起儿子就走。大宝吓得咧嘴大哭起来。看着号哭的儿子，她连忙阻拦，说大宝还小，就晚点再让他念书嚏。

女人家就是见识短，这事你不用管！老关一把推开她，没有防备的她一下跌坐在地。等她爬起身，老关已出了家门。

待老关回来，无论他说啥，詹凤春坐在竹椅上就是不搭理。见媳妇真的生气了，老关跑到案几上把鸡毛掸子拿了过来，对着自己的手掌就打，嘴里还不闲着，我叫你推媳妇，把她摔坏了怎搞？你老关就是身在福中不知福，这么漂亮贤惠的媳妇哪里找？鸡毛掸子在起落中，有两片羽毛脱离束缚飞了起来，一片落在他的耳朵上，一片晃悠悠的挂在他的额头，让老关的样子看起来很滑稽。本来就想笑的詹凤春，再也忍不住"咯咯"笑了起来……

你走，走了就永远别回来！小曹的声音再次在詹老太的耳边响起。

哼！就这破家，你以为我想回来啊！小蓉的声音依旧尖锐。

破家？破家也是因为娶了你这个败家精！滚！你赶紧滚，滚得越远越好！小曹的声音近乎咆哮。

"砰"！小蓉拖着个行李箱摔门而出。詹老太感觉家里的墙壁都抖了几抖。

就在小蓉快到拐角处的时候，詹老太又看见那辆黑色的小轿车，停在了老地方。与此同时，小曹从屋里跑了出来。詹老太一惊，以为他要找人家算账。哪知道，他却喊着，小蓉，你回来吧，我不能没有你……

小轿车载着小蓉绝尘而去，看着蹲在地上抱头痛哭的小曹，詹老太不禁嘀咕起来，怎么这日子过热乎了，人心却越来越冷了呢？

爱的对弈

范宝琛

父亲退休后，对象棋的痴迷到了废寝忘食的地步，几乎天天去楼下感受"楚汉之争"的乐趣。父亲的棋艺很高超，每次回来，脸上总是挂着喜滋滋的笑容。当面对母亲嗔怒的眼神和喋喋不休的唠叨时，父亲便乐呵呵地端茶送水赔着笑脸，母亲只好叹息着摇摇头，脸上挂满了痛惜和关爱的表情。

其实父亲的一生除了下棋，恐怕再没有别的嗜好了。尤其在父母共同生活的大半生里，他们除了生活上无微不至地关怀着对方外，自始至终都把彼此看成最贴心的知己。

后来，母亲由于操劳过度，腿脚竟然落下了风湿性关节炎的毛病。于是母亲便很少去户外活动，她固执地把自己关在房间里，靠看电视或做点家务来打发日子。

那天，父亲无意中发现母亲孤独地坐在床角，失神的眸子久久地望向窗外。那一刻，父亲油然洞悉了母亲寂寞的心声。

当儿女丰满了羽翼纷纷飞离了巢穴时，曾经热闹的大家庭只剩下一对花甲老人了。或许他们的意识里，也需要言语安慰和有人陪伴的日子。那一刻，父亲的脸上涌上一股深深的愧疚，他怜惜地坐在母亲身边，用一双泪眼悄悄打量着瘦弱的母亲，而母亲却浑然不知。

父亲决定不再随便出门下棋，他希望后半生里，能够留在家里好好地陪陪母

亲。母亲似乎察觉到了父亲的用意，她害怕父亲闷在家里会憋出毛病，每次父亲的手机铃响，母亲竟然撵着父亲说，快去吧，那些老棋友还在等着你呢！然而父亲丝毫不改初衷。不过母亲半夜睡醒的时候，常看见父亲一个人守着棋盘静静地对弈。

母亲突然决定要学习下象棋。然而上了年纪的母亲始终无法掌握这十六个棋子的灵活运用，就算绊了马腿仍然毫不留情地吃掉父亲最钟爱的"车"。要是以往，父亲非跟对方红脸掀棋盘不可。可此时，父亲丝毫没有气恼，而是乐呵呵地欣赏母亲凝目思考时的眼神。母亲沾沾自喜的笑容写在父亲脸上，让父亲感到阵阵莫大的欣慰。

那次我们回家探望双亲，意外看见父母俩正守着棋盘拼杀得热火朝天。避开父亲，我悄悄问母亲："难道你真的学会下棋了吗?"母亲微笑着摇摇头："其实我根本就不会下棋，每一次都是你爸爸不停地给我支着。我嘛，归根结底只是一个在用心下棋的'旁观者'罢了！陪你爸爸下棋，就是希望他能够开心、快乐！"

细细咀嚼母亲的话，父亲何尝不是以此种心情来安慰母亲呢！其实他们不是在下棋，而是在棋盘上给予对方深刻的关爱和家庭幸福的另一种感悟！

我们怀着平静的心情，默默欣赏着白发父母下棋时的情景，聆听着他们偶尔发出的欢声笑语，忍不住让自己的心绪一次次汹涌澎湃。

不知年老的父母是在刻意寻找青春流失的岁月，还是在静心品味这份晚年来之不易的幸福? 我想，不管怎样，小小的棋盘里始终隐藏着父母最真切的关怀。那种关怀是一种寄予和付出，是相爱相守的两个人，一生都能够风雨相伴！

恋爱与烹调

狄　青

清代袁枚说："相女配夫。《记》曰：拟人必于其伦。烹调之法，何以异焉？"随园主人袁枚拿恋爱与烹调相比，可谓妙哉。恋爱需要搭配，烹调也在于搭配。比如袁枚在《随园食单》中说："芹，素物也，愈肥愈妙。取白根炒之，加笋，以熟为度。今人有以炒肉者，清浊不伦。"在袁枚看来，一样菜，要是搭配错了，就会"清浊不伦"。男女恋爱，就如同西芹配百合，麻酱配白糖，韭菜配鸡蛋，小葱配豆腐，还有那北京烤鸭，一定要配甜面酱，要改果酱沙拉酱，就不是那个味儿了。

说起来，吃，真的很重要，吃不到一块儿去的人恐怕也很难成为夫妻。记得我小时候，一对男女确定关系的标志之一，便是共同在宿舍外开火做饭。一起上街买菜，之后拿两个人的肉票买回肉，炖好后放进大白菜，烩成满满一钢精锅，之后你夹给我，我夹给你，那样子俨然一对儿小两口了。猪肉烩白菜也是大众最爱，很像当年的爱情，荤素搭配，好吃不贵。

发现一个现象，那就是但凡文学史上写吃写得过硬的作家，普遍也是写爱情的高手。陆文夫当年一部中篇小说《美食家》把吃和吃客都写绝了，而他的成名作《小巷深处》则被称为中国爱情小说的经典。我至今还记得莫泊桑小说《羊脂球》中的一段描写："已被饥饿裹了一层纱的眼睛，忽然看见了一些冻了的油脂透在那种和其他肉末相混的棕色野味中间，像是许多雪白的溪涧，凝固的溪涧。"当时我想，这才是大作家的笔力啊！莫泊桑不光写吃写得好，写恋爱中的男女同样是强项。我不明白个中道理，或许就像袁枚所说，爱情也好，美食也罢，都讲究一个"配搭"。

就说问卷调查吧，八戒之所以比孙悟空受到更多女性青睐，就在于他们一个爱吃爱喝且爱美，一个不食人间烟火，前者让人感觉自己配得上，后者却只可膜拜。所以，哪怕老孙再有本事，恋爱也不是八戒的对手。

康熙去承德围场打猎，文献记载"曾于一日内射兔319只……一生获虎135只，熊20只，豹25只，猞猁狲10只，麋鹿14只，狼96只，野猪132只……随便射获诸兽，不胜记矣"。猎物送到御膳房，据说有关虎的烹饪法就研究出数十种，最好的食材都与虎配搭了，可康熙却一概摇头。在我看来，问题就出在康熙要吃的选项太多了，这就像皇帝恋爱，后宫佳丽无数嫔妃三千的帝王，哪里懂得对一个

人的情爱里，也会闪烁出感人的如水清光？

许多人都在怀念 20 世纪 80 年代，还有 80 年代的爱情。那时候姑娘爱上一个小伙子不是因为他有车有房，而是因了那天下午的阳光极好，小伙子穿了一件白衬衫，手里拿着一本世界名著。那时候男孩子女孩子相互碰一下指尖就会脸红心跳，男孩子把情书夹在书里给女孩子送去，女孩子工余偷偷给男孩子织一副手套，爱情就像花儿一样开放了……如同那时候的饭桌，没有大鱼大肉、西红柿炒鸡蛋、青笋炒香干，简简单单，却是色彩艳丽，营养丰富。

当年巴尔扎克在恋爱问题上曾写信向他妹妹求助："留神一下，看看能否物色到一位有巨额财产的姑娘，哪怕是富孀，并且为我向她吹嘘一番——一个超群出众的青年，仪表非凡，一身似火，真是上帝烹调出来的充当丈夫的最佳美味。"巴尔扎克不是"高富帅"，却不影响他追求"白富美"，把自己形容为一道美味，恐怕也只有巴尔扎克才想得出来。这也道出了爱情的口味不同。爱情可是喷香大餐，也可是清爽时蔬，浓淡因人而异。有人胃口只适合咸菜小米粥，却总羡慕人家的酒香肉肥，真给他端来，他却根本消化不了。据说月老手里的姻缘簿，有情人的名字早已被写在上面，月老就像是高级"配菜师"，经他调配，不仅合理且"营养丰富"。有人抬杠，那要是没办手续的情人咋办呢？古人聪明，姻缘簿属于"正册"，还有"副册""又副册"一说，也称"露水姻缘册"，不过，那册子里的搭配就没那么讲了，因那原本也不是月老管得了的。

食物的搭配最初也有"门当户对"一说，贵重食材都是相互搭配的。不过，后来人们发现这样不仅不利于口味，也不利于营养吸收。于是，"王子与灰姑娘"的故事在烹饪界便不再只是传说。比如葱烧海参，大葱我们熟悉，可以生吃，可以蘸酱，海参再值钱，却不是这道菜的亮点，这道菜的好坏全在于裹住海参的葱香是否纯正。所以就像婚姻，你可以觉得自己身价不菲，要是没有"糟糠之妻"的辅佐，你却永远不会成为一道名菜。

听人说过，一道美味，有人只尝一口就给另一个人吃，这是父母对孩子；有人吃到只剩下一口，才给另一个人吃，这是孩子对父母；而有人却是一定要等到另一个人回来再一起慢慢享用，这，才是恋人。

最后的浪漫

朱 泓

秦宝乐从县医院出来，顺着人行道漫无目的地在大街上晃荡着。街上人不多，车倒不少。拐过街角，有几家花店，不少年轻人拿着鲜花神采奕奕地从里面出来。今天是情人节。秦宝乐摇了摇头，心里嘀咕着，没脑子个伢崽，就晓得乱花钱，买啷个花不料哨的东西，一会就蔫奄奄了。

"亲亲，节日快乐！"一个黄头发男孩捧着一束玫瑰花递给一个染着红发、穿着时尚的女孩。红发女孩开心地接过花，搁鼻子下闻了闻，一脸幸福感。女孩浓妆艳抹，猩红的嘴唇比玫瑰花还闪眼。他们从秦宝乐身边走过，一阵香气飘进他的鼻腔，不知道是花香还是那女孩抹的香。秦宝乐只觉鼻子里一阵发痒，忍不住仰头打了个响亮的喷嚏。

"保乐，这花好漂亮！"媳妇春美手指着一丛映山红一脸惊喜。

"这也值你大惊小怪？这满山多的是，要喜欢的话，你随便摘！"秦宝乐不以为然地说。

"你那是见得多，我可是第一次见哪！"春美嘟着不染自红的樱桃嘴说。这是秦宝乐和春美成婚后的第一个春天。此后每年春季，映山红不仅盛开在山上也盛开在他们家里。

"保乐，你说这外国佬真不怕臊哈，动不动就亲嘴，还动不动说爱呀爱的。"晚上看完电影《罗马假日》，回家路上，春美小声说。

"要不怎么叫洋鬼子哩，尽出洋相！今晚村里怎么放这种片子？以后叫村长多弄些反特片，那才过瘾！"秦宝乐不满地说。

"你就知道打打杀杀，我觉得这片子挺好，那女人多好看，我要是男人也……也喜欢哩！"春美说完瞥了一眼男人，然后一手扭着胸前的麻花辫梢一手钩住男人的胳膊肘。

"好看个鬼！还——"秦宝乐本来想说，还不及我媳妇好看，但是他没说出口，而是生生把话咽在肚子里了。

"还什么？"春美追问的同时停下脚步，水灵灵的大眼盯着男人，她的脸几乎碰到他的鼻子了。秦宝乐心头一麻，有想亲一口的冲动，但他又怕被人看见，连忙甩开媳妇的手说："还……还不快走，儿子在家肯定吵着要吃奶。"春美嘴巴一嘛，加快了脚步，两条大辫子在身边甩来甩去。这年他们的大儿子旺盛满了一周岁。那晚等春美刚把儿子哄睡，秦宝乐便急不可耐地把媳妇摁在床上，奋力地耕他的私有田。

秦宝乐叹了口气，这日子怎么刚咂吧出点味来，这人就不行了呢？

"大，你明天早点来县医院。"儿子旺盛打电话说。

"哦，你娘检查怎么样？"秦宝乐不放心地问儿子。

"娘情况不太好，大，你来医院再说。"挂了电话，秦宝乐一屁股坐在板凳上，眼睛直勾勾地盯着阳台上的花盆。

就在上月，老两口正在逗弄小孙子玩，春美突然喊了声坐在身边的老头子就歪倒在他的怀里。秦宝乐吓慌了神，一时不知如何是好，幸亏大儿子旺盛在家，立刻开车将母亲送去医院。秦宝乐被留在家里陪着孙子。

等秦宝乐赶到医院时，春美鼻子里插着氧气管，还处在昏睡中。看着脸色苍白的媳妇，他的心一阵生疼。这个从如花似玉的年龄就嫁给自己，为他们秦家生儿育女，辛劳一辈子的女人，此刻老态垂垂。那曾经迷倒几个村子老爷们的俊俏脸蛋，已皮肤松弛，皱纹纵横；还有那对乌漆麻黑的大辫子，在二小子兴盛出世后给剪了，这家伙总爱抓扯他娘的头发。当时他还老大不舍。

"亲亲，咱们先去吃肯德基再去看电影好不？"黄头发男孩一手揽着女友的腰一边温和地说。

"亲亲，我要吃小龙虾！"红发女孩撒娇似的说。男孩大概被女友可爱的样子电到了，情不自禁亲了她一口，说，好好，去吃小龙虾！

"伤风败俗！"秦宝乐咕噜一句赶紧偏开头，想着现在小青年真是学坏了，光天化日就敢亲嘴。他觉得这俩人很碍眼，于是转身原路返回。

"春美，春美，你快过来一下。"正在毒日下打麦子的秦宝乐，眯着眼睛冲割麦子的媳妇大喊。他汗水涔涔的脸膛被阳光晒得黑里泛红，上面还粘着一些麦碎。

"怎么了？眼睛里掉东西了吗？"春美扔下镰刀小跑着赶到他身边关切地问。

"嗯嗯，快给我弄下。"

春美将手在衣服上擦了擦，然后从口袋拿出一条白色的手帕，一手撑开男人的左眼，一手用手帕轻轻擦拭他的眼睛。"好了吗？"她问。

"没有，还在里面。"秦宝乐眨了一下眼睛说。

春美突然将脸靠近男人的脸，伸出舌头在他眼睛里舔了两下。秦宝乐吓得头一缩，左右看了下，说："你这憨包，也不怕人笑话。"

"瞧你这尿样，又不是亲嘴，怕什么？"春美白了男人一眼，接着问他，"现在好了没？"

秦宝乐再次眨巴了几下眼睛："嗳！还真好了。"

"大，医生说，妈可能熬不了多久。"秦宝乐刚到急诊室门口，迎头撞上大儿子旺盛。

"胡说，你娘平时身体硬朗得很，这会就不行了？"秦宝乐差点跳起来。

"娘是心脏病，随时会走。"旺盛说着擦了把眼睛。

"你娘从没说过心里不舒服，怎么突然就心脏病了？"秦宝乐还是不肯相信。

"你从来就不关心娘！娘心里装事。你哪年过生日，娘不想办法给你做好吃的？可她过生日呢？别说衣服，你连一朵花也不舍得送。我们买回来，你还说糟践钱。你明知道娘喜欢花的！"旺盛一改低眉顺眼，说话像竹筒倒豆子。

"庄稼人养花不是浪费钱是什么？你娘就是被你个兔崽子给撺掇坏的！"

"娘说你是老抠，是大木头！"兴盛突然凑过来，冒出一句。

"臭小子，现在翅膀硬了，也来杠你老子了！"秦宝乐说着抬手佯装要打兴盛。

"大，你别打，娘醒了，让我叫哥进去。"兴盛双手捂着头，边跑边说。旺盛听说娘醒了，拔腿往病室里钻。看着兄弟俩先后进了病房，秦宝乐跟着也往病房跑。到门口他却停住了。

"你们大实在，旺盛，你是大哥，往后多顾着点你大，他喜欢热闹，别冷着他。兴盛你也是。"……

秦宝乐只觉眼窝一阵发热，转身匆匆出了医院。他再次回医院时，手里多了一捧娇艳的玫瑰花。他步履蹒跚地走进病房，颤抖着手将花递给春美，老泪纵横地说："伢他娘，你受苦了！今生你是我的伴，来生我还要找你做我的伴，你可不能丢下我，我秦宝乐爱不够你呀，爱不够呀！"

病床上的春美搂着玫瑰花，一行清泪从她眼角流入双鬓，苍白的脸上露出了幸福的笑容……